Dissertation sur l'universalité
de la Langue française

Berlin
1784

DISSERTATIONS

SUR

L'UNIVERSALITÉ DE LA LANGUE FRANÇOISE,

QUI ONT PARTAGÉ LE PRIX ADJUGÉ

PAR

L'ACADÉMIE ROYALE

DES

SCIENCES ET BELLES-LETTRES

LE 3 JUIN, MDCCLXXXIV.

à BERLIN,

Chez GEORGE JACQUES DECKER, Imprimeur du Roi.

MDCCLXXXIV.

Imprimé par ordre de l'Academie.

DISSERTATION

SUR

L'UNIVERSALITÉ DE LA LANGUE FRANÇOISE,

PAR

M. LE COMTE DE RIVAROL,

à PARIS.

Tu regere eloquio populos, o Galle, memento.

*Qu'est-ce qui a rendu la langue françoise universelle?
pourquoi mérite-t-elle cette prérogative? est-il à
présumer qu'elle la conserve?*

Prix proposé par l'Académie de Berlin, pour le 1. Janvier 1784.

. . . Tu regere eloquio populos, ô Galle, memento. : . . : :

ENEID. L. VI.

———————————

Une telle question proposée sur la langue latine, auroit flatté l'orgueil de Rome, & son histoire l'eut consacrée comme une de ses belles Époques. Jamais en effet pareil hommage ne fut rendu à un peuple plus poli, par une nation plus éclairée.

Le temps semble être venu de dire *le monde françois*, comme autrefois *le monde Romain*; & la Philosophie lasse de voir les hommes toujours divisés, par des maîtres qui on tant d'intérêt à les isoler, se réjouit maintenant de les

voir

voir d'un bout de la terre à l'autre, se former en République, sous la domination d'un même langue. Spectacle digne d'elle, que cet uniforme &
paisible Empire des Lettres qui s'étend sur la variété des peuples, & qui plus
durable & plus fort que celui des armes, s'accroît également des fruits de la
paix & des ravages de la guerre!

Mais cette honorable universalité de la langue françoise, si bien reconnue
& si hautement avouée dans notre Europe, offre pourtant un grand problême; parcequ'elle tient à des causes si délicates & si puissantes à la fois,
que pour les démêler, il s'agit de montrer jusqu'à quel point la constitution
politique de la France, sa position, la nature de son climat, le génie de sa
Langue & de ses Ecrivains, le caractère de ses habitans, & l'opinion qu'elle
a sû donner d'elle au reste du monde; jusqu'à quel point, dis-je, tant de
causes diverses ont pû combiner leurs influences, & s'unir pour faire à cette
langue une fortune si prodigieuse.

Quand les Romains conquirent les Gaules, leur séjour & leurs loix y
donnerent d'abord la prééminence à la langue latine; & quand les Francs leur
succéderent, la Religion chrétienne qui jettoit ses fondemens dans ceux de
la Monarchie, confirma cette prééminence. On parla latin à la Cour, dans
les cloîtres, dans les Tribunaux, dans les écoles, & sans doute aussi dans la
bonne Société. (1) Mais les jargons que parloit le peuple, corrompirent
peu-à-peu cette latinité, & en furent corrompus à leur tour. De ce mélange nâquit cette multitude de Patois qui vivent encore dans nos Provinces.
L'un d'entr'eux devoit être un jour la Langue françoise.

Il seroit difficile d'assigner le moment où ces différens dialectes se déga-
gerent du Celte, du Latin, & de l'Allemand; on voit seulement qu'ils ont dû
se disputer la Souveraineté, dans un Royaume que le sistéme féodal avoit
divisé en tant de petits Royaumes.

Pour hâter notre marche, il suffira de dire que la France naturellement
partagée par la Loire, eut deux Patois auxquels on peut rapporter tous les
autres, *le Picard & le Provençal*. Des Princes s'exercerent dans l'un &
l'autre,

l'autre, & c'eſt auſſi dans l'un & l'autre que furent d'abord écrits les Romans de chevalerie & les petits poëmes du temps. Du côté du midi floriſſoient *les Troubadours*, & du côté du nord *les Trouveurs.* Ces deux mots, qui au fond n'en ſont qu'un, expriment aſſez bien la phyſionomie des deux Langues. (2)

Si le Provençal qui n'a que des ſons pleins eut prévalu, il auroit donné au François l'éclat de l'Eſpagnol & de l'Italien: mais le midi de la France, toujours ſans Capitale & ſans Roi, ne put ſoutenir la concurrence du Nord, & l'influence du patois Picard, s'accrut avec celle de la Couronne. C'eſt donc le génie clair & méthodique de ce jargon & ſa prononciation un peu ſourde, qui dominent aujourd'huy dans la Langue françoiſe.

Mais quoique cette nouvelle langue eut été adoptée par la Cour & par la Nation, & que dès l'an 1260, un auteur italien lui eût trouvé aſſez de charmes pour la préférer à la ſienne, (3) Cependant l'Egliſe, l'Univerſité & les Parlements la repouſſerent encore, & ce n'eſt que dans le ſeiziéme ſiècle, qu'on lui accorda ſolemnellement les honneurs dûs à une langue légitimée. (4)

A cette Époque, la renaiſſance des Lettres, la découverte de l'Amérique & du paſſage aux Indes, l'invention de la poudre & de l'imprimerie, ont donné une autre face aux Empires. Ceux qui brilloient, ſe ſont tout-à coup obſcurcis, & d'autres ſortant de leur obſcurité, ſont venus figurer à leur tour ſur le ſcêne du monde. Si du nord au midi le voile de la Religion s'eſt déchiré, un commerce immenſe a jetté de nouveaux liens parmi les hommes. C'eſt avec les ſujets de l'Affrique que nous cultivons l'Amérique, & c'eſt avec les richeſſes de l'Amérique que nous trafiquons en Aſie. L'univers n'offrit jamais un tel ſpectacle. L'Europe ſur tout eſt parvenue à un ſi haut degré de puiſſance, que l'hiſtoire n'a rien à lui comparer: le nombre des Capitales, la fréquence & la célérité des expéditions, les communications publiques & particuliéres en ont fait une immenſe République, & l'ont forcée à ſe décider ſur le choix d'une Langue.

A 3

Ce

Ce choix ne pouvoit tomber fur l'Allemand; car vers la fin du quinzième fiècle, & dans tout le feizième, cette Langue n'offroit pas un feul mo-
nument. Négligée par le Peuple qui la parloit, elle cédoit toujours le pas à
la Langue latine. Comment donc faire adopter aux autres ce qu'on n'ôfe
adopter foi-même? c'eft des Allemands que l'Europe apprit à négliger la
langue Allemande. Obfervons auffi que l'Empire n'a pas joué le rôle auquel
fon étendue & fa population l'appelloient naturellement: ce vafte Corps n'eut
jamais un chef qui lui fût proportionné, & dans tous les temps cette ombre
du Trône des Céfars qu'on affectoit de montrer aux Nations, ne fut en effet
qu'un ombre. Or on ne fauroit croire combien une langue emprunte d'éclat
du Prince & du Peuple qui la parlent. Et lorfqu'enfin la Maifon d'Autriche,
fière de toutes fes couronnes, eft venue faire craindre à l'Europe une Monarchie univerfelle, la politique s'eft encore oppofée à la fortune de la langue
Tudesque. Charles-Quint plus attaché à fon fceptre héréditaire, qu'à un
Trône où fon fils ne pouvoit monter, fit rejaillir l'éclat des Céfars fur la
Nation Efpagnole.

A tant d'obftacles tirés de la fituation de l'Empire, on peut en ajoûter
d'autres fondés fur la nature même de la Langue allemande. Elle eft trop
riche & trop dure à la fois. N'ayant aucun rapport avec les langues anciennes, elle fut pour l'Europe une Langue-mere, & fon abondance effraya des
têtes déja fatiguées de l'étude du Latin & du Grec. En effet, un Allemand qui
apprend la Langue françoife, ne fait, pour ainfi dire, qu'y defcendre, conduit
par la Langue latine; mais rien ne peut nous faire remonter du François à l'Allemand: il faut pour lui feul fe créer une nouvelle mémoire; & fa Littérature,
il y a un fiècle, ne valoit pas un tel effort. D'ailleurs, fa prononciation gur-
turale choqua trop l'oreille des peuples du midi, & les imprimeurs allemands,
fidèles à l'écriture Gothique, rebutèrent des yeux accoûtumés aux caractères
Romains. On peut donc établir pour regle générale, que fi l'homme du
nord eft appelé à l'étude des Langues du midi, il faut de longues guerres dans
l'Empire, pour faire furmonter aux Nations du midi, leur répugnance pour

les

les Langues du nord. Il refte à favoir jufqu'à quel point la révolution qui s'opere aujourd'huy dans la littérature des Allemands, influera fur la réputation de leur Langue. On peut feulement préfumer qu'elle s'eft faite un peu tard, & que leurs Écrivains ont repris les chofes de trop haut. Des Poëmes tirés de la Bible, (5) où tout refpire un air Patriarchal & qui annoncent des mœurs admirables, n'auront de charme que pour une Nation fimple & fédentaire, toujours fans ports & fans commerce, & qui ne fera peut-être jamais réunie fous un même chef. L'Allemagne offrira longtemps le fpeétacle d'un peuple antique & modefte, gouverné par des Princes amoureux des modes & du langage d'une Nation polie & corrompue. D'où il fuit que l'accueil extraordinaire que ces Princes & leurs Académies ont fait à un idiome étranger, eft uu obftacle de plus qu'ils oppofent à leur propre langue, & comme une exclufion qu'ils lui donnent.

La Monarchie Efpagnole pouvoit, ce femble, fixer le choix de l'Europe. Toute brillante de l'or de l'Amérique, puiffante dans l'Empire, maîtreffe des Pays-bas & d'une partie de l'Italie, les malheurs de François I. lui donnoient un nouveau luftre, & fes efpérances s'accroiffoient encore des troubles de la France & du mariage de Philippe II. avec le Reine d'Angleterre. Tant de grandeur ne fut qu'un éclair. L'expulfion des Maures & la découverte de l'Amérique avoient bleffé l'état dans fon principe, & ces deux grandes playes ne tarderent pas à paroître. Auffi quand Richelieu frappa ce vieux Coloffe, il ne put réfifter à la France qui s'étoit comme rajeunie dans les guerres civiles. Ses armées plierent de tout côté, fa réputation s'éclipfa. Peut-être que fa décadence eût été moins prompte, fi fa Littérature avoit pû alimenter cette avide curiofité des efprits qui fe réveilloient de toute part. Mais le Caftillan fubftitué partout au patois Catalan, comme notre Picard l'avoit été au Provençal, le Caftillan, disje, n'avoit point cette galanterie morefque dont l'Europe fut fi longtemps charmée, & le génie national étoit devenu plus fombre. Il eft vrai que la folie des Chevaliers-errants nous valut le Dom Quichotte, & que l'Efpagne acquit un théatre; mais le

génie

génie de Cervantès & celui de Lopès de Véga ne suffisoient pas à nos besoins (6). Le premier, d'abord traduit, ne perdit point à l'être; & le second, moins parfait, fut bientôt imité & surpassé. On s'apperçut donc que la magnificence de la langue Espagnole & l'orgueil national cachoient une une pauvreté réelle. L'Espagne placée entre la source de la richesse & les canaux qui l'absorbent, en eut toujours moins; elle paya ceux qui commerçoient pour elle, sans songer qu'il faut toujours les payer d'avantage. Grave, peu communicative, subjuguée par des prêtres, elle fut pour l'Europe ce qu'étoit autrefois la mystérieuse Egypte; dédaignant des voisins qu'elle enrichissoit, s'envelopant du manteau de cet orgueil politique qui a fait tous ses maux.

On peut dire que sa position fut un autre obstacle au progrès de sa Langue. Le voyageur qui la visite, y trouve encore les colomnes d'Hercule, & doit toujours revenir sur ses pas: aussi l'Espagne est-elle de tous les Royaumes, celui qui doit le plus difficilement réparer ses pertes, lorsqu'il est une fois dépeuplé.

Enfin la langue Espagnole ne pauvoit devenir la langue usuelle de l'Europe. La Majesté de sa prononciatiou invite à l'enflure, & la simplicité de la pensée se perd dans la longueur des mots & sous la noblesse des désinences (7). On est tenté de croire qu'en Espagnol, la conversation n'a plus de familiarités, l'amitié plus d'épanchements, le commerce de la vie plus de libertés, & que l'amour y est toujours un culte. Charles-Quint lui-même, qui parloit plusieurs langues, réservoit l'Espagnol pour des jours de solemnité & pour ses priéres (8). En effet les livres Ascétiques y sont admirables, & il semble que le Commerce de l'homme à Dieu, se fasse mieux en Espagnol qu'en tout autre idiome. Les Proverbes y on aussi de la réputation, parce qu'étant le fruit de l'expérience de tous les siécles, & comme le bon-sens de tous les peuples réduit en formules, l'Espagnol leur prête encore une tournure plus sententieuse. Mais les proverbes ne quittent pas les lèvres du

petit

petit peuple. Il paroît donc évident que ce font & les défauts & les avantages de la langue Efpagnole qui l'ont exclue à la fois de l'univerfalité.

Mais comment l'Italie ne donna-t-elle pas fa langue à l'Europe? Centre du monde depuis tant de fiècles, on étoit accoûtumé à fon Empire & à fes oix. Aux Céfars qu'elle n'avoit plus, avoient fuccedé les Pontifes; & la Religion lui rendit conftamment les états que lui arrachoit le fort des armes. Héritiére des anciens maîtres du monde, le Sceptre ne fortit pas de fes mains. Les feules routes praticables en Europe, conduifoient à Rome; elle feule attiroit les voeux & l'argent de tous les peuples, par cequ'au milieu des ombres épaiffes qui couvroient l'Occident, il y eut toujours dans cette Capitale, une maffe d'efprit & de lumiéres; & quand les Beaux-arts exilés de Conftantinople, fe réfugiérent dans nos Climats, l'Italie fe réveilla la premiére à leur approche, & fut une feconde fois la Grande-Grece. Comment s'eft-il donc fait qu'à tous fes titres, elle n'ait pas encore ajôuté l'Empire du langage?

C'eft que de tous les temps les Papes ne parlerent & n'écrivirent qu'en Latin: C'eft que pendant vingt fiècles, cette Langue regna dans les Républiques, dans les Cours, dans les écrits & dans les monuments de l'Italie, & que le Tofcan fut toujours appelé *langue vulgaire:* (9) auffi quand le Dante entreprit d'illuftrer cette Langue, héfita-t-il longtemps entr'elle & le Latin. Il voyoit que le Tofcan n'avoit pas même, dans le midi de l'Europe, l'éclat & la vogue du Provençal; & il penfoit avec fon fiècle, que l'immortalité étoit exclufivement attachée à la langue Latine. Pétrarque & Bocace eurent les mêmes craintes; & comme le Dante, ils ne purent réfifter à la tentation d'écrire la plûpart de leurs ouvrages en Latin. Il eft arrivé pourtant le contraire decequ'ils efpéroient: c'eft dans leur langue maternelle que leur nom vit encore; leurs oeuvres latines font dans l'oubli. Mais fans les fublimes conceptions de ces trois grands hommes, il eft à préfumer que le Patois des Troubadours auroit difputé le pas à la langue Italienne, au milieu même de la Cour Pontificale établie en Provence.

B

Quoi-

Quoiqu'il en soit, les poëmes du Dante & de Pétrarque, brillants de beautés antiques & modernes, ayant fixé l'admiration de l'Europe, la langue Toscane acquit de l'Empire. A cette époque, le commerce de l'ancien monde passoit tout entier par les mains de l'Italie. Pise, Florence, & sur-tout Venise & Gênes, étoient les seules Villes opulentes de l'Europe. C'est d'elles qu'il fallut, au temps des Croisades, emprunter des Vaisseaux pour passer en Asie; & c'est d'elles que les Barons françois, anglois & allemands tiroient le peu de luxe qu'ils avoient. La langue Toscane régna sur toute la méditerranée. Enfin le beau siècle des Médicis arriva: Machiavel débrouilla le cahos de la Politique, & Galilée planta le germe de cette Philosophie qui n'a porté des fruits que pour la France & l'Angleterre. Cependant la Sculpture & la Peinture prodiguoient leurs miracles, & l'Architecture marchoit d'un pas égal. Rome se décora de chefs-d'œuvres sans nombre, & l'Arioste & le Tasse porterent bientôt la plus douce des langues à sa plus haute perfection, dans des poëmes qui seront toujours les premiers monuments de l'Italie, & le charme de tous les hommes. Qui pouvoit donc arrêter la domination d'une telle langue?

D'abord, une cause tirée de l'ordre même des événements. Cette mâturité fut trop précoce. L'Espagne toute politique & guerière, ignora l'existence de l'Arioste & du Tasse; l'Angleterre théologique & barbare, n'avoit pas un livre; & la France se débattoit dans les horreurs de la Ligue (10). L'Europe n'étoit pas prête, & n'avoit pas encore senti le besoin d'une langue universelle.

Une foule d'autres causes se présentent. Quand la Grèce étoit un monde, dit fort bien Montesquieu, ses plus petites villes étoient des Nations : mais ceci ne put jamais s'appliquer à l'Italie dans le même sens. La Grèce donna des loix aux Barbares qui l'environnoient ; & l'Italie qui ne fut jamais, à son exemple, se former en république fédérative, fut tour-à-tour envahie par les Allemands, par les Espagnols & par les François. Son heureuse position & sa marine auroient pû la soutenir & l'enrichir; mais dèsqu'on eut

doublé

doublé le Cap de bonne-espèrance, le commerce des Indes passa tout entier aux Portugais, & l'Italie ne se trouva plus que dans un coin de l'Univers. Privée de l'éclat des armes & des ressources du commerce, il ne lui restoit que sa langue & ses chef d'œuvres: mais par une fatalité singuliére, le bon goût se perdit en Italie, au moment où il paroissoit en France. Le siècle des Corneille, des Pascal & des Moliére, fut celui d'un Cavalier Marin, d'un Achillini, & d'une foule d'auteurs plus méprisables encore; de sorte que si l'Italie avoit d'abord conduit la France, il fallut ensuite que la France ramenât l'Italie.

Cependant l'éclat du nom francais augmentoit, l'Angleterre se mettoit sur les rangs, & l'Italie se dégradoit de plus en plus. On sentit généralement qu'un pays qui fournissoit des baladins à toute l'Europe, ne donneroit jamais assez de considération à sa langue. On observa que l'Italie n'ayant pu, comme la Grece, annoblir ses différens Dialectes, elle s'en étoit trop occupée. A cet égard la constitution de la France paroît plus heureuse: les Patois y sont abandonnés aux provinces, & c'est sur eux que le petit peuple exerce ses caprices; tandis que la langue nationale est hors de ses atteintes (11).

Enfin le caractère même de la langue Italienne, fut cequi l'écarta le plus de cette universalité qu'obtient chaque jour la langue Françoise. On sait quelle distance sépare en Italie, la poésie de la prose: mais cequi doit étonner, c'est que le vers y ait réellement plus de dureté, ou pour mieux dire, moins de mignadise que la prose. Les loix de la mesure & de l'harmonie ont forcé le poëte à tronquer les mots, & par ces syncopes fréquentes, il s'est fait une langue à part qui, outre la hardiesse des Inversions, a une marche plus rapide & plus ferme. Mais la prose composée de mots dont toutes les lettres se prononcent, & roulant toujours sur des sons pleins, se traîne avec trop de lenteur: son éclat est monotone, l'oreille se lasse de sa douceur, & la langue de sa mollesse; cequi peut venir de ce que chaque mot étant harmonieux en particulier, l'harmonie du tout ne vaut rien. La pensée la plus vigoureuse se détrempe dans la prose Italienne; elle est souvent ridicule &

B 2

pres

presque infuportable dans une bouche virile, parce qu'elle ôte à l'homme ce caractere d'auftérité qui doit en être inféparable. Comme la Langue alle-mande, elle a des formes cérémonieufes & ferviles, ennemies de la conver-fation, & qui ne donnent pas affez bonne opinion de l'efpèce humaine. On y eft toujours dans la fâcheufe alternative d'ennuyer ou d'infulter un hom-me (12). Enfin, il eft difficile d'être naïf dans cette Langue, & la plus fimple affertion y a befoin d'être renforcée du ferment (13). Tels font les inconvénients de la Profe italienne, d'ailleurs fi riche & fi fléxible. Or, c'eft la profe qùi donne l'Empire à une Langue, par ce qu'elle eft toute ufuelle; la Poéfie n'eft qu'un objet de luxe.

Malgré tout celá, on fent bien que la patrie de Raphaël, de Michel-Ange & du Taffe, ne fera jamais fans honneurs. C'eft dans ce Climat for-tuné que la plus mélodieufe des Langues s'eft unie à la mufique des Anges, & cette alliance leur affure un Empire éternel. C'eft là que les chefs-dœu-vres antiques & modernes & la beauté du Ciel attirent le voyageur, & que l'affinité des Langues Tofcane & Latine, le fait paffer avec tranfport de l'Enéide à la Jérufalem. L'italie environnée de puiffances qui l'humilient, a toujours droit de les charmer; & fans doute que fi les littératures Angloife & Françoife n'avoient écrafé la fienne, l'Europe eût encore accordé plus d'hommages à une Contrée deux fois mere des Arts.

Dans ce rapide tableau des Nations, on voit le caractère des Peuples & le génie de leur Langue marcher d'un pas égal, & l'un eft toujours garant de l'au-tre. Admirable propriété de la Parole, de montrer ainfi l'homme tout entier!

Des philofophes ont demandé fi la Penfée peut exifter fans la Parole ou fans quelque autre Signe! Non fans doute: l'homme étant une Machine très-harmonieufe, n'a pu être jetté dans le monde fans s'y établir une foule de rapports. La feule préfence des objets lui a donné des *fenfations* qui font nos idées les plus fimples, & qui ont bientôt amené *les raifonnments*. Il a d'a-bord fenti le plaifir & la douleur, & il les a nommés: enfuite il a connu & nommé l'erreur & la vérité (14). Or, fenfations & raifonnements, voilà de

quoi

quoi tout l'homme fe compofe. L'Enfant doit fentir avant de parler; mais il faut qu'il parle avant de penfer. Chofe étrange! Si l'homme n'eût pas créé des fignes, fes idées fimples & fugitives germant & mourant tour-à-tour, n'auroient pas laiffé plus de traces dans fon cerveau, que les flots d'un ruiffeau qui paffe, n'en laiffent dans fes yeux. Mais l'idée fimple a d'abord néceffité le figne, & bientôt le figne a fécondé l'idée. Chaque mot a fixé la fienne : & telle eft leur affociation, que fi la parole eft une penfée qui fe manifefte, il faut que la penfée foit en même tems une parole intérieure & cachée. (15) L'homme qui parle eft donc l'homme qui penfe tout haut; & fi on peut le juger par fes paroles, on peut auffi juger une Nation par fon langage. La forme & le fonds des ouvrages dont chaque peuple fe vante , n'y font rien : c'eft d'après le caractère & le génie de leur langue qu'il faut prononcer : car presque toujours les Écrivains fuivent des regles & des modèles, mais une Nation entiere parle d'après fon génie.

On demande fouvent ce que c'eft que le Génie d'une langue , & il eft difficile de le dire. Ce mot tient à des idées très-compofées & a l'inconvénient des notions abftraites & générales : on craint en les définiffant de les généralifer encore. A fin donc de mieux rapprocher cette expreffion de toutes les idées qu'elle embraffe, on peut dire que la douceur ou l'âpreté des Articulations, l'abondance ou la rareté des Voyelles, la profodie & l'étendue des mots, leurs filiations & leur forme, enfin le nombre de tournures & de conftructions qu'ils prennent entr'eux, font les caufes les plus évidentes du Génie d'une langue; & ces caufes fe lient au climat & au caractère de chaque peuple en particulier.

Il femble, au premier coup-d'œil, que les proportions de l'organe vocal étant invariables & ayant donné par tout des articulations fixes, elles auroient dû produire par tout les mêmes mots, & qu'on ne devroit entendre qu'un feul langage dans l'univers : mais fi les autres proportions du Corps humain, non moins invariables, n'ont pas laiffé de changer de Nation à Nation, & fi les Piéds, les Pouces & les Coudées d'un peuple ne font pas ceux

　　　　　　　　　　　　d'un

d'un autre, il falloit aussi sans doute que l'organe de la parole éprouvât de grands changements de peuple en peuple & souvent de siècle en siècle. La nature qui n'a qu'un modèle pour tous les hommes, n'a pourtant pas confondu tous les visages sous une même physionomie. Ainsi quoiqu'on trouve en tous lieux les mêmes articulations radicales (16), les langues n'en ont pas moins varié comme la Scène du monde. Chantantes & voluptueuses dans les beaux climats, âpres & sourdes sous un Ciel triste, elles ont constamment suivi la répétition & la fréquence des mêmes sensations.

Après avoir expliqué la diversité des Langues par la nature même de l'homme, & fondé l'union du caractère d'un peuple & du génie de sa langue sur l'éternelle alliance de la parole & de la pensée, il est tems d'arriver aux deux Peuples qui nous attendent & qui doivent fermer cette lice des Nations. Peuples chez qui tout diffère, climat, langage, Gouvernement, Vices & Vertus: peuples voisins & rivaux qui, après avoir disputé trois-cents ans, non à qui auroit l'Empire, mais à qui existeroit, se disputent encore la gloire des lettres, & se partagent depuis un siècle les regards de l'Univers.

L'Angleterre, sous un Ciel nébuleux & séparée du reste du monde, ne parut qu'un exil aux Romains; tandisque la Gaule ouverte à tous les peuples, & jouissant du Ciel de la Grece; faisoit les délices des Césars: première différence établie par la Nature, & d'où dérivent une foule d'autres différences. Ne cherchons pas cequ'étoit l'Angleterre, lorsque répandue dans les plus belles Provinces de France, adoptant notre langue & nos mœurs, elle n'offroit pas une physionomie distincte; ni dans les temps où consternée par le despotisme de Guillaume le Conquérant & de Henry VIII, elle donnoit à ses voisins des modèles d'esclavage: mais considérons-la dans son île, rendue à son propre génie, parlant sa propre langue, florissante de ses loix, s'asséyant enfin à son véritable rang en Europe.

Par sa position & par la supériorité de sa Marine, elle peut nuire à toutes les Nations & les braver sans effe. Comme elle doit toute sa splendeur à l'Océan qui l'environne, il faut qu'elle l'habite, qu'elle le cultive, qu'elle se

l'appro-

l'approprie; il faut que cet efprit d'inquiétude & d'impatience auquel elle doit
fa liberté, fe confume au dedans, s'il n'éclate au dehors: mais quand l'agi-
tation eft intérieure, elle eft toujours fatale au prince qui, pour lui donner
un autre cours, fe hâte d'ouvrir fes ports, & les pavillons de la France, de
l'Efpagne & de la Hollande font bientôt infultés: Il eft vrai que fa force dé-
fenfive eft tres-inférieure à fa force offenfive. Son commerce qui s'eft
ramifié à l'infini dans les quatre parties du monde, fait auffi qu'elle peut être
bleffée de mille maniéres différentes, & les fujets de guerre ne lui manquent
jamais; de forte qu'à toute l'eftime qu'on ne peut refufer à une Nation puiffante & l'éclairée, les autres peuples joignent toujours un peu de haine mélée
de crainte & d'envie.

Mais la France qui a dans fon fein une fubfiftance affurée & des richeffes immortelles, agit contre fes intéréts & méconnoît fon génie, quand elle
fe livre à l'efprit de conquétes. Son influence eft fi grande dans la paix & dans
la guerre, que toujours maîtreffe de donner l'une ou l'autre, il doit lui fem-
bler doux de tenir dans fes mains la balance des Empires, & d'affocier le
repos de l'Europe au fien. Par fa fituation, elle tient à tous les États: par
fa jufte étendue, elle touche à fes véritables limites. Auffi dans les Cabinets
de l'Europe, c'eft plutôt l'Angleterre qui inquiéte; c'eft plutôt la France qui
domine. Il faut donc qu'elle conferve & qu'elle foit confervée; cequi la
diftingue de tous les Peuples anciens & modernes. Le commerce des deux
mers qui la baignent, enrichit fes villes maritimes & vivifie fon intérieur, &
c'eft de fes productions qu'elle alimente fon commerce; fi bien que tout le
monde a befoin de la France, quand l'Angleterre a befoin de tout le monde.
Sa Capitale enfoncée dans les terres, n'a point eu, comme les villes maritimes, l'affluence des Peuples; mais elle a mieux fenti & mieux rendu l'influence de fon propre génie, le goût de fon terroir, l'efprit de fon Gouvernement. Elle a attiré par fes charmes, plus que par fes richeffes; elle n'a
pas eu le mélange, mais le choix des Nations; les Gens d'efprit y ont abon-
dé, & fon empire a été celui du Goût: les opinions exagérées du Nord & du

Midy

Midy viennent y prendre une teinte qui plait à tous. Il faut donc que la France craigne de détourner par la Guerre, cet incroyable penchant de tous les peuples pour elle. Quand on règne fur l'opinion, eft-il befoin d'autre Empire?

Je fuppofe ici que fi le principe du Gouvernement s'eft affoibli chez l'une de ces deux Nations, il s'eft auffi affoibli dans l'autre; cequi fera fubfifter lontemps le parallèle & leur rivalité: Car fi l'Angleterre avoit tout fon reffort, elle feroit trop remuante; & la France feroit trop à craindre, fi elle dé-ployoit toute fa force. Il y a pourtant cette obfervation à faire, que le monde peut changer d'attitude, & la France n'y perdroit pas beaucoup: il n'en eft pas ainfi de l'Angleterre, & je ne puis prévoir jufqu'à quel point elle tombera, pour avoir plutôt fongé à étendre fa domination que fon commerce.

La différence de peuple à peuple n'eft pas moins forte d'homme à homme. L'Anglois fec & taciturne, joint à l'embarras & à la timidité de l'homme du Nord, une impatience, un dégoût de toute chofe qui va fouvent jufqu'à celui de la vie: le François a une faillie de gaîté qui ne l'abandonne pas; & à quelque régime que leurs Gouvernements les aient mis l'un & l'autre, ils n'ont jamais perdu cette premiére empreinte. Le François cherche le côté plaifant de ce monde; l'Anglois femble toujours affifter à un Drame; de forte que cequ'on a dit du Spartiate & de l'Athénien, fe prend ici à la lettre: on ne gagne pas plus à ennuyer un François qu'à divertir un Anglois. Celui-cy voyage pour voir; le François pour voir & pour être vû. On n'alloit pas beaucoup à Lacédémone, fi ce n'eft pour étudier fon Gouvernement; mais le François vifité par toutes les Nations, peut fe croire difpenfé de voyager chez elles, comme d'apprendre leurs Langues, puis qu'il retrouve par tout la fienne. En Angleterre, les hommes vivent beaucoup entr'eux; auffi les femmes qui n'ont pas quitté le tribunal domeftique, ne peuvent entrer dans le tableau de la Nation: mais on ne peindroit les François qu'en profil, fi on faifoit le tableau fans elles; c'eft de leurs vices & des nôtres, de la poli-

teffe

teſſe des hommes & de la coquetterie des femmes, qu'eſt née cette galanterie des deux ſexes qui les corrompt tour-à-tour, & qui donne à la corruption même des formes ſi brillantes & ſi aimables. Sans avoir la ſubtilité qu'on reproche aux peuples du Midi, & l'exceſſive ſimplicité du Nord, la France a la politeſſe & la grace; & non-ſeulement elle a la grace & la politeſſe, mais c'eſt elle qui en fournit les modèles dans les mœurs, dans les manières, & dans les parures: Sa mobilité ne donne pas à l'Europe le temps de ſe laſſer d'elle. C'eſt pour toujours plaire que le François change toujours; c'eſt pour ne pas trop ſe déplaire à lui-même que l'Anglois eſt contraint de changer. Le François ne quitte la vie, que lorſqu'il ne peut plus la ſoutenir; l'Anglois quand il ne peut plus la ſupporter. On nous reproche l'imprudence & la fatuité, mais nous en avons tiré plus de parti que nos ennemis de leur flegme & de leur fierté: la politeſſe ramène Ceux qu'a choqués la vanité; il n'eſt point d'accommodement avec l'orgueil. On peut d'ailleurs en appeler au François de quarante ans; & l'Anglois ne gagne rien aux délais. Il eſt bien des moments où le François peut payer de ſa perſonne; mais il faut toujours que l'Anglois paye de ſont argent. Enfin s'il eſt poſſible que le François n'ait acquis tant de graces & de goût qu'aux dépens de ſes mœurs, il eſt encore très-poſſible que l'Anglois ait perdu les ſiennes, ſans acquérir ni le goût ni les graces.

Quand on compare un peuple du Midi à un peuple du Nord, on n'a que des extrêmes à rapprocher: mais la France, ſous ſa Zone tempérée, changeante dans ſes manières, & ne pouvant ſe fixer elle-même, parvient pourtant à fixer tous les goûts. Les peuples du Nord y viennent chercher & trouver l'homme du Midi; & les peuples du Midi y cherchent & y trouvent l'homme du Nord. *Plas mi cavalier francès*, diſoit il y a 800 ans, ce Fréderic I. qui avoit vû toute l'Europe & qui étoit notre ennemi. Que devient maintenant le reproche ſi ſouvent fait au François, qu'il n'a pas le caractère de l'Anglois? Ne voudroit-on pas auſſi qu'il parlât la même langue? La nature en lui donnant la douceur d'un Climat, ne pouvoit lui donner la mê-

C

dité d'un autre; elle l'a fait l'homme de toutes les Nations, & son Gouvernement ne s'oppose point au vœu de la nature.

J'avois d'abord établi que la Parole & la Pensée, le Génie des Langues & le Caractere des Peuples se suivoient d'un même pas : je dois dire ici que les Langues se mêlent entr'elles comme les Peuples; qu'après avoir été obscures comme eux, elles s'élevent & s'annoblissent avec eux : une Langue pauvre ne fut jamais celle d'un Peuple riche. Mais si les Langues sont comme les Peuples, il est encore très vrai que les mots sont comme les hommes. On voit dans la Société Ceux qui ont une Famille & des alliances étendues, y avoir aussi une plus grande Consistence. C'est ainsi que les mots qui ont de nombreux dérivés & qui tiennent à beaucoup d'autres, sont les premiers mots d'une Langue & ne vieilliront jamais; tandisque ceux qui sont Isolés, qui sont sans harmonie ou d'une conjugaison difficile, tombent comme des hommes sans recommendation & sans appui. Pour achever le paralléle, on peut dire que les uns & les autres ne valent qu'autant qu'ils sont à leur place. J'insiste sur cette analogie, afin de prouver combien le goût qu'on a dans l'Europe pour les François, est inséparable de celui qu'on a pour leur Langue; & combien l'éstime qu'on fait de cette Langue, est fondée sur celle qu'on a pour la Nation.

Voyons maintenant si le Génie & les Ecrivains de la Langue Angloise auroient pû lui donner cette universalité qu'elle n'a point obtenue du caractere & de la réputation du Peuple qui la parle. Opposons cette Langue à la nôtre, sa Littérature à notre Littérature, & justifions le choix de l'Univers.

S'il est vrai qu'il n'y eut jamais ni Langage ni Peuple sans mélange, il n'est pas moins évident qu'après une conquête, il faut du temps pour consolider le nouvel état, & pour bien fondre ensemble les idiômes & les Familles des Vainqueurs & des Vaincus: mais on est étonné quand on voit qu'il a fallu plus de mille ans à la langue Françoise pour arriver à sa mâturité. On ne l'est pas moins quand on songe à la prodigieuse quantité d'Ecrivains qui

ont

ont fourmillé dans cette Langue depuis le cinquième siècle jusqu'à la fin du seizième , sans compter Ceux qui écrivoient en Latin. Quelques monuments qui s'élevent encore dans cette mer d'oubli , nous offrent autant de François différents (17). Les changements & les révolutions de la Langue étoient si brusques, que le siècle où on vivoit , dispensoit toujours de lire les ouvrages du siècle précédent. Les auteurs se traduisoient mutuellement de demi-siècle en demi-siècle, de Patois en Patois, de vers en prose (18): & dans cette longue galerie, il ne s'en trouve pas un qui n'ait crû fermement que la Langue étoit arrivée pour lui à sa derniére perfection. Pasquier affirmoit de son temps qu'il ne s'y connoissoit pas, où que Ronsard avoit fixé la langue Françoise.

A travers ses variations, on voit cependant combien le caractere de la Nation influoit sur elle. La construction des phrases fut toujours directe & claire. La Langue françoise n'eut donc que deux sortes de Barbaries à combattre: Celle des mots & celle du mauvais goût de chaque siécle. Les Conquérants François en adoptant les expressions Celtes & Latines, les avoient marquées chacune à leur coin. Tout fut arbitaire; on eut une Langue pauvre & décousue, & le désordre règna dans la disette. Mais quand la Monarchie acquit plus de force & d'unité, il fallut refondre ces monnoies éparses & les réunir sous une empreinte générale, conforme à leur origine & au caractere de la Nation: ceci leur donna une physionomie double. On se fit une Langue écrite & une Langue parlée; & ce divorce de l'orthographe & de la prononciation dure encore: mais comme la prononciation s'est toujours adoucie, & que l'orthographe est restée inflexible , il en résulte que nous avons une Langue rude à l'œil & agréable à l'oreille (19). Enfin le bon goût ne se dévelopa tout entier que dans la perfection même de la Société: la mâturité du langage & celle de la Nation arrivérent ensemble.

En effet, quand l'autorité publique est affermie, que les Fortunes sont assurées , les priviléges confirmés, les droits éclaircis , les rangs assignés: quand la Nation heureuse & respectée, jouit de la gloire au dehors, de la

C 2   paix

paix & du commerce au dedans; lorsque dans la Capitale, un Peuple immenfe fe mêle toujours, fans jamais fe confondre; alors on commence à diftinguer autant de nuances dans le Langage que dans la Société; la délicateffe des procédés amène celle des propos; les métaphores font plus juftes; les comparaifons plus nobles; les plaifanteries plus fines: la Parole étant le vêtement de la penfée, on veut des formes plus élégantes. C'eft cequi arriva aux premiéres années du règne de Louis XIV. Le poids de l'autorité Royale fit rentrer chacun à fa place: on connut mieux fes droits & fes plaifirs: l'oreille plus exercée exigea une prononciation plus douce: une foule d'objets nouveaux demanderent des expreffions nouvelles: la Langue Françoife fournit à tout, & l'ordre s'établit dans l'abondance.

Il faut donc qu'une Langue s'agite jufqu'à cequ'elle fe repofe dans fon propre génie; & ce principe explique un fait affez extraordinaire. C'eft qu'au treizième & quatorfième fiècle, la langue Françoife étoit plus près d'une certaine perfection, qu'elle ne le fut au feizième (20). Ses éléments s'étoient déja incorporés; fes mots étoient affez fixes, & la conftruction de fes phrafes, directe & réguliére. Il ne manquoit donc à cette Langue que d'être parlée dans un fiècle de lumiéres, & ce temps approchoit. Mais là renaiffance des Lettres, la fit tout-à-coup rebrouffer vers la Barbarie. Une foule de poëtes s'éleverent dans fon fein, tels que les Ronfard, les Iodelles & les Baïfs. Epris d'Homère & de Pindare, & n'ayant pas digéré ces grands modèles, ils s'imaginerent que la Nation s'étoit trompée jufques-là, & que la langue Françoife auroit bientôt les beautés du Grec, fi on y tranfportoit les mots compofés, les diminutifs, les péjoratifs, & furtout la hardieffe des inverfions: trois chofes précifément oppofées à fon génie. Le Ciel fut *porte-flambeaux*; Jupiter *Lance-tonerre*; on eut des *Agnelets doucelets*; ont fit des vers fans rimes, des hexamètres & des pentamètres. Les métaphores baffes & gigantesques fe cacherent fous un ftyle entortillé: enfin ces poëtes lacherent le Grec tout pur; & de tout un fiècle, on ne s'entendit point en vers.

vers. C'eſt ſur leurs ſublimes échaſſes que le Burlesque ſe trouva naturellement monté, quand le bon goût vint à paroître.

A cette même époque, les deux Reines Médicis donnoient une grande
vogue à l'Italien, & les Courtiſans tâchoient de l'introduire de toute part dans
la langue Françoiſe. Cette irruption du Grec & de l'Italien la troubla d'a-
bord; mais, comme une liqueur déja ſaturée, elle ne put reçevoir ces nouveaux éléments: ils ne tenoient pas; on les vit tomber d'eux-mêmes.

Les malheurs de la France ſous les derniers Valois retarderent la perfection du langage; mais la fin du Règne d'Henry IV. & celui de Louis XIII,
ayant donné à la Nation l'avant-goût de ſon triomphe, la poéſie Françoiſe
ſe montra d'abord ſous les auſpices de ſon propre génie. La proſe, plus
ſage, ne s'en étoit pas écartée comme elle; thémoins Charon, Montaigne, &
Amiot; auſſi, pour la première fois peut-être, elle ramena la poéſie qui la
devance toujours.

Il manque un trait à cette foible eſquiſſe de la langue Romance ou Gauloiſe. On eſt perſuadé que nos peres étoient preſque tous naïfs; que c'étoit
un bienfait de leur temps & qu'il eſt attaché à leur langage: Si bien que certains auteurs l'empruntent aujourd'huy afin d'être naïfs auſſi. Ce ſont des
vieillards qui ne pouvant parler en hommes, bégayent pour paroître En-
fants: mais comme il y a deux enfances dans la vie, ils ne peuvent toucher
qu'à la ſeconde; & le naïf qu'ils dégradent, tombe dans le niais. Voici
donc comment s'explique cette Naïveté gauloiſe. Tous les Péuples ont le
naturel; il ne peut y avoir qu'un ſiècle très avancé qui connoiſſe & ſente le
naïf. Celui que nous trouvons & que nous ſentons dans le ſtyle de nos ancêtres, l'eſt devenu pour nous; il n'étoit pour eux que le naturel: c'eſt ainſi
qu'on trouve tout naïf dans l'enfant qui ne s'en doute pas. Chez les peuples
perfectionnés & corrompus, la penſée a toujours un voile; & la modération,
exilée des mœurs, ſe réfugie dans le langage; cequi le rend plus fin & plus
piquant. Lorsque par une heuréuſe abſence de fineſſe & de précaution, la
phraſe montre la penſée toute nue; le naïf paroît. De même, chez les peu-

ples

ples vêtus, une nudité produit la pudeur ; mais les Nations qui vont nues, font chaftes fans être pudiques, comme les Gaulois étoient naturels fans être naïfs. On peut encore ajoûter que cequi nous fait fourire dans une expreffion antique, n'eut rien de plaifant dans fon origine, & que telle épigramme chargée du fel d'un vieux mot, eut été fort innocente il y a deux cents ans. Il me femble donc qu'il eft ridicule d'emprunter les livrées de la Naïveté, quand on ne l'a pas elle-même. Nos grands écrivains l'ont trouvée fans quitter leur Langue, & celui qui, pour être naïf, emprunte une phrafe d'Amiot, demanderoit pour être brave, l'armure de Bayard.

Une chofe bien remarquable, c'eft qu'à quelque époque de notre langue Françoife qu'on s'arrête, depuis fa plus obfcure origine jufqu'à Louis XIII, & dans quelque imperfection qu'elle fe trouve de fiècle en fiècle, elle ait toujours charmé l'Europe, autant que le malheur des temps l'a permis. Il faut donc que la France ait toujours eû une perfection relative, & certains agréments fondés fur fa pofition & fur l'heureufe humeur de fes habitans. L'hiftoire qui confirme par tout cette vérité, n'en dit pas autant de l'Angleterre.

Les Saxons L'ayant conquife, s'y établirent ; & c'eft de leur idiôme & de l'ancien jargon du pays que fe forma la langue Angloife, apellée *Anglo-Saxon.* Cette Langue fut abandonnée au Peuple depuis la conquête de Guillaume jufqu'à Edouard III, intervalle pendant lequel la Cour & les Tribunaux d'Angleterre ne s'exprimerent qu'en François. Mais enfin la jaloufie nationale s'étant réveillée, on exila une Langue rivale que le génie Anglois repouffoit depuis longtemps. On fent bien que les deux Langues s'étoient mêlées, malgré leur haine ; mais on obferve que les mots François qui émigrèrent en foule dans l'Anglois, & qui fe fondirent dans une prononciation & une fyntaxe nouvelles, ne furent pourtant pas défigurés : fi notre oreille les méconnoît, nos yeux les retrouvent encore ; tandisque les mots Latins qui font entrés dans les différents jargons de l'Europe, furent toujours mutilés, comme les obélifques & les ftatues qui tomboient entre les mains des

Bar-

Barbares. Celà vient de ceque les Latins ayant placé les nuances de la décli-
naifon & de la conjugaifon dans la finale du mot, nos ancêtres qui avoient
leurs articles, leurs pronoms, & leurs verbes auxiliaires (21), tronquerent ces
finales qui leur étoient inutiles, & qui défiguroient le mot à leurs yeux. Mais
dans les emprunts que les Langues modernes fe font entr'elles, le mot ne
s'altère qu'à la prononciation.

·Dans un efpace de quatre Cents ans, je ne trouve en Angleterre que
Chaucer qui mérita au commencement du quinzième fiècle d'être appellé
l'*Homère Anglois*. Notre Ronfard le mérita de même, & Chaucer auffi
obfcur que lui, eut encore moins de réputation. De Chaucer jufqu'à Shakespear & à Milton, rien ne tranfpire dans cette île célébre, & fa Littéra-
turè ne vaut pas un coup-d'œil. (22)

Me voilà tout-à-coup parvenu à l'époque où j'ai laiffé la langue Françoife. La paix de Vervins avoit appris à l'Europe fa véritable pofition: on
vit chaque état fe placer à fon rang: l'Angleterre brilla pour un moment de
la gloire d'Elizabeth: l'Efpagne épuifée ne put cacher fa foibleffe; mais la
France montra toute fa force, les Lettres commencerent fa gloire.

Si Ronfard avoit Bâti des chaumiéres avec des tronçons de colomnes
grecques, Malherbe éleva le premier des Monuments nationaux. Richelieu qui affectoit toutes les grandeurs, humilioit d'une main la maifon d'Autriche, & de l'autre élevoit à lui le Jeune Corneille, en l'honorant de fa jaloufie. Il fondoit avec lui ce théâtre qui donne de fi grandes leçons aux Rois;
& aux peuples, des plaifirs fi purs. Preffentant les acroiffements & l'Empire de la Langue, il lui créa un tribunal afin de devenir par elle le Légifla-
teur des Nations. A cette époque une foule de génies vigoureux entrerent
à la fois dans la langue Françoife, & lui firent parcourir rapidement tous fes
périodes, de Voiture jufqu'à Pafcal, & de Racan jufqu'à Boileau.

Cependant l'Angleterre, factieufe & régicide, n'avoit fecoué fes fers que
pour les reprendre encore; & Charles II. régnoit paifiblement fur un Trône
teint du fang de fon pere. Shakespear avoit paru: mais fon nom & fa gloire
ne

ne devoient paſſer les mers que deux ſiècles après; il n'étoit pas alors, comme il l'a été depuis, l'idole de ſa Nation & le Scandale de notre Littérature (23): Son génie agreſte & populaire déplaiſoit au Prince & aux Courtiſans. Milton qui le ſuivit, mourut inconnu: Sa Perſonne étoit odieuſe; le titre de ſon Poëme rebuta; on n'entendit pas des vers durs, hériſſés de termes techniques, ſans rime & ſans harmonie; & l'Angleterre apprit un peu tard qu'elle poſſédoit un Poëme épique. Il y avoit pourtant des beaux eſprits & des poëtes à la Cour de Charles; Prior, Waller, Rocheſter, Hamilton y brilloient, & Shafterſbury hâtoit les progrès de la penſée, en épurant la proſe Angloiſe. Cette foible aurore ſe perdit tout-à-coup dans l'éclat du ſiècle de Louis XIV: les beaux jours de la France étoient arrivés.

Il y eut un concours de circonſtances admirable. Les grandes découvertes qui s'étoient faites depuis cent cinquante ans, avoient donné à l'eſprit humain une impulſion que rien ne pouvoit plus arrêter; & cette impulſion tendoit vers la France. Paris fixa les Idées flottantes de l'Europe, & devint le foyer des étincelles répandues chez tous les peuples. L'imagination de Deſcartes règna dans la philoſophie; la raiſon de Boileau dans les vers; Bayle plaça le doute aux pieds de la vérité; Boſſuet la mit elle-même aux pieds des Rois, & nous comptâmes autant de genres d'éloquence que de grands-hommes. Notre théâtre ſurtout achevoit l'éducation de l'Europe: c'eſt là que le Grand Condé pleuroit aux vers du grand Corneille, & que Racine corrigeoit Louis XIV. Rome toute entière parut ſur la ſcéne Françoiſe, & les paſſions parlerent leur langage. Nous eûmes & ce Moliére plus comique que les Grecs, & le Télémaque plus antique que les ouvrages des Anciens; & ce Lafontaine qui ne donnant pas à la Langue des formes ſi pures, lui prêtoit des beautés plus incommunicables. Nos livres rapidement traduits en Europe & même en Aſie, devinrent les livres de tous les pays, de tous les goûts & de tous les âges. La Grece vaincue ſur le théâtre, le fut encore dans des piéces fugitives qui volerent de bouche en bouche, & donnerent des ailes à la langue Françoiſe. Les premiers journaux qu'on vit circuler en Europe,

étoient

étoient François, & ne racontoient que nos victoires & nos chefs-d'œuvre. C'eſt de nos Académies qu'on s'entretenoit; & la Langue s'étendit par leurs correſpondances. On ne parloit enfin que de l'eſprit & des graces Françoiſes: tout ſe faiſoit au nom de la France, & notre réputation s'accroiſſoit de notre réputation.

Aux productions de l'eſprit ſe joignoient encore celles de l'induſtrie: des pompons & des modes accompagnoient nos meilleurs livres chez l'étranger, par ce qu'on vouloit être partout raiſonnable & frivole comme en France. Il arriva donc que nos voiſins reçevant ſans ceſſe des meubles, des étoffes, & des modes, qui ſe renouvelloient ſans ceſſe, manquerent de termes pour les exprimer: ils furent comme accablés ſous l'exubérance de l'induſtrie Françoiſe; ſi bien qu'il prit comme une impatience générale à l'Europe, & pour n'être plus ſéparé de nous, on étudia notre Langue de tout côté.

Depuis cette exploſion, la France a continué de donner un théâtre, des habits, du goût, des maniéres, une Langue, un nouvel art de vivre, & des jouiſſances inconnues aux États qui l'entourent; ſorte d'Empire qu'aucun Peuple, je ſache, n'a jamais exercé. Et comparez-lui, je vous prie, celui des Romains qui ſemerent par tout leur Langue & l'eſclavage, s'engraiſſerent du ſang des Nations, & détruiſirent juſqu'à cequ'ils fuſſent détruits!

On a beaucoup parlé de Louis XIV; je n'en dirai qu'un mot. Il n'avoit ni le génie d'Alexandre, ni l'eſprit & la puiſſance d'Auguſte; mais pour avoir ſû règner, pour avoir connu l'art d'accorder ce coup-d'œil, ces foibles récompenſes dont le talent veut bien ſe payer, Louis XIV marche, dans l'hiſtoire de l'eſprit humain, à côté d'Auguſte & d'Alexandre. Il fut le véritable Apollon du Parnaſſe François: les Poëmes, les tableaux, les marbres ne reſpirerent que pour lui. Ce qu'un autre eût fait par politique, il le fit par goût. Il avoit de la grace; il aimoit la gloire & les plaiſirs; & je ne ſais quelle tournure romaneſque qu'il eut dans ſa jeuneſſe, remplit les François d'un enthouſiasme qui gagna toute l'Europe. Il fallut voir ſes bâtimens & ſes fêtes; & ſouvent la curioſité des étrangers ſoudoya la vanité

D

Fran-

Françoife. En fondant à Rome une colonie de Peintres & de Sculpteurs, il faifoit figner à la France une alliance perpétuelle avec les Arts. Quelquefois fon humeur magnifique alloit avertir les princes étrangers, du mérite d'un favant ou d'un artifte caché dans leurs États; & il en faifoit l'honorable conquête. Auffi le nom François & le fien, pénétrerent jufqu'aux extrémités orientales de l'Afie. Notre Langue domina, comme lui, dans tous les traités; & quand il ceffa de dicter des loix, elle garda fi bien l'Empire qu'elle avoit acquis, que ce fut dans cette même Langue, organe de fon ancien defpotisme, que ce Prince fut humilié vers la fin de fes jours. Ses profpérités, fes fautes, & fes malheurs fervirent également à la Langue: elle s'enrichit, à la révocation de l'Edit de Nantes, de tout ceque perdoit l'Etat. Les Réfugiés emporterent dans le Nord leur haine pour le Prince & leurs regrets pour la Patrie; & ces regrets & cette haine s'exhalerent en François.

Il femble que c'eft vers le milieu du règne de Louis XIV, que le Royaume fut à fon plus haut point de grandeur relative. L'Allemagne avoit des Princes nuls; l'Efpagne étoit divifée & languiffante; l'Italie avoit tout à craindre; l'Angleterre & l'Ecoffe n'étoient pas encore unies; la Pruffe & la Ruffie n'exiftoient pas. Auffi l'heureufe France, profitant de ce Silence de tous les Peuples, triompha dans la paix, dans la guerre, & dans les arts: elle occupa le monde de fes projets, de fes entreprifes, & de fa gloire; pendant près d'un fiècle, elle donna à fes rivaux & les jaloufies littéraires, & les allarmes politiques, & la fatigue de l'admiration. Enfin l'Europe laffe d'admirer & d'envier, voulut imiter: c'étoit un nouvel hommage. Des ceffaims d'Ouvriers entrerent en France, & en rapporterent notre Langue & nos Arts qu'ils propagerent.

Vers la fin du fiècle, quelques ombres fe mélerent à tant d'éclat; Louis XIV vieilliffant, n'étoit plus heureux. L'Angleterre fe dégagea des rayons de la France & brilla de fa propre Lumiére. De grands efprits s'éleverent dans fon fein; fa Langue s'étoit enrichie comme fon commerce, de la dépouille des Nations: Pope, Adiffon, & Dryden en adoucirent les Sifflements;

&

& l'Anglois fut, fous leur plume, l'Italien du Nord. L'enthoufiasme pour Shakespear & Milton fe réveilla; & cependant Locke pofoit les bornes de l'efprit humain; Newton trouvoit celles de la nature.

Aux yeux du fage, l'Angleterre s'honoroit autant par la philofophie que nous par les Arts: Mais puifqu'il faut le dire, la place étoit prife. L'Europe ne pouvoit donner deux fois le droit d'Aîneffe, & nous l'avions obtenu. De forte que tant de Grands-hommes, en travaillant pour leur gloire, illuftrerent leur patrie & l'humanité, plus encore que leur Langue.

Suppofons cependant que l'Angleterre eût été moins lente à fortir de la Barbarie, & qu'elle eût précédé la France; il me femble que l'Europe n'enauroit pas mieux adopté fa Langue. Sa pofition n'appelle pas les voyageurs; & la France leur fert toujours de terme ou de paffage. L'Angleterre vient ellemême faire fon Commerce chez les différents peuples, & on ne va point commercer chez elle. Or celui qui s'expatrie ne donne pas fa Langue; il prend plutôt celle des autres. C'eft fans fortir de chez lui que le François a étendu la fienne, & l'Anglois en voyageant n'a répandu que fa monnoie.

Suppofons enfin que par fa pofition, l'Angleterre ne fût pas reléguée dans l'Océan & qu'elle eût attiré fes Voifins: il eft encore vrai que fa Langue & fa Littérature n'auroient pû fixer le choix de l'Europe; car il n'eft point d'objection un peu forte contre la Langue Allemande, qui n'ait encore de la force contre celle des Anglois. Les défauts de la Mere ont paffé jufqu'à la Fille: il eft vrai auffi que les objections contre la Littérature Angloife, deviennent plus terribles contre celle des Allemands: ces deux peuples s'excluent l'un par l'autre. Quoiqu'il en foit, l'événement a démontré que la langue Latine étant la vieille fouche, la Langue de nos vainqueurs & de nos peres, c'eft un de fes rejettons qui devoit fleurir en Europe (24). On peut dire en outre que fi l'Anglois a l'audace des Langues à inverfions, il en a l'obfcurité; & que fa fyntaxe eft fi bizarre, que la régle y a quelquefois moins d'applications que d'exceptions. On lui trouve des formes ferviles qui étonnent dans la Langue d'un peuple libre, & qui la rendent moins propre à la

con-

conversation que la langue Françoise dont la marché est si lefte & si débar-
rassée. Ceci vient de ceque les Anglois ont passé du plus extrême esclavage à
la plus haute liberté politique, & que nous sommes arrivés de la liberté dé-
mocratique à une Monarchie absolue. Les deux Nations ont gardé les livrées de leur ancien État; & c'est ainsi que les Langues sont les vraies Médailles de l'histoire. Enfin la prononciation de cette Langue n'a ni la fer-
meté ni la plénitude de la nôtre.

J'avoue que la Littérature Angloise offre des monuments de profondeur
& d'élévation qui seront l'éternel Honneur de l'esprit humain: & cependant
leurs livres ne sont pas devenus les livres de tous les hommes; ils n'ont pas
quitté certaines mains; il a fallu des essais & de la précaution pour n'etre pas
rebuté de l'écorce & du goût du terroir. Accoûtumé au crédit immense
qu'il a dans les affaires, l'Anglois veut porter cette puissance fictive dans les
Lettres, & sa Littérature en a contracté un caractere d'exagération, opposé
au bon goût: elle se sent trop de l'Isolation & du Peuple & de l'Ecrivain;
c'est avec une ou deux sensations que quelques Anglois ont fait un livre. Le
désordre leur a plu, comme si l'ordre leur eût semblé trop près de je ne sais
quelle servitude: aussi leurs ouvrages qui donnent le travail & le fruit, ne
donnent pas le charme de la lecture.

Mais les François, ayant reçu des impressions de tous les points de l'Europe, ont placé le goût dans les opinions modérées, & leurs livres compo-
sent la Bibliothéque du genre humain. Comme les Grecs, ils ont toujours
eû dans le temple de la Gloire un autel pour les Graces, & leurs rivaux les ont
trop oubliées. On peut dire par hypotése, que si le monde finissoit tout-
à-coup & faisoit place à un monde nouveau, ce n'est point un excellent livre Anglois, mais un excellent livre François qu'il faudroit lui léguer, pour
donner de notre espece humaine, une idée plus heureuse. A richesse égale,
il faut que la sèche raison céde le pas à la raison ornée.

Ce n'est point l'aveugle amour de la patrie ni le préjugé national qui
m'ont conduit dans ce rapprochement des deux Peuples; c'est la nature &
l'évi-

l'evidence des faits. Eh! quelle eſt la Nation qui loue plus franchement que nous? n'eſt-ce pas la France qui a tiré la Littérature Angloiſe du fond de ſon île? N'eſt-ce pas Voltaire qui a préſenté Locke & Newton à l'Europe? Nous ſommes les ſeuls qui imitions les Anglois; & quand nous ſommes las de notre goût, nous y mélons leurs caprices: nous faiſons entrer un Meuble, un habit à l'Angloiſe dans l'immenſe tourbillon des nôtres, comme une mode poſſible, & le monde l'adopte au ſortir de nos mains. Il n'en eſt pas ainſi de l'Angleterre. Quand les Peuples du Nord ont aimé la Nation Françoiſe, ont imité ſes maniéres, exhalté ſes ouvrages, ce concert de toutes les voix a été troublé par le ſilence des Anglois.

Il me reſte à prouver que ſi la langue Françoiſe a conquis l'Empire par les livres, l'humeur, & l'heureuſe poſition du Peuple qui la parle, elle l'a conſervé par ſon propre génie.

Ce qui diſtingue notre Lange des Langues anciennes & modernes, c'eſt l'ordre & la conſtruction de la phraſe. Cet ordre doit toujours être direct & néceſſairement clair. Le François nomme dabord le *ſujet* de la phraſe; enſuite le *verbe* qui eſt l'action; & enfin l'*objet* de cette action. Voilà la logique naturelle á tous les hommes, voilà ce qui conſtitue le ſens-commun.

Or, cet ordre ſi favorable, ſi néceſſaire au raiſonnement, eſt preſque toujours contraire aux ſenſations qui nomment le premier, l'objet qui frappe le premier: c'eſt pourquoi tous les peuples abandonnant l'ordre direct, ont eu recours aux tournures plus ou moins hardies; ſelon que leurs ſenſations ou l'harmonie de la phraſe l'exigeoient; & l'*inverſion* a prévalu ſur la terre, parceque l'homme eſt plus impérieuſement gouverné par les paſſions que par la raiſon.

Le François par un privilege unique, eſt ſeul reſté fidele à l'ordre direct, comme s'il étoit toute raiſon; & on a beau par les mouvements les plus variés & toutes les reſſources du Style déguiſer cet ordre, il faut toujours qu'il exiſte; c'eſt envain que les paſſions nous bouleverſent, & nous ſollicitent de ſuivre l'ordre des ſenſations; la ſyntaxe Françoiſe eſt incorruptible. C'eſt

delà

delà que réfulte cette admirable clarté, bafe éternelle de notre Langue. Ce qui n'eft pas clair, n'eft pas François; ce qui n'eft pas clair, eft encore Anglois, Italien, Grec ou Latin. Pour apprendre les Langues à invenfions, il fuffit de connoître les mots & leurs régimes; pour apprendre la Langue françoife, il faut encore retenir l'arragement des mots. On diroit que c'eft d'une géométrie toute élémentaire, de la fimple ligne droite, que s'eft formée la Langue françoife, & que ce font les courbes & leurs variétés infinies qui ont préfidé aux Langues greque & latine. La nôtre règle & conduit la penfée, les autres fe précipitent & s'égarent avec elle dans la labyrinthe des fenfations, & fuivent tous les caprices de l'harmonie. (25.)

Il eft arrivé delà que la Langue françoife a été moins propre à la mufique & aux vers, qu'aucune Langue ancienne & moderne: car ces deux Arts vivent de fenfations; la mufique furtout, dont la propriété eft de donner de la force à des paroles fans couleur, & d'affoiblir les penfées: preuve inconteftable qu'elle eft elle-même une langue à part, & qu'elle repouffe tout ce qui veut partager les fenfations avec elle. Car ce n'eft point, comme on l'a dit, parceque les mots françois ne font point fonores; c'eft parceque la phrafe offre toujours l'ordre & la force, quand le chant demande le défordre & l'abandon. La mufique doit toujours bercer l'ame dans le vague, & ne rien définir à l'efprit. Malheur à celle dont on dira qu'elle a bien raifonné.

Mais fi la rigide conftruction de la phrafe Françoife gêne la marche du poëte, l'imagination eft encore arrêtée par le génie circonfpect de la langue. Les métaphores des poëtes étrangers ont toujours un dégré de plus que les nôtres; ils ferrent le ftyle figuré de plus près, & leur poéfie eft plus haute en couleur. (26) Il eft généralement vrai que les figures Orientales étoient folles, que celles des Grecs & des Latins ont été hardies, & que les nôtres font juftes. Il faut donc que le poëte François plaife par la penfée, par une élégance continue, par des movements heureux, par des alliances de mots. C'eft ainfi que les grands maîtres n'ont pas laiffé de cacher de grandes hardieffes dans le tiffu d'un ftyle clair & fage; & c'eft de l'artifice avec lequel

ils

ils ont fû déguifer leur fidélité au génie de la Langue, que réfulte tout le charme de leur ftyle.

Un des plus grands problêmes qu'on puiffe propofer aux hommes, eft cette conftance de l'ordre régulier dans notre Langue. Je conçois bien que les Grecs & même les Latins, ayant donné une famille à chaque mot & de riches modifications à leurs finales, ont pû fe livrer aux plus hardies tournures pour obéir aux impreffions qu'ils recevoient des objets: tandis que dans nos Langues modernes, l'embarras des conjugaifons & l'attirail des articles, la préfence d'un nom mal apparenté ou d'un verbe défectueux, nous fait tenir fur nos gardes, pour éviter l'obfcurité. Mais pourquoi la langue Françoife s'eft-elle trouvée feule affujettie à l'ordre direct? il faut croire que par fon génie, la Nation Françoife a fouverainement befoin de clarté.

Tous les hommes ont ce befoin, & je ne croirai jamais que les gens du peuple chez les Grecs & les Romains, ayent ufé d'inverfions. Leur plus grands écrivains fe font plaint de l'abus qu'on en faifoit en vers & en profe: & quand on lit Démétrius de Phalere, on eft frappé de tous les éloges qu'il donne à Thucidide, pour avoir débuté dans fon hiftoire par une phrafe de conftruction toute Françoife. On ne peut nier, ce me femble, que les inverfions ne foient l'unique caufe des difficultés & des équivoques dont fourmillent les langues Grecque & Latine, plus hardies dans leurs tournures que toutes les Langues modernes. Une fois que l'ordre du raifonnement eft facrifié, l'oreille & l'imagination (ce qu'il y a de plus capricieux dans l'homme) reftent maîtreffes du difcours, la penfée n'a plus qu'une marche incertaine.

Mais la Langue françoife, ayant la clarté par excellence, a dû porter toute fa force dans la profe; & fa profe a dû lui donner l'Empire. Cette marche eft dans la nature. Rien n'eft en effet comparable à la profe Françoife.

L'heureufe profe, dit Quintilien, eft celle où l'ordre eft naturel, les liaifons fenfibles & la période harmonieufe. On diroit qu'il a voulu peindre la profe Françoife.

II

Il y a des pièges & des surprises dans les Langues à inversions : le lecteur reste surpendu dans une phrase latine, comme le voyageur devant des routes qui se croisent ; il attend que toutes les finales l'aient averti de la correspondance des mots ; son oreille reçoit, & son esprit qui n'a cessé de décomposer pour composer encore, résoud enfin le sens de la phrase comme un problême.

La prose Françoise se développe en marchant & se déroule avec grace & noblesse. Toujours sûre de la construction de ses phrases, elle entre avec plus de bonheur dans la discussion des choses abstraites, & sa sagesse donne de la confiance à la pensée. Les philosophes l'ont adoptée, par ce qu'elle s'accommode également & de la frugalité didactique, & de la magnificence qui convient à la grande histoire de la Nature.

On ne dit rien en vers qu'on ne puisse aussi bien exprimer en prose, & cela n'est pas réciproque. Le prosateur tient plus étroitement sa pensée & la conduit par le plus court chemin, tandis que le versificateur laisse flotter les rênes, & va où la rime le pousse. Notre prose s'enrichit tous les jours : elle poursuit le vers dans toutes ses hauteurs, & ne laisse entre elle & lui que la rime, foible rempart élevé par les Gots ! étant donnée à tous les hommes, elle a plus de juges que la versification, & sa difficulté se cache sous une extrême facilité. Le versificateur enfle sa voix, s'arme de la rime & de la mesure, & tire sa pensée du sentier vulgaire. Mais que de foiblesses ne cache pas l'art des vers ! La prose accuse le nud de la pensée : il n'est pas permis d'être foible avec elle. Selon Denis d'halicarnasse, il y a une prose qui vaut mieux que les meilleurs vers. C'est elle qui fait lire les grands ouvrages : c'est à elle que la Langue Françoise doit toute sa fortune (27).

Lorsqu'elle traduit, elle explique véritablement un auteur. Les langues Italienne & Angloise, abusant de leurs inversions, se jettent dans tous les moules que le texte leur présente. Elles se calquent sur lui, & rendent difficulté pour difficulté. Je n'en veux pour preuve que Davanzati. Quand le sens de Tacite se perd, comme un fleuve qui disparoit tout-à-coup sous la terre, le traducteur s'y plonge & se dérobe avec lui. On les voit ensuite

reparoitre

reparoître enfemble: ils ne fe quittent pas l'un l'autre, mais le lecteur les perd fouvent tous deux.

Sa prononciation porte l'empreinte de fon caractere: elle eft plus variée que celle des Langues du Midi, mais moins éclatante: elle eft plus douce que celle des Langues du Nord, parcequ'elle n'articule pas toutes fes Lettres. Le fon de *l'E* muet, toujours femblable à la derniére vibration des corps fonores, lui donne une harmonie légère qui n'eft qu'à elle.

Si elle n'a point les diminutifs & les mignardifes de la Langue Italienne, fon allure en eft plus mâle. Dégagée de tous les protocoles que la baffeffe inventa pour la vanité, elle en eft plus faite pour la converfation, lien des hommes & charme de tous les âges; & puis qu'il faut le dire, elle éft de toutes les Langues, la feule qui ait une probité attachée à fon génie. Sûre, fociale, raifonnable, ce n'eft plus la langue Françoife, c'eft la Langue humaine.

Et voilà pourquoi les puiffances l'ont appellée dans leurs Traités; elle y règne depuis les conférences de Nimégue; & déformais les intérêts des Peuples & les volontés des Rois repoferont fur une bafe plus fixe: on ne fémera plus la guerre dans des Paroles de paix.

Ariftipe ayant fait naufrage, aborda à une île inconnue; & voyant des figures de géométrie tracées fur la rivage, il s'écria que les Dieux ne l'avoient pas conduit chez des Barbares. Quand on arrive chez un peuple, & qu'on y trouve la langue Françoife, on peut fe croire chez un peuple poli.

En confidérant la langue Latine comme la groffe Planete, & les langues de l'Europe comme fes Satellites, la Françoife paroît être à une diftance plus heureufe, & fa température tient au rang qu'elle occupe.

Leibnitz cherchoit une Langue univerfelle, & nous l'établiffions autour de lui. Ce grand homme fentoit que la multitude des Langues étoit fatale au génie & prenoit trop fur la briéveté de la vie. Il eft bon de ne pas donner trop de vêtements à fa penfée. Il faut, pour ainfi dire, voyager

E

dans

dans les Langues, & après avoir favouré le goût des plus célébres, se ren-
fermer dans la sienne.

Si nous avions les Littératures de tous les Peuples passés, comme nous
avons celles des Grecs & des Romains, ne faudroit-il pas que tant de Langues se réfugiassent dans une seule par la traduction! Ce sera vraisemblable-
ment le sort des Langues modernes, & la Françoise leur offre un port dans
le naufrage. L'Europe présente une République fédérative composée d'Empires & de Royaumes, & la plus redoutable qui ait jamais existé: on ne peut
en prévoir la fin; & cependant la langue Françoise doit encore lui survivre.
Les États se renverseront, & cette Langue sera toujours retenue dans la tem-
pête par deux ancres, sa Littérature & sa clarté; jusqu'au moment où par
une de ces grandes révolutions qui remettent les choses à leur premier point,
la Nature vienne renouveller ses traités avec nous.

Mais sans attendre l'effort des siècles, cette Langue ne peut-elle pas se
corrompre? Cette question meneroit trop loin, il faut seulement soumettre
la langue Françoise au principe commun à toutes les Langues.

Le Langage est la peinture de nos idées qui à leur tour sont des images
plus ou moins étendues de quelques parties de la Nature. Comme il existe
deux mondes pour chaque homme en particulier, l'un hors de lui qui est le
monde physique, & l'autre le monde moral ou intellectuel qu'il porte dans soi,
il y a aussi deux styles dans le langage, le naturel & le figuré. Le premier
exprime ce qui se passe hors de nous & dans nous par des causes physiques;
il compose le fond des Langues, s'étend par l'expérience, & peut être aussi
grand que la Nature. Le second exprime ce que se passe dans nous & hors
de nous; mais c'est l'imagination qui le compose des emprunts qu'elle fait
au premier. *Le soleil brûle, le marbre est froid, l'homme désire la gloire:*
voilà le Langage propre ou naturel. *L'homme brûle de désir; la crainte nous
glace,* voilà le style figuré qui est, pour ainsi dire, la doublure de l'autre,
& qui double réellement les richesses des Langues. Comme il tient à l'idéal,
il paroit plus grand que la Nature.

C'est

C'eſt ce ſtyle figuré qui porte un germe de corruption comme tout ce qui vient de l'homme: le ſtyle naturel ne peut être que vrai; & quand il eſt faux, l'erreur eſt de fait, et nos ſens la corrigent tôt ou tard. Mais les erreurs dans les figures & dans les métaphores, annoncent de la fauſſeté dans l'eſprit & un amour de l'exagération qui ne ſe corrige pas.

Une Langue vient donc à ſe corrompre, lorſque confondant les limites qui ſéparent le ſtyle naturel du figuré, on met de l'affectation à outrer les figures, & à rétrécir le naturel qui eſt la baſe, pour charger d'ornements ſuperflus, l'édifice de l'imagination & des paſſions.

Par exemple, il n'eſt point d'art ou de profeſſion dans la vie, qui n'ait fourni des expreſſions figurées au langage; on dit *la trame de la perfidie*, *le creuſet du malheur* &c. & on voit que ces expreſſions ſont comme aſſiſes à la porte de chaque profeſſion; chacun les connoît. Mais quand on veut aller plus avant, & qu'on dit: *cette vertu qui ſort du creuſet du malheur*, *n'a pas perdu tout ſon alliage; il lui faut plus de cuiſſon* &c. Lorſqu'on paſſe de la trame de la perfidie *à la navette de la fourberie*, on tombe dans l'affectation. C'eſt ce défaut qui perd les Écrivains des Nations avancées; ils veulent être neufs & ne ſont que bizarres; ils tourmentent leur langue, & veulent que l'expreſſion leur donne la penſée, tandiſque celle-cy doit toujours amener l'autre.

Enfin il y a une autre eſpèce de corruption, mais qui n'eſt pas à craindre pour la langue Françoiſe. C'eſt la baſſeſſe des figures. Ronſard diſoit: *le ſoleil perruqué de lumiére*, *la voile s'enfle à plein ventre*. Ce défaut précede la mâturité des langues & des peuples, & diſparoît avec la politeſſe.

Terminons, il eſt temps, cette hiſtoire déjà trop longue de la Langue Françoiſe. Le choix de l'Europe eſt expliqué & juſtifié; voyons d'un coup-d'œil comment ſous le Règne de Louis XV il a été confirmé & ſe confirme encore de jour en jour.

Louis XIV. voyoit finir ſes proſpérités & commencer un autre Siécle:

E 2   La

La France n'avoit respiré qu'un moment; la philosophie Angloise ne put résister à son voisinage & passa les mers. Fontenelle l'accueillit & la fit aimer à l'Europe. Astre doux & paisible, il régna pendant le crépuscule qui sépara les deux règnes. Son style clair & familier s'exerçoit sur des objets profonds, & nous déguisoit notre ignorance. Montesquieu osoit montrer aux hommes, les droits des uns & les usurpations des autres, le bonheur possible & le malheur réel. Pout écrire l'histoire grande & calme de la Nature, le Comte de Buffon emprunta ses couleurs & sa Majesté: pour en fixer les Époques, il se transporta dans des temps qui n'ont point existé pour l'homme; & là son génie rassembla plus de faits que l'histoire n'en a depuis gravé dans ses Annales: de sorte que ce qu'on apelloit le commencement du monde, & qui touchoit pour nous aux ténébres d'une érernité, se trouve placé par lui entre deux suites d'événements, comme entre deux foyers de lumiére. L'encyclopédie fut annoncée: L'Angleterre avoit tracé ce vaste bassin où doivent se rendre les diverses branches de nos connoissances; mais il fut creusé par des mains Françoises. L'éclat de cette entreprise rejaillit sur la Nation, & couvrit le malheur de nos Armes. En même temps, un Roi du Nord faisoit à notre Langue, l'honneur que Marc-Aurele & Julien firent à celle des Grecs; il associoit son immortalité à la nôtre: Fréderic voulut être loué des François comme Alexandre des Athéniens. Au sein de tant de gloire, parut le philosophe de Genève: Ce que la morale avoit jusqu'ici enseigné aux hommes, il le commanda; & son impérieuse éloquence fut écoutée. Il sera jugé par la génération qui s'éleve & qu'il a rendue plus heureuse. Raynal donnoit enfin aux deux mondes le livre où sont pesés les crimes de l'un & les malheurs de l'autre: C'est là que les Puissances de l'Europe sont appellées tour-à-tour au tribunal de l'Humanité, pour y frémir des barbaries exercées en Amérique; au Tribunal de la Philosophie, pour y rougir des préjugés qu'elles laissent encore aux Nations; & au tribunal de la Politique, pour y entendre leurs véritables intéréts fondés sur le bonheur des hommes.

Cepen-

Cependant Voltaire règnoit depuis un siècle, & ne permettoit pas à la France de se reposer. L'infatiguable mobilité de son ame de feu l'avoit appellé à l'histoire fugitive des hommes. Il attacha son nom à toutes les découvertes, à tous les évenements, à toutes les révolutions de son temps, & la renommée s'accoûtuma à ne plus parler sans lui. Ayant caché le despotisme du génie sous des graces toujours nouvelles, il devint une Puissance en Europe, & fut pour elle le François par excellence lorsqu'il étoit pour nous l'homme de tous les lieux & de tous les temps. Il joignit enfin à l'universalité de sa Langue, son unverfalité personnelle, & c'est un problême de plus pour la postérité.

Ces grands hommes nous échappent, il est vrai; mais nous vivons encore de leur gloire, & nous la soutiendrons, puisqu'il nous est donné de faire dans le monde physique les pas de Géants qu'ils ont fait dans le monde moral; l'airain vient de parler entre les mains d'un François; l'immortalité que les livres donnent à notre langue, des automates vont la donner à sa pron onciation. C'est en France & à la face des Nations que deux François se sont trouvés entre le ciel & la terre, comme s'ils eussent rompu le contract éternel que tous les corps ont fait avec elle. Ils ont voyagé dans les airs, suivis des cris de l'admiration & des allarmes de la reconnoissance d'un peuple qui ne vouloit pas achepter un nouvel Empire aux dépens de ces hommes généreux. La commotion qu'un tel spectacle a laissée dans les esprits, durera long tems; & si par ses découvertes la physique poursuit ainsi l'imagination dans ses derniers retranchements, il faudra bien qu'elle abandonne ce merveilleux, ce monde idéal d'où elle se plaisoit à charmer & à tromper les hommes: il ne restera à la poésie que le Langage de la raison & des passions, & c'est un assez bel empire.

Cependant l'Angleterre témoin de nos succès, ne les partage point. Sa dernière guerre avec nous la laisse dans la double éclipse de sa Littérature & de sa prépondérance; & cette guerre a donné à l'Europe un grand

spefpeétacle. On y a vû un peuple libre conduit par l'Angleterre à l'efclavage, & ramené par un jeune Monarque à la liberté. L'hiftoire de l'Amérique fe réduit déformais à trois Époques: égorgée par l'Efpagne, opprimée par l'Angleterre, & fauvée par la France.

Notes.

(1) Quand un Prédicateur, pour être entendu des Peuples, avoit prêché en Langue vulgaire, il fe hâtoit de transcrire fon fermon en Latin. Ce font ces efpèces de traductions faites par les auteurs mêmes, qui nous font reftées. Un Tel ufage prolongeoit bien l'enfance des Langues modernes.

Il faut obferver ici que non feulement les Gaulois quitterent l'Ancien Celte pour la langue Romaine, mais qu'ils vouloient auffi s'appeller Romains & fe plaifoient à nommer leur pays, *Gaule Romaine* ou *Romanie*. Les Francs, leurs Vainqueurs, eurent le même foible; tant le nom Romain en impofoit encore à ces Barbares! nos premiers Rois fe qualifioient de Patrices Romains, comme chacun fait. La langue Nationale, qu'on appela Romain, ou *Roman ruftique*, fe combina donc du Celte des anciens Gaulois, du Tudesque des Francs, & du Latin: elle fit enfuite quelques alliances avec le Grec, l'Arabe, & le Lombard. Au temps de François I, la Langue étoit encore appelée Roman. Guillaume de Nangis prétend que *c'eft pour la commodité des bonnes gens, qu'il a tranflaté fon hiftoire de Latin au Romans*. Ce nom eft refté à tous les ouvrages faits fur le modèle des vieilles hiftoires d'amour & de Chevalerie. On l'écrivoit *Romans*, de *Romanus*: Comme nous écrivons *temps* de *tempus*. Cette fidélité à l'étimologie entretient le divorce entre la Langue écrite & la Langue parlée. (Voyez Sidoine apollinaire & le 2ᵉ Concile de Tours.)

(2) On y voit le perpétuel changement du *v* en *b*, & de *l'eu* en *ou*. Fleurs & *flours*; pleurs & *plours*; fenteur, *fentou*; douleur *doulou*; & *femmeu*, *femmou*; amoureufeu, *amouroufou* &c. Ainfi *l'e* muet, comme on voit, fe change en *ou* à la fin des mots, & il fuit à l'oreille comme *l'eu* des François. Dans ces Patois, les *ch* deviennent des *k*: *château* eft *Caftel*; chétif, *Cattivo*; chapeau, *Capel*; *Charles*, *Carlo* &c. Ces jargons font jolis & riches; mais n'étant point annoblis, ils ont le malheur de dégrader tout cequ'ils touchent.

(3) C'eft Brunetto Latini, précepteur du Dante. Il compofa un ouvrage intitulé *Teforetto* ou le petit tréfor, en langue Françoife, au commencement du treifième fiècle. Pour

s'ex-

s'excufer de la préférence qu'il donne à cette Langue fur la Sienne, voici comment il s'exprime.
„Et s'aucuns demande pourquoy chis livres eſt eſcris en Romans, ſelon le Patois de France,
„puiſque nous ſommes Italiens, je dirée que c'eſt pour deux raiſons, l'une par ce que nous ſom-
„mes en France; l'autre ſi eſt por ce que François eſt plus délitaubles Langages & plus communs
„que moult d'autres." Brunet Latin étoit exilé en France. Les poéſies de Thibaut, Roi de
Navarre & Comte de Champagne, les Romans de chevalerie, & la Cour de la Reine Blanche,
donnoient du luſtre au François; tandisque l'Italie morcelée en petits États & déchirée par d'hor-
ribles faƈtions, avoit quinze ou vingt Patois Barbares & pas un livre agréable. Le Dante &
Pétrarque n'avoient point encore écrit.

(4) Louis XII & François I ordonnérent qu'on ne traiteroit plus les affaires qu'en François; les Facultés ont perſiſté dans leur latinité Barbare. *Hodièque manent veſtigia ruris.*

(5) Ce ſont des poëmes ſur Adam, ſur Abel, ſur Tobie, ſur Joſeph, enfin ſur la Paſſion
de J. C. Ce dernier poëme intitulé la *Meſſiade*, jouit d'une grande réputation dans l'Empire:
la mort d'Abel eſt plus connue en France. M. Klopſtock a écrit la Meſſiade en vers hexamétres;
& M. Gesner n'a employé pour ſa mort d'Abel, qu'une proſe poétique. J'ignore ſi la Langue
Allemande a une proſodie aſſez marquée pour ſupporter la verſification Grecque & Latine. Elle
a d'ailleurs des vers rimés, comme tous les Peuples du monde.

(6) Cervantès Saavédra né à la fin du ſeizième ſiècle, eſt mort en 1620. Il a fait, outre ſon Dom-Quichotte, des Comédies & des nouvelles. Lopès de Vèga néen 1562, a fait
plus de mille pièces de théâtre: génie comparable à Shakeſpear pour la force & l'abondance, &
qui l'égale encore par le déſordre & l'irrégularité de ſes plans & par le mélange dégoûtant de
tous les ſtyles. Ni l'un ni l'autre n'ont pû devenir auteurs claſſiques, malgré l'enthouſiaſme
de leur Nation: le Dom-Quichotte eſt devenu le livre de tous les Peuples.

(7) Un mandiant Eſpagnol qui démande *uno Maravedis* avec un air de morgue, paroît
exiger quelque groſſe contribution, & ne demande réellement qu'un *liard.*

(8) Son adage eſt connu: je parlerois, diſoit-il, l'Italien à ma maîtreſſe, le François
mon ami, l'Eſpagnol à Dieu &c.

(9) C'eſt ainſi que les Italiens appellent encore leur Langue. Au tems du Dante, chaque
petite ville avoit ſon Patois en Italie; & comme il n'y avoit pas une ſeulé Cour un peu reſpeƈta-
ble ni un ſeul livre de marque, ce poëte ébloui de l'éclat de la Cour de France, & de la réputation qu'obtenoient déja en Europe, les Romans & les poëmes des Troubadours & des Trouveurs

veurs, eut envie d'écrire tous fes ouvrages en Latin, & il en écrivit en effet quelques-uns dans cette Langue. Son Poëme de l'Enfer étoit déja ébauché & commençoit par ce vers:

Infera regna canam, mediumque, imumque tribunal.

Mais encouragé par fes amis, il eut honte d'abandonner fa Langue. Il fe mit à chercher dans chanque Patois cequ'il y fentoit de bon & de grammatical, & c'eft de tant de choix qu'il fe fit un Langage régulier, *un Langage de Cour*, felon fa propre expreffion; Langage dont les germes étoient par tout, mais qui ne fleurit qu'entre fes mains. Voyez fon traité *de Vulgari eloquentiâ*, & la nouvelle traduction de fon Poëme de l'Enfer, imprimée à Paris.

(10) Le Taffe étoit en France à la fuite du Cardinal d'Efte, précifément au temps de la St. Barthélémy. Charles IX l'accueillit; & fi ce Prince & la Nation Françoife avoient été en Etat de goûter ce grand homme, il eft à croire qu'on fe feroit dégoûté tout-à-coup de Ronfard & de fes pareils qui par leur ftyle moitié Grec & Latin retardoient fort la perfection de nôtre Langue. Il eft bon d'obferver que l'Ariofte & la Taffe étoient antérieurs de quelques années à Cervantés & à Lopès de Véga.

(11) Le Dante avoue que de fon temps on parloit quatorze dialectes indiftinctement en Italie, fans compter ceux qui étoient moins connus. Aujourd'hui la bonne Compagnie à Venife, parle fort bien le Vénitien, & ainfi des autres États. Leurs pièces de Théâtre ont été infectées de ce mélange de tous les jargons. Métaftafe qui s'eft tant enrichi avec les tragiques François, vient enfin de porter fur les Théâtres d'Italie, une élégance & une pureté continue dont il ne fera plus permis de s'écarter.

(12) L'Ariofte fe plaint des Efpagnols à cet égard, & les accufe d'avoir donné ces formes ferviles à la langue Tofcane, au temps de leurs conquêtes & de leur féjour en Italie.

Dapoichè l'adulazion Spagnuola a pofto la Signoria in Burdello.

(13) L'Italien a plus de formes facramentelles qu'aucune Langue. Quand je dis qu'il eft difficile d'y être naïf, je n'entens pas parlà qu'il n'y a pas de la naïveté en Italie; j'ai feulement voulu dire que la Langue n'invitoit pas aux naïvetés. Galilée, à genoux devant les Cardinaux Inquifiteurs, fut contraint de rendre à la terre fon ancienne immobilité au centre du monde; mais en fe relevant, il frappa du pied comme pour l'en chaffer encore, en s'écriant: « però fi muove. » Cette naïveté eft admirable; mais le génie n'eft d'aucun pays.

(14) Je ne prétends pas dire par là que l'homme ait d'abord trouvé les termes abftraits; il s'eft contenté d'applaudir ou d'improuver par des fignes fimples, & de dire, par exemple, *oui & non*, au lieu de *vérité & d'erreur*. C'eft quand les hommes ont eu affez d'efprit pour inventer

ces

ces nombres complexes qui en contiennent d'autres ; lorsqu'étant fatigués de n'avoir que des unités dans leur numéraire & dans leurs mesures, ils ont imaginé des pièces qui en repréfentoient plufieurs autres, comme des écus pour repréfenter foixante fous ; des toifes pour repréfenter fix Pieds ou foixante & douze pouces ; c'eft alors, disje, qu'ils ont eu des termes abftraits, imaginés d'après les mêmes befoins & le même artifice. *Blancheur* a raffemblé fous elle tous les corps blancs, puis qu'elle convient à tous ; *Collège* a repréfenté tous ceux qui le compofent ; la *vie* a été la fuite de nos inftans ; le *coeur*, la Suite de nos defirs ; *l'efprit* la fuite de nos idées &c. &c. C'eft cette difficulté qui a tant exercé les métaphyficiens, & fur laquelle J. J. Rouffeau fe récrie dans fon difcours de l'inégalité des conditions, comme fur le plus grand myftere qu'offre le Langage.

(15) Que dans la retraite & le filence le plus abfolu, un homme entre en méditation fur les objets les plus dégagés de la matiére : il entendra toujours au fond de fa poitrine une voix fecrette qui nommera les objets à mefure qu'ils pafferont en revue. Si cet homme eft fourd de naiffance, la Langue n'étant plus pour lui qu'une fimple peinture, il verra paffer tour-à-tour les hyérogliphes ou les images des chofes fur lesquelles il méditera. Rien ne prouve mieux l'union de l'efprit & des Corps que cette vérité là.

(16) Ce font ces racines de mots que les Ethymologiftes cherchent obftinément par un travail ingénieux & vain. Les uns veulent tout ramener à une Langue primitive & parfaite : les autres déduifent toutes les Langues des mêmes radicaux. Ils les regardent comme une monnoie que chaque peuple a chargée de fon empreinte. En effet, s'il exiftoit une monnoie dont tous les Peuples fe fuffent toujours fervi, & qu'elle fût indeftructible ; c'eft elle qu'il faudroit confulter pour la fixation des temps où elle fut ftappée. Et fi cette monnoie étoit telle que, fans trop de confufion, on eût pu lui donner des marques certaines qui défignaffent les Empires où elle auroit paffé, l'époque de leur politeffe ou de leur barbarie, de leur force ou de leur foibleffe ? c'eft elle encore qui fourniroit les plus fûrs matériaux de l'hiftoire. Enfin fi cette monnoie s'altéroit de certaine manière entre les mains de certains particuliers, que leurs affections lui donnaffent de telles couleurs & de telles formes, qu'on diftinguât les pièces qui ont fervi à foulager l'humanité ou à l'opprimer, à l'encouragement des Arts ou à la corruption de la pudeur & de la juftice &c ? Une telle monnoie dévoileroit inconteftablement le génie, le goût, & les mœurs de chaque peuple. Or, les racines des mots, font cette monnoie primitive, antiques médailles répandues chez tous les Peuples ; les Langues plus ou moins perfectionnées, ne font autre chofe que cette monnoie ayant déja eu cours ; & les livres font les dépôts qui conftatent fes différentes altérations.

F

Voilà

Voilà la fuppofition la plus favorable qu'on puiffe faire, & c'eft elle fans doute qui a féduit l'auteur *du monde primitif;* ouvrage d'une immenfe érudition, & devant le quel doivent pâlir nos vieux infolio; mais qui plus rempli de recherches que de preuves, & n'ayant pas de proportion avec la briéveté de la vie, follicite un abrégé dès la première page.

Il me femble donc que ce n'eft point de l'Ethymologie des mots qu'il faut s'occuper, mais plutôt de leurs Analogies & de leurs filiations qui peuvent conduire à celles des idées. Les Langues les plus fimples & les plus près de leur origine, font déja très-altérées. Il n'y a jamais eu fur la terre ni fang pur, ni Langue fans alliage. *Quand il nous manque un mot,* difoient les Latins, *nous l'empruntons des Grecs:* tous les Peuples en ont pu dire autant. La plûpart des mots ont quelquefois une généalogie fi bifarre, qu'il faut la deviner au hazard, & la plus vraifemblable eft fouvent la moins vraie. Un ufage, une plaifanterie, un événement dont il ne refte pas de traces, ont établi des expreffions nouvelles, ou détourné le fens des anciennes. Comment donc fe flatter d'avoir trouvé la vraie racine d'un mot? Si vous me la montrez dans le Grec, un autre la verra dans le Syriaque, tel autre dans l'Arabe. C'eft ainfi qu'un François voit le Nord en Allemagne; que le Germain le voit en Suéde, & le Suédois en Laponie. Souvent un radical vous a guidé heureufement d'une première à une feconde, & enfuite à une troifiéme Langue, & tout-à-coup il difparoît comme un flambeau qui s'éteint au milieu de la nuit. Il n'y a donc que quelques onomatopées, quelques fons bien imitatifs qu'on retrouve chez toutes les Nations: leur recueil ne peut être qu'un objet de curiofité. Il eft d'ailleurs fi rare que l'Ethymologie d'un mot coïncide avec fa véritable acception, qu'on ne peut juftifier ces fortes de recherches par le prétexte de mieux fixer par là le fens des mots. Les Ecrivains qui fçavent le plus de Langues, font ceux qui commettent le plus d'impropriétés; trop occupés de l'ancienne énergie d'un terme, ils oublient fa valeur actuelle, & négligent les nuances qui font la grace & la force du difcours. Voici enfin une derniére réflexion: Si les mots avoient une origine certaine & fondée en raifon, les noms radicaux & primitifs auroient un rapport néceffaire avec l'objet nommé. La définition que nous fommes forcés de faire de chaque chofe, ne feroit qu'une extenfion de ce nom primitif, lequel ne feroit lui-même qu'une définition très abrégée & très parfaite de l'objet. On auroit unanimement donné le même nom au même arbre, au même animal, fur toute la terre, & dans tous les temps: mais celà n'eft point. Qu'on en juge par l'embarras où nous fommes, lorfqu'il faut nommer quelque objet inconnu, ou faire paffer un terme nouveau. Il faut tout apprendre en ce monde, & l'homme qui n'apprend point à parler, refte muet. Il y a fi loin d'un fon ou d'un fimple cri à l'articulation, qu'on ne peut y fonger fans furprife; & comme nous avons tous appris à parler, & que nous fommes convenus

entre

entre nous de la valeur de chaque mot, nous ne pourrons jamais concevoir qu'un homme vînt à parler de lui même, & à bien parler.

(17) Celui de St. Louis, des Romanciers d'après, d'Aiain Chartier, de Froiffard; celui de Marot, de Ronzard, d'Amiot; & enfin la Langue de Malherbe qui eſt la nôtre. On trouve la même bigarrure chez tous les Peuples. Le Latin des douze tables, celui d'Ennius, de Céſar, & enfin la latinité du moyen âge.

(18) Le Roman de la Roze, traduit pluſieurs fois, l'a été en proſe par un petit chanoine du 14. ſiècle. Ce traducteur jugea à propos de faire ſa préface en quatre vers que voicy:

Cy eſt le Roman de la Roze

Qui a été clair & net

Translaté de vers en proſe

Par votre humble Moulinet.

(19) L'Orthographe eſt une maniére invariable d'écrire les mots, afin de les reconnoître. C'eſt dans la latinité du moyen âge qu'on voit notre Orthographe & notre Langue ſe former en partie. On mutiloit le mot Latin avant de le rendre François; ou on donnoit au mot Celte la terminaiſon latine, *exiſtimare* devint *eſtimare*; on eut *penſare* pour *putare*; *granditer* pour *valdè*; *menare* pour *conducere*; *flaſco*, pour *lagena*; *arpennis* pour *juger*; *Becus* pont *Roſtrum*; on croit entendre le Malade imaginaire; delà viennent dans les familles des mots ces irrégularités qui défigurent notre Langue: nous ſommes infideles & fideles tour-à-tour à l'Ethymologie. Nous diſons *penſer*, *penſée*, *penſeur*, & tout-à-coup *putatif*, *ſupputer*, *imputer*, &c. Des mots étroitement unis par l'Analogie, ſont ſéparés par l'Ethymologie, & réclament des peres différents, comme *main* & *tad*; *œil* & *vüe*; *nez*, *ſentir*, *odorat* &c.

Mais pour revenir à notre Orthographe, on lui connoît trois inconvéniens; d'employer d'abord trop de Lettres pour écrire un mot, ce qui embaraſſe ſa marche; enſuite d'en employer qu'on pourroit remplacer par d'autres, ce qui lui donne du vague; & enfin d'avoir des caractères dont elle n'a pas le prononcé, & des prononcés dont elle n'a pas les caractères. C'eſt par reſpect, dit-on, pour l'Ethymologie qu'on écrit *Philoſophie* & non *Filoſofie*. Mais ou le Lecteur ſait le Grec, ou il ne le ſait pas; s'il l'ignore, cette Orthographe lui ſemble bizarre & rien de plus: s'il connoît cette langue, il n'a pas beſoin qu'on lui rappelle ce qu'il ſait. Les Italiens qui ont renoncé dès longtemps à notre méthode & qui écrivent comme ils prononcent, n'en ſavent pas moins le Grec; & nous ne l'ignorons pas moins, malgré notre fidelle routine. Mais on a tant dit que les langues ſont pour l'oreille! un abus eſt bien fort, quand on a ſi longtemps raiſon contre lui. J'obſerverai cependant que les livres ſe font ſi fort multipliés, que les

lan-

langues font autant pour les yeux que pour l'oreille: la réforme eſt presque impoſſible. Nous ſomme accoûtumés à telle orthographe: elle a ſervi à fixer les mots dans notre mémoire, ſa bizarre-rie fait ſouvent toute la phyſionomie d'une expreſſion, & prévient dans la langue écrite les fré-quentes équivoques de la Langue parlée. Auſſi dèsqu'on prononce un mot nouveau pour nous, naturellement nous demandons ſon orthographe, afin de l'aſſocier auſſitôt à ſa prononciation. On ne croit pas ſavoir le nom d'un homme, ſi on ne l'a vu par écrit. Je devrois dire encore que les peuples du Nord & nous, avons altéré jusqu'à l'alphabet des Grecs & des Romains; que nous avons prononcé l'*e* en *a* comme dans *prudent*; l'*i* en *e* comme dans *invincible*, & que les Anglois ſont là-deſſus plus irréguliers que nous: mais qui eſt-ce qui ignore ces choſes?

(20) Voici des vers de Thibaut Comte de Champagne.

Ni Empereur ni Roi n'ont nul pouvoir

Au prix d'amour; de ce m'oſe vanter:

Ils peuvent bien donner de leur avoir

Terres & fiefs, & fourbes pardonner;

Mais amour peut homme de mort garder.

Et donner joye qui dure

&c. &c.

Et ceux-cy qui ſont de l'an 1226.

Chacun pleure ſa terre & ſon pays

Quand il ſe part de ſes joyeux amis;

Mais il n'eſt nul congé, quoiqu'on en die,

Si douloureux que d'ami & d'amie.

On croit entendre Voiture ou Chapelle: Comparez maintenant ces vers de Ronſard ou d'un de ſes diſciples, ſur le cheval, avec les précédents.

Paſſant à clos yeux

Sans faire chopade

La vite virade

Pompante pennade

Le faut ſoulevant

La roide ruade

Prompte pétarrade

J'ai mis en avant.

Et

Et ceux de Pelletier fur l'allouete
   Guindée par Zéphire
   Sublime en l'air vire & revire
   Et y déclique un joli cri
   Qui rit, guérit, & tire l'ire
   Des efprits mieux que je n'écris.

Ces poëtes féduits par le plaifir que donne la difficulté vaincue, voulurent l'augmenter encore, afin d'accroître leur plaifir; & delà vinrent les vers monorimes & monofyllabiques, les rondeaux & les fonnets que Boileau a eu la malheur de tant louer. Tout leur art poétique roula fur cette multitude de petits poëmes qui n'avoient de recommandable que les bizarres difficultés dont ils étoient hériffés, & qui étoient prefque toujours inintelligibles.

(21) On doit être frappé de la facilité avec laquelle les Efpagnols, les Italiens, & les Fran-çois adopterent les verbes auxiliaires des Celtes & des Allemands: les heureux compofés du Grec & du Latin leur femblerent des hyérogliphes trop hardis; ils aimerent mieux ramper à l'aide du verbe auxiliaire & du participe paffé, & dire j'aurois aimé, qu'amaviffem. La Langue Latine elle-même n'a pas toujours renfermé trois mots dans un; elle a été forcée de dire au parfait, je fus aimé, amatus fui: feulement elle a toujours confervé fon avantage dans les temps plus com-pliqués; j'aurois été aimé, compofé de quatre mots, a été amatus effem; & c'eft cette timidité des peuples modernes qui explique la néceffité des articles & de pronoms. La diftinction des cas, des genres, des nombres, & des temps dans les noms & dans les verbes Latins, fe trouve dans la variété de leurs finales; & chez nous dans les fignes qui précédent les noms & les verbes. En y réfléchiffant, on trouve que fi l'article devant le nom eft un véritable pronom, le pronom devant le verbe eft auffi une efpèce d'article; & comme les Lettres & les mots font des puiffan-ces connues avec lefquelles on arrive fant ceffe à l'inconnu; fuivant ce procédé algébrique, on peut dire que les articles & les pronoms font des expofants placés devant les mots pour annon-cer leurs puiffances.

(22) Je ne parle point du chancelier Bacon & de tous les perfonnages illuftres qui ont écrit en Latin; ils ont travaillé à l'avancement des Sciences, & non aux progrès de leur propre Langue.

(23) Comme le Théâtre donne un grand éclat à une Nation, les Anglois fe font ravifés fur leur Shakefpear, & ont voulu non-feulement l'oppofer à notre Corneille, mais le mettre

encore

encore fort du deffus de lui; honteux d'avoir jufqu'ici ignoré leur propre richeffe. Cette opinion eft d'abord tombée en France, comme une héréfie en plein Concile: mais il s'y eft trouvé des efprits chagrins & anglomans qui ont pris la chofe avec enthoufiasme. Ils regardent en pitié Ceux que Shakespear ne rend pas completement heureux, & demandent toujours qu'on les enferme avec ce grand homme: Partie mal-faine de notre Littérature, qui laffée de repofer fa vûe fur les belles proportions, ne cherche plus que des monstres! effayons de rendre à Shakespear, fa véritable place. On convient d'abord que fes Tragédies ne font que des Romans dialogués, écrits d'un ftyle obfcur & mêlé de tous les tons; qu'ils ne feront jamais des monuments de la langue Angloife, que pour les Anglois même: car les étrangers voudront toujours que les monuments d'une Langue, en foient auffi les modèles, & ils les choifiront dans les meilleurs fiècles. Les Poëmes de Plaute & d'Ennius étoient des monuments pour les Romains, & pour Virgile lui même; aujourd'huy nous ne reconnoiffons que l'Enéide. Shakespear, pouvant à peine foûtenir la lecture, n'a pu fupporter la traduction, & l'Europe n'en a jamais joui: c'eft un fruit qu'il faut goûter fur le fol où il croît. Un étranger qui n'apprend l'Anglois que dans Pope & Adiffon, n'entend pas Shakespear, à l'exception de quelques fcènes admirables que tout le monde fait par cœur. Il ne faut pas plus imiter Shakespear que le traduire: celui qui auroit fon génie, demanderoit aujourd'huy le ftyle & le grand fens d'Adiffon. Car fi le Langage de Shakespear eft prefque toujours vicieux, le fond fes pièces l'eft bien d'avantage: c'eft un délire perpétuel, mais c'eft fouvent le délire du génie. Veut-on avoir une idée jufte de Shakespear? qu'on prenne les Horaces de Corneille, qu'on mêle parmi les grands acteurs de cette tragédie, quelques Cordoniers difant des quolibets, quelques poiffardes chantant des couplets, quelques payfans parlant le Patois de leur province, & faifant de contes de forciers; qu'on ôte l'unité de Lieu, de temps, & d'action, mais qu'on laiffe fubfifter les fcènes fublimes, & on aura la plus belle tragédie de Shakespear.

Il eft grand comme la nature, & inégal comme elle, difent fes enthoufiaftes! Vieux fophisme qui mérite à peine une réponfe! l'Art n'eft jamais grand comme la nature, & puisqu'il ne peut tout embraffer comme elle, il eft contraint de faire un choix. Tous les hommes auffi font dans la nature, & pourtant on choifit parmi eux, & dans leur vie on fait encore choix des actions. Quoi! parceque Caton prêt à fe donner la mort, châtie l'efclave qui lui refufe un poignard, vous me repréfenterez ce grand perfonnage donnant des coups de poing? vous me montrerez Marc-Antoine ivre, & goguenardant avec des Gens de la lie du peuple? vous voulez donc que l'Action théâtrale ne foit qu'une doublure infipide de la vie? ne fait on pas que les

hommes

hommes en s'enfonçant dans l'obscurité des temps, perdent une foule de détails qui les déparent, & acquiérent par les loix de la perspective une grandeur & une beauté d'illusion qu'ils n'auroient pas s'ils étoient trop près de nous? La vérité est que Shakespear s'étant quelquefois transporté dans cette région du beau idéal, n'a jamais pû s'y maintenir. Mais, dira-t-on, d'où vient l'enthousiasme de l'Angleterre pour lui? de ses beautés & de ses défauts. Le génie de Shakespear est comme la Majesté du Peuple Anglois. On l'aime inégal & sans frein: il en paroît plus libre. Son style bas & populaire en participe mieux de la souveraineté nationale. Ses beautés désordonnées causent des émotions plus vives, & le peuple s'intéresse à une tragédie de Shakespear, comme à un évenement qui se passeroit dans les rues. Les plaisirs purs que donnent la décence, la raison, l'ordre, & la perfection, ne sont faits que pour les ames délicates & exercées. On peut dire que Shakespear, s'il étoit moins monstrueux, ne charmeroit pas tant le Peuple, & qu'il n'étonneroit pas tant les Conoisseurs s'il n'étoit pas quelquefois si grand. Cet homme extraordinaire a deux sortes d'ennemis, ses détracteurs & ses enthousiastes. Les uns ont la vue trop courte pour le reconnoître quand il est sublime; les autres l'ont trop fascinée pour le voir jamais autre.

(24) On sait bien que le Celte est la mere commune de toutes les Langues de l'Europe à peu-près, mais on suit ici les idées reçues sur le Latin & l'Allemand.

(25) L'harmonie imitative dans le Langage, achève & perfectionne la description d'un objet. Elle peint aux yeux, à l'oreille, à tous les sens. On la trouve dans le nom même de la Chose, ou dans le verbe qui exprime l'Action: quand le nom & le verbe n'ont pas d'harmonie qui imite, on ne parvient à la créer que par le choix des épithetes & la coupe des phrases.

(26) Virgile dit par exemple: *Capulo tenùs abdidit ensem*, il cacha son épée dans le sein de priam; & nous disons, *il l'enfonça*: or il y a un dégré entre enfoncer & cacher.

(27) A Dieu ne plaise, que je veuille avilir les beaux vers, ainsi que la musique; ils ne sont point l'ouvrage du raisonnement, mais un véritable présent de la Nature. L'éloquence a plus d'une route, & l'éloquence en vers est admirable: mais son méchanisme coûte trop de temps à l'homme, dans notre langue surtout. Quoique la rime nous vienne des Barbares, il n'est pas de Peuple qui n'ait rimé, excepté les Grecs & les Romains.

mains. Encore, avoient-ils la rime des mesures, comme nous celle des sons; & dans ce sens tous les Arts ont leurs rimes, qui font les symétries. En défendant la rime contre la Mothe, Voltaire oublia son plus bel avantage. C'est qu'un jour elle pourra, si notre Langue périssoit, en fixer à-peu-près la prononciation. Il s'élevera des Saumaises qui compileront laborieusement les rimes Françoises; & comme il n'y a presque pas un mot qui n'ait passé par la rime, ils devineront parlà que *jamais* & *succès* se prononçoient de même, & ainsi de suite. N'est-ce pas en consultant la mesure des vers, que nous avons fixé la valeur de chaque syllabe, chez les Latins & les Grecs?

Descri-

Description de Têtes-automates-parlantes.

Il y a dans la rue du Temple à Paris, un ouvrage de méchanique qui attire à lui la foule des connoisseurs, & qu'on va bientôt livrer à la curiosité publique. Ce font deux Têtes d'airain qui parlent & qui prononcent nettement des phrases entières. Elles font coloffales, & leur voix est fur-humaine; aussi va-t-on bientôt les transporter dans une grande falle, afin d'en mieux jouir, en les mettant dans la double perspective de l'oreille & des yeux.

Cet ouvrage a décidé un grand problème: il s'agissoit de savoir si la parole pouvoit quitter le fiège vivant que lui a assigné la nature, pour venir s'attacher à la matière morte, & aux nouveaux organes que lui préparoit la main de l'homme. Il a fallu trente ans à M. l'abbé Mical, pour résoudre cette question; & s'il étoit possible de suivre de l'oeil toutes fes démarches, si cet habile artiste nous eût conservé tous fes essais, ce seroit là sans doute une galerie de mécanique bien intéressante à parcourir.

Il y a aussi loin d'une roue & d'un levier à une tête qui parle, que d'un trait de plume au tableau de la Transfiguration; car il faut convenir que depuis la poésie jusqu'à la mécanique, le complément de tout art, c'est l'Homme. Vaucanson s'est arrêté aux animaux, dont il a rendu les mouvements & contrefait les digestions: mais M. Mical voulant tenter avec la nature une lutte jusqu'à nos jours impossible, s'est élevé jusqu'à l'Homme, & a choisi dans lui l'organe de la Parole.

En suivant donc la nature pas à pas, ce grand Artiste s'est apperçu que l'organe vocal étoit dans la glotte un instrument à vent, qui avoit son clavier dans la bouche; qu'en soufflant du dehors au dedans, comme dans une flûte, on n'obtenoit que des sons filés; mais que pour articuler des mots, il falloit souffler du dedans au dehors. En effet, l'air en sortant de nos poulmons, fe change en son dans notre gosier, & ce son est morcelé en syllabes par les lèvres, & par un muscle très mobile, qui est la Langue aidée des dents & du palais. Un son continu n'exprimeroit qu'une seule affection de l'ame, & fe rendroit par une seule voyelle; mais coupé à différents intervalles par la Langue & les lèvres, il fe charge d'une consonne à chaque coup; & fe modifiant en une infinité de tons, il rend la variété de nos idées.

G   Sur

Sur ce principe, M. Mical applique deux claviers à ſes Têtes-parlantes: l'un en cylindre, par lequel on n'obtient qu'une nombre déterminé de phraſes; mais ſur lequel les intervalles des mots & leur proſodie ſont marqués correctement. L'autre clavier contient, dans l'étendue d'un ravalement, tous les ſons & tous les tons de la Langue Françoiſe, réduits à un petit nombre par une méthode ingénieuſe & particuliére à l'auteur. Avec un peu d'habileté, on parlera avec les doigts comme avec la Langue; & on pourra donner au Langage des Têtes, la rapidité, les repos, & toute la phyſionomie enfin que peut avoir une Langue qui n'eſt point animée par les paſſions. Les étrangers prendront la Henriade ou le Télémaque, & le feront réciter d'un bout à l'autre, en les plaçant ſur le clavecin vocal, comme on place des partitions d'Opéra ſur les clavecins ordinaires. Pour faire le mot *bon*, par exemple, on frapperoit ſur deux touches coup ſur coup, l'une écrite B, & l'autre ON, & la tête ne diroit pas *béon*, mais *bon*: car elles n'épèlent pas; leur prononciation eſt nette, & les voyelles & les conſonnes ſe fondent & ſe marient dans leur bouche comme dans la nôtre.

Quand les Têtes-parlantes ne ſeroient qu'un objet de curioſité, elles obtiendroient certainement la première place en méchanique; mais elles ont en outre une utilité d'un genre ſi extraordinaire & ſi près de nous en même temps, que vous allez en être frappé comme moi.

L'hiſtoire des Langues anciennes n'eſt pas complette, parceque nous n'avons jamais que la Langue écrite, & que la Langue parlée eſt toujours perdue pour nous: voilà pourquoi nous les appellons, *Langues mortes*. En effet, le Grec & le Latin ne nous offrent que des ſignes morts auxquel on ne pourroit redonner la vie, qu'en y attachant la prononciation qui les animoit autrefois, ce qui eſt impoſſible; puiſqu'il faudroit deviner les différentes valeurs que ces peuples donnoient à leurs lettres & à leurs ſyllabes.

Si donc l'antiquité eût conſtruit des Têtes d'airain, & qu'on nous les eût conſervées, nous ſerions encore charmés des périodes de Cicéron & des beaux vers de Virgile, que les Peuples d'Europe eſtropient chacun à leur manière.

Et, pour revenir à nous, vous ſçavez, Monſieur, juſqu'a quel point la prononciation d'une Langue influe ſur la fortune qu'elle fait dans le monde. La nôtre s'eſt prodigieuſement adoucie depuis François I, & nous n'entendrions plus, ſans frémir, les articulations rocailleuſes de nos ayeux. Maintenant, par une heureuſe analogie avec le climat & le caractère du peuple qui la parle, elle tient le milieu entre les langues du Nord & celles du Midi. Moins de moleſſe que les unes, plus de douceur que les autres; voilà ſon partage. Auſſi les étrangers qui lui trouvent je ne ſçais quel air plus raiſonnable, plus ſocial, & mieux accommodé à la conſtitution humaine lui font le même honneur qu'à nos vins de Bourgogne, & la mettent à tous les jours.

Il n'y

Il n'y a, j'ofe le prédire, que les Têtes-parlantes qui puiffent conferver cette honorable univerfalité à la langue Françoife, & la raffurer contre l'inftabilité des chofes humaines. Ces Têtes, fi
on les multiplie dans l'Europe, vont devenir l'effroi de cette multitude de Maîtres de Langue,
Suiffes & Gafçons, dont tous les pays font infectés, & qui dénaturent notre Langue chez des
Peuples qui l'aiment. L'accent, nom qu'on donne mal-à-propos à la prononciation, eft
l'efpèce de chant dont les paffions notent le Langage. Les prononciations fixées par les hommes, changent de peuple en peuple, même de fiècle en fiècle, chez la même Nation; mais
l'accent donné par la nature ne change pas. Une actrice Romaine mettoit la même ame & les
mêmes inflexions à ce vers:

> *Usque adéone mori miferum eft?*

Que la Dumesnil à celui-ci:

> *Eft-ce un fi grand malheur que de ceffer de vivre?*

On parle donc improprement en difant, *l'accent Picard, l'accent Gafcon*: il faut dire la
prononciation Gafconne; car les Gens de province accentuent très-bien leur Langage, quand
ils ont de l'ame; mais prefque toujours ils prononcent mal. On donne encore le nom d'accent
à de petits traits que l'orthographe emploie, pour différencier les E d'avec les E, les A d'avec
les A &c. Ils conftituent notre profodie, qui eft la partie muficale des mots, partie qui ne
change pas & dont la gamme très bornée, va du grave à l'aigu. La profodie eft auffi fondée
fur la valeur fixe des fyllabes, breves ou longues. C'eft contre cette double profodie de l'accent
& la valeur des fyllabes, que pèchent les provinciaux; & les Têtes-parlantes qui rendent l'une
& l'autre fcrupuleufement, ne peuvent rendre l'accent de l'ame, qui a des variétés & une étendue infinies, comme tout ce qui tient à l'idéal.

Nous, enfin, qui fommes la poftérité des peuples paffés, ne ferions-nous pas charmés
d'entendre le François tel qu'on le parloit à la Cour de Henry IV. feulement? Les livres qu'ont
laiffés nos peres & ceux que nous faifons, nous avertiffent par comparaifon de la décadence du
goût; ainfi les Têtes-palantes avertiront nos enfans de la décadence de la prononciation, en leur
fourniffant un objet de comparaifon que nous n'avons pas.

Voilà donc un ouvrage dont la France peut s'honorer, qu'Archimède n'a fait qu'entre-
voir, après lequel tous les Grands Artiftes ont foupiré, & que tous les charlatans ont annoncé de
fiècle en fiècle: mais tantôt c'étoit un homme caché dans le corps de la ftatue qui parloit, tantôt
de longs tuyaux qui portoient une voix, dont la ftatue n'étoit que complice; toujours l'artifice
& le menfonge à la place du génie & de l'art; la parole n'étoit encore fortie que d'une bouche
animée.

Si le Caractère de M. Mical le met au deſſus de toute ſupercherie, ſa conduite l'amis hors de tout ſoupçon. Une commiſſion nombreuſe de l'Académie des Sciences eſt venue porter le jour dans les derniers replis de ſon ouvrage. M. Mical y a fait découvrir à ſes juges la même ſimplicité de plan, les mêmes reſſorts, les mêmes réſultats, qu'on admire en diſſéquant dans l'homme l'organe de la voix. Ces meſſieurs ont vu que c'eſt par des prodiges de travail, que M. l'abbé Mical a mérité d'arriver enfin au miracle de la parole.

Ai-je trop préſumé de ſon ouvrage, en le préſentant, pour toute réponſe, à nos amis & à nos ennemis? C'eſt à vous, Monſieur, & à tous les bons eſprits, qu'il appartient de prononcer. Quoiqu'il en ſoit, on peut dire que ſi les Allemands ont inventé l'imprimerie des Caractères, un François a trouvé celle des ſons; & que de même que le coup-d'œil de l'homme ſur les mots, tout fugitif qu'il eſt, ſe trouve à jamais arrêté par l'impreſſion; la prononciation de la parole, non moins fugitive pour l'oreille, ſe trouve erternellement fixée par les Têtes d'airain. Elles animeront nos bibliothèques, & c'eſt par les livres & par elles que ſera confirmée contre tous les efforts du temps, l'irrévocable alliance de la peinture & de la muſique dans le Langage.

F I N.

DISSERTATION

SUR

L'UNIVERSALITÉ DE LA LANGUE FRANÇOISE,

PAR

M. JEAN CHRISTOPHE SCHWAB,

PROFESSEUR DE PHILOSOPHIE À L'ACADEMIE CAROLINE DE STUTTGARD.

Gallis ingenium, Gallis dedit ore rotundo Musa loqui.

Beantwortung

der

von der Königlichen Akademie der Wissenschaften

in Berlin

fürs

Jahr 1784 aufgegebenen Preisfrage:

Was ist es, das die Französische Sprache zu einer Universalsprache in Europa gemacht hat.

Wodurch verdient sie diesen Vorzug?

Ist zu vermuthen, daß sie ihn behalten werde?

Gallis ingenium, Gallis dedit ore rotundo Musa loqui.

Beantwortung der ersten Frage:

Was ist es, das die Französische Sprache zu einer Universal-sprache in Europa gemacht hat?

Erster Abschnitt.

Entwickelung der Haupturfachen, wodurch die Ausbreitung einer Sprache befördert wird.

Sobald benachbarte Nationen anfangen, in vielseitige und genaue Verbindungen zu treten, so muß, wenn sie kein gemeinschaftliches Communications-Organ haben, eine jede das Bedürfniß fühlen, die Sprache der andern zu lernen. Es muß also zwischen ihren Sprachen eine Art von Concurrenz entstehen: und da es eben so unnöthig als beschwerlich seyn würde, daß eine jede die Sprachen aller übrigen lernte; so werden sich alle unvermerkt zur Sprache einer einzigen neigen. Da nirgends, am wenigsten aber bey der Wahl vernünftiger Wesen, ein Zufall Statt findet, so fragt es sich hier, was die übrigen Nationen zu dieser Sprache bestimmen wird? — Um diese Frage zu beantworten, werde ich meinen Gegenstand anfangs so einfach darstellen, als möglich ist: ich werde die Ursachen, die gemeiniglich beysammen sind, trennen, und eine nach der andern erwägen: ich

werde

werde ihre Quantität bisweilen auf eine willkührliche Art denken, um ihre Wirkungen desto auffallender zu machen; und ihnen hernach bey der Anwendung, wenn Resultate zu ziehen sind, die gehörigen Einschränkungen beyfügen. So hoffe ich, nicht ganz ohne Erfolg das Beyspiel der Naturkündiger nachzuahmen, die, um ein Phänomen zu erklären, es anfänglich aus der wirklichen Welt heraus heben, das Wesentliche von dem Zufälligen absondern, den Einfluß einer jeden Hauptursache berechnen, und sich dadurch in den Stand setzen, durch die Zusammenfassung derselben von der Größe der gesammten Wirkung desto richtiger zu urtheilen.

Die Ausbreitung einer Sprache wird durch die Natur dieser Sprache, durch die Qualitäten der Nation, die sie spricht, und durch das politische Verhältniß dieser Nation gegen die übrigen, bestimmt.

Es fällt in die Augen, daß, wenn alles übrige, was hier in Betrachtung kommt, unter den communicirenden Nationen gleichgesetzt wird, die leichtere Sprache wird vorgezogen werden. Aber die Leichtigkeit einer Sprache vor einer andern muß nicht nach der geringern Anzahl ihrer Wörter geschätzt werden; denn was sind tausend Wörter mehr oder weniger für das menschliche Gedächtniß? Auch würde eine in dieser Rücksicht leichtere Sprache wegen der weit geringern Anzahl von Begriffen, wovon ihre Armuth ein unzweydeutiges Zeichen wäre, so unvollkommen seyn, daß sie mit der reichern schlechterdings nicht concurriren könnte. Die leichtere Aussprache, die aus der schicklichen Abwechslung der Vocalen und Consonanten entsteht, muß zwar hier nicht ganz aus der Rechnung gelassen werden; denn bey der Concurrenz wird offenbar die sanftere und mildere Sprache gewinnen, die härtere aber und stossendere in etwas zurückbleiben. Jedoch da die Fähigkeit des Sprachorgans, insonderheit bey benachbarten, und auf der Stuffenleiter der Cultur nicht weit von einander abstehenden Völkern, auf die hier eigentlich Rücksicht genommen wird, ohngefehr ebendieselbe ist, und überdies eine jede Sprache ihre Pronuntiations-Schwierigkeiten hat; so wird, wenn nur Schwierigkeit nicht Unmöglichkeit wird, dieser Vorzug nicht viel entscheiden.

Aber es giebt eine Verschiedenheit unter den Sprachen, die ihren ganzen Charakter ändert, und die Erlernung derselben in einem hohen Grad erschwert oder erleichtert, ich meyne die Verschiedenheit ihrer Wortfügung und ihres Periodenbaus. Einige Grammatiker, die zugleich Philosophen waren, haben in neuern Zeiten behauptet, die natürliche und ordentliche Stellung der Wörter beym Ausdruck unserer Gedanken und Urtheile sey ein Hirngespinnst der alten Grammatiker; es lassen sich davon keine gewisse Regeln geben; eine jede Wortfügung sey natürlich, wenn sie nur ein getreues Gemählde der Empfindungen und Gedanken des Redenden und Schreibenden sey. Ohne über Worte zu streiten, wollte ich diese Grammatiker fragen, ob es dem, an das ordentliche Denken gewöhnten Geiste nicht natürlicher sey, den Grund vor dem Gegründeten, die Ursache vor der Wirkung, das Subject

ſect vor der **Modification**, oder doch in genauer Verbindung mit ihm, die **Hand=**
lung vor dem **Gegenſtand** und dem Ziel, worauf ſie ſich bezieht, als dieſe Dinge
in umgekehrter Ordnung, oder durch einander geworfen zu denken? Warum in allen
uns bekannten Sprachen, die Caſus haben, der **Nominativ**, keine beſondere
Beugungsſylbe hat? und endlich warum ſelbſt in den Sprachen, wo die Freyheit
der Wortfügung keine Gränzen zu haben ſcheint, doch gewiſſe Wörter ihre beſtimm=
ten Stellen haben, aus denen ſie nur von den Dichtern, offenbar aus metriſchem
Bedürfniſſe, geriſſen werden? Man findet im Virgil wenig Verſetzungen, wie in
rumpantur ut ilia Codro; und wenn Horaz die 4te Ode des IIIten Buches an=
fängt:

> *Deſcende coelo & dic age tibia*
> *Regina longum Calliope melos,*

ſo muß auch der Römer bey der erſten Leſung dieſer Verſe geſtutzt haben.   Wer wird
uns bereden, daß die Trennung und oft merkliche Entfernung des Beyworts und
Hauptworts bey den Griechen und Römern, eben ſo natürlich ſey, als die beſtän=
dige Zuſammenſtellung dieſer Redetheile in unſern lebenden Sprachen, und daß im
Anfang der Iliade Ἀχιληος eben ſo ordentlich nach θεα ſtehe, als es unmittelbar
nach μηνιν ſtehen würde? — Was zuſammen gedacht wird, was in der Seele,
ſo zu reden, näher beyſammen liegt, das wird auch ordentlicherweiſe in der Rede
zuſammen geſtellt und in nähere Verbindung gebracht.   Daß nicht nur die alten
Scholiaſten, ſondern ſelbſt Griechiſche und Römiſche Schriftſteller, in der Wort=
fügung eine natürliche Ordnung vorausſetzten, läßt ſich aus einigen Stellen (*) (a)
des Dionyſius von Halikarnaß und des Cicero (b) ſchlieſſen.   Ich werde aber
kaum nöthig haben zu erinnern, daß die Behauptung, es gebe eine natürliche, und
wie man ſie vielleicht am beſten nennen könnte, **metaphyſiſche Wortfügung**, der
pathetiſchen, **mahleriſchen** und **euphoniſchen** Ordnung, inſonderheit in den
Sprachen, wo ſie dem Sinn ohnbeſchadet Statt haben können, ihre Schönheiten
nicht abgeſprochen werden.

Eine Sprache könnte in ihrer Wortfügung von der natürlichen Ordnung ab=
gehen, und übrigens doch einen ſehr regelmäßigen Gang haben.   Es lieſſe ſich eine
Sprache gedenken, wo der **Genitiv** immer vor dem regierenden Wort, der **Accu=**
ſativ immer vor dem **Verbo**, wie unter gewiſſen Umſtänden im Deutſchen, die
Präpoſition immer nach dem **Nennwort**, wie in der Georgiſchen Sprache, ge=
ſetzt werden müßte.   Eine ſolche Sprache, ſo ſonderbar ſie auch wäre, würde doch
wegen der **Einförmigkeit** ihrer Wortfügung, (wenn übrigens nur die Trennungen
und

(*) Die lateiniſchen Buchſtaben weiſen auf die Anmerkungen, die mit dieſen Buchſtaben bezeich=
net ſind.

und Entfernungen der Wörter nicht zu gewaltsam wären,) leichter zu lernen seyn, als eine andere, wo die Wörter bald vor, bald nach dem regierenden Worte, und zwar nicht willkührlich, oder etwa um des Numerus willen, sondern dem unabänderlichen Genius der Sprache gemäß, gesetzt werden müssen. Diese Bemerkung werde ich weiter unten zu benutzen Gelegenheit haben.

Durch eine solche Regelmäßigkeit in der Wortfügung muß eine Sprache sich bey den Nationen, die in genauere Verbindungen treten, ungemein empfehlen. Sie hat den Vorzug der Klarheit; man kann sie leichter sprechen und leichter verstehen lernen. Was liegt den Nationen, die blos ein schickliches Communicationsorgan haben wollen, daran, daß man in einer andern Sprache zierlichere, dem Ohr mehr schmeichelnde, und besser verwebte Perioden machen kann?

Diese Regelmäßigkeit charakterisirt den Geist einer Nation, und ist zugleich ein Beweis von dem Fleisse, den sie auf die Cultur ihrer Sprache gewandt hat. Jedoch kann eine Sprache auch ohne diese besondere Art von Regelmäßigkeit einen hohen Grad von Cultur und Verfeinerung haben; und auch alsdann wird sie einer rohen, wenigstens noch nicht ganz gebildeten bey der Concurrenz vorgezogen werden. Das Schwankende einer noch ungebildeten Sprache und ihr Mangel an Wörtern, besonders an solchen, die zur wechselseitigen Verbindung unter den höhern und mittlern Classen erfodert werden, machen sie zu einem sehr unschicklichen Communicationsorgan. Eine jede lebende Sprache ist der Veränderung unterworfen, aber eine gebildete weit weniger, als eine, die sich erst zu bilden anfängt: diese ändert ihre Gestalt von einem Jahrzehend zum andern, so daß der Fremde, der sie in seiner Jugend lernt, befürchten muß, daß man dereinst ihn, und er andere nicht mehr verstehen werde. Da überhaupt bey der ungebildeten Sprache noch nicht bestimmt ist, was richtig und unrichtig, edel und unedel, gut und schlecht ist; so wird der Fremde sich gewiß nicht durch die Erlernung derselben in eine beständige Verlegenheit setzen, während daß er die Wahl einer bessern und bestimmtern Sprache hat.

Wie sehr eine geschliffene und zur Vollkommenheit gebrachte Sprache einer ungebildeten überlegen ist, davon liefert uns die Geschichte die unleugbarsten Beweise. Die Römer bemühten sich frühzeitig, ihre Sprache in den Provinzen ihres Reiches einzuführen, theils um dieselben desto fester an den Staatskörper zu knüpfen, theils weil sie glaubten, es wäre der Würde und dem Ansehen des herrschenden Volks nachtheilig, daß darin eine andere Sprache geredet würde. Sie gaben daher den überwundenen Nationen ihre Gesetze lateinisch. Sie antworteten den Griechen nicht anders als lateinisch, und legten ihnen die Verbindlichkeit auf, nicht nur in dem Römischen Senat, sondern selbst in Griechenland und Asien durch Dollmetscher mit ihnen zu reden (*). Dem ohngeachtet lernten die Griechen nicht lateinisch, während daß

*) *Valer. Max. L. II. C. 2.*

daß jeder wohlerzogene Römer sich zur Ehre rechnete, griechisch sprechen und schreiben zu können. Kato, der Censor, liebte die Griechen nicht: er schrieb sogar an seinen Sohn nach Athen, er solle sich ja hüten, in ihre Litteratur zu tief einzudringen; alles werde verlohren seyn, wenn sie dieselbe einmal nach Rom bringen würden (*). Allein diesen Sohn hatte er doch nach Athen geschickt, und er selbst lernte noch in seinem Alter griechisch. Selbst zu Ciceros Zeiten wurden nach dessen eigenem Geständniß die griechischen Schriften überall, die lateinischen nur an wenigen Orten, und nicht einmal in ganz Italien gelesen (**). Erst unter den Kaysern fing die lateinische Sprache an, der Griechischen ihre Allgemeinheit streitig zu machen, so daß Libanius besorgte, der Gebrauch der letztern möchte endlich gar abgeschafft werden (***). Aber da war sie auch der Griechischen an Cultur gleich gekommen, und die Römer waren längst das herrschende Volk. Demohngeachtet war sie auch alsdann noch den Griechen eine stolze und verhaßte Sprache (†); und es ist kein Zweifel, daß sie weder in Griechenland, noch in Kleinasien, noch in den andern Provinzen des Morgenländischen Kayserthums, wo ihr die ausgebildete Griechische zuvorgekommen war, jemals festen Fuß gefaßt hat (c).

Ganz anders ging es in der Folge in den Provinzen des Abendländischen Kayserthums. Die Nordischen Barbaren eroberten sie; aber sie vergaßen nach und nach ihre rohe Sprachen, und lernten die politere der überwundenen Gallier und Römer. Zwar verderbten sie sie noch mehr, als sie bereits verdorben war, und modelten sie zum Theil nach dem grammatischen Genius ihrer Muttersprachen; doch wurden nach und nach fast alle Wörter, die sie mitgebracht hatten, mit lateinischen vertauscht. Es ist sogar zu vermuthen, daß auch von dem Formellen der Römischen Sprache mehr als man insgemein glaubt, in die neuern übergegangen ist (d). Die Sprache der Barbaren hatte das Schicksal ihrer Religion, und aus eben denselben Ursachen. Beyde waren roh, mangelhaft und unbestimmt; beyde wurden mit etwas, das milder, vollständiger und fester war, vertauscht (e).

Die Neigung Carls, des Großen, zur Deutschen Sprache, die seine Muttersprache war, ist bekannt. Nichts beweißt mehr, wie sehr es ihm darum zu thun war, dieselbe regelmäßiger und vollkommener zu machen, und sie dadurch in seinem Reiche mehr auszubreiten, als daß er bey seinen unzähligen Staats-und Kriegsgeschäften

---

(*) Plin. hist. nat. L. XXIX. C. 1.
(**) Cic. pro Arch. poet. 10. In den beyden Sicilien war das Griechische die herrschende Sprache.
(***) Libanius de sua fortuna. Dieser Sophist, der kurz vor der Ephesinischen Kirchenversammlung lebte, besorgte, es möchte ein Reichsgesetz gegeben werden, um das Griechische abzuschaffen: allein ein despotischer Machtspruch ist nicht hinlänglich, um ganzen Provinzen, in denen eine cultivirte Sprache herrscht, eine neue aufzudringen.
(†) Isaac Casaubon. in Exercit. IX. ad Annales Baronii p. 164.

B

schäften unternahm, eine Deutsche Grammatik zu schreiben. An seinem, und noch an seiner Nachfolger Hofe, so wie vorher an dem Hofe der Merovinger, wurde Deutsch gesprochen (f). Demohngeachtet behauptete das Lateinische, so viel es auch von seiner Reinigkeit verlohren hatte, sein Ansehen und seinen Gebrauch in der Kirche, im Cabinet, in den Gerichtshöfen, und in den Schriften der Gelehrten (g): und die Römische Volkssprache, die bey allem ihrem Mangel von Urbanität doch immer weit gebildeter und vollständiger war, als die rohe Fränkische, hatte sich bereits in Gallien unter dem siegreichen Volke so sehr ausgebreitet und festgesetzt, und die Sprache desselben, nachdem sie einige Veränderung von ihr erlitten, so überwältiget, daß sie mit dem sichtbaren Gepräge ihres Ursprungs, noch den Namen der Römischen oder Romanischen tragen konnte. Die deutsche mußte sich nach und nach, unter dem Namen einer barbarischen Sprache (*), wieder in die alte Gränzen einschränken, aus denen sie mit den Germanischen Eroberern ausgegangen war: sie behauptete sich in den Ländern, wo die Römer nie recht festen Fuß gefaßt hatten, oder aus denen sie von den benachbarten Deutschen wieder waren vertrieben worden (**).

Ein besonderes Beyspiel, mit welcher Hartnäckigkeit eine gebildetere Sprache sich gegen mehrere rohe Sprachen behauptet, haben wir an der Walachey. So ungewiß und dunkel auch in einigen Stücken die Geschichte der Walachen ist, so stimmen doch alle Geschichtforscher darin überein, daß dieses ursprünglich Römische Volk ausserordentlich viele Revolutionen erlitten habe, und nach und nach von einer Menge fremder Nationen bezwungen worden sey (***). Wollten wir auch durch eine unbegreifliche Voraussetzung, und wider alle Analogie, annehmen, daß niemals eine eigentliche Vermischung zwischen den Abkömmlingen dieser Römischen Pflanzbürger und ihren Eroberern vorgegangen sey; so müssen doch die Sprachen, so oft eine neue Nation sich unter den alten Einwohnern niederließ, in eine neue Concurrenz, und, wenn ich so reden darf, in einen neuen Streit gerathen seyn. Demohngeachtet wurde die Römische Sprache von keiner der barbarischen verdrungen; sie stieß sie alle, eine nach der andern, zurück; und ob sie schon von der Slavischen endlich merklich verändert worden ist, so herrscht doch in der Walachischen Sprache die Römische noch bis auf den heutigen Tag (h). — Nun waren freylich die Europäischen Sprachen in der Periode, wo wir sie zu vergleichen haben, an Cultur nicht so verschieden,

-schieden,

(*) S. *du Cange* unter dem Wort: *Barbarus.*

(**) S. ein Beyspiel hievon bey Pfäffel in seiner *Alsatia Illustrata* S. 807.

(***) S. Thummanns Untersuchung von der Geschichte und Sprache der Walachen I. Th. S. 338. vergl. mit Sulzers Reisen durch das Transalp. Dac. Der leztere Schriftsteller widerspricht zwar dem sel. Thummann, was die Geschichte dieses Volks betrifft; allein beyde stimmen in dem, was ich hier voraussetze, überein.

schieden, wie die Römische und die rohe Sprache der Barbaren; auch kann man die wechselseitigen Verbindungen der Europäer in den neuern Zeiten nicht als eine Vermischung ansehen: indessen hört eine Ursache, wenn sie von dem höchsten Grad ihrer Wirksamkeit herabgestimmt wird, nicht auf, Ursache zu seyn; sie wird noch bey allen ihren Abstuffungen verhältnißmäßige Wirkungnn hervorbringen.

Nun gebe man eben der Nation, die eine leichtere und vollkommen gebildete Sprache hat, zugleich einen merklichen Vorzug in der Cultur und Verfeinerung; so wird ihre Sprache bey der Concurrenz auch aus diesem Grunde gewinnen. Cultur der Sprache und Cultur der Nation sind zwar durch ein natürliches Band verknüpft; sie haben einen wechselseitigen Einfluß auf einander, und die eine kann fast immer zum Maaßstabe der andern angenommen werden. Allein eine jede wirkt doch, wenn es auf die Annehmung und Ausbreitung einer Sprache ankommt, von einer besondern Seite und auf eine merkliche Art; und eine jede muß daher besonders betrachtet werden.

In der That, wenn eine cultivirte, und, wie wir hier voraussetzen, durchgängig polirte Nation mit einer andern, die in der Cultur noch um einige Schritte zurück ist, in Verbindung kommt; so muß bey der erstern ein geheimer Stolz auf ihre Vorzüge, bey der letztern ein beschämendes Gefühl ihrer Mängel, und Hochachtung gegen die cultivirte Nation entstehen. Der ganz rohe Barbar wird die Vorzüge der Cultur bey einer andern Nation wenig schätzen, weil er sie nicht fühlt: er wird sie vielleicht gar verachten, und ihnen seinen Barbarnstolz entgegen setzen. Nicht so der Mensch, der auf dem Wege der Cultur schon merkliche Schritte gethan hat: auf diesen werden die feinen und sanften Sitten, die gefällige und anständige Betragen, der gute Geschmack, und alle Vorzüge der geschliffenen Nation, wenn er auch nur eine verworrene Empfindung davon hat, einen mächtigen Eindruck machen; er wird, er muß die Ueberlegenheit einer solchen Nation fühlen (i). Diese Hochachtung auf der einen Seite, und jenes mit etwas Verachtung gegen die ungebildete Nation vermischte Bewußtseyn seines Werthes auf der andern, können für die beyderseitigen Sprachen nicht ohne Folgen seyn. Die ganz cultivirte Nation wir sich nicht leicht erniedrigen, die Sprache der nur halb cultivirten zu lernen; und diese wird nicht nur um der Communication willen sich zur fremden Sprache bequemen, sondern sie sogar mit Begierde erlernen, weil sie sich dadurch das Ansehen einer gleichen Cultur und Verfeinerung zu geben hofft.

Aber die minder cultivirte Nation wird die Schätze der vollkommen gebildeten bald genauer kennen lernen, weil sie ihre Mängel mit den Vollkommenheiten der andern vergleichen wird. Sie wird sich daher bestreben, dieser Vollkommenheiten theilhaftig zu werden; und weil sie sich diesen Genuß nicht anders als vermittelst der fremden Sprache verschaffen kann, so wird dieß für sie ein neuer, mächtiger Beweggrund seyn, dieselbe zu lernen.

Es

Es ist gewiß, und die Geschichte bestätiget es, daß bey einer Nation, die auf der Stufenleiter der Cultur den Gipfel erreicht hat, sich eine Menge feiner Empfindungen und Ideen entsponnen haben, die einer minder gebildeten noch fehlen. Die Empfindungen der Menschlichkeit, die sich in so viele Nüancen auflösen, die mannigfaltigen Ideen von gesellschaftlichem Wohlstande, von geselligem Vergnügen und von Urbanität; die Empfindungen des Schönen, Edeln und Grossen; die Begriffe von Industrie und Luxus, die sich in tausend Aeste ausbreiten; und endlich die wissenschaftliche und Kunst-Ideen sind bey der vollkommen cultivirten Nation ganz entwickelt, und mit bestimmten Namen bezeichnet. Bey der minder cultivirten mögen immer die Keime dazu vorhanden seyn, diese Keime mögen sogar anfangen zu treiben; entwickelt sind sie doch bey weitem nicht alle so weit, daß sie durch Wörter, Redensarten und Wendungen ausgedrückt wären. Was wird in diesem Falle bey der wechselseitigen Verbindung der zwo Nationen geschehen? — Es kann nicht fehlen, die minder gebildete, aber nach grösserer Cultur strebende Nation muß eben dadurch, daß ihre schlummernden Gefühle und ihre noch etwas dunkeln Begriffe durch die fremde Sprache hervorgelockt und aufgehellt werden, diese Sprache liebgewinnen, und zu ihrer Erlernung angespornt werden. Anfangs war ihr die fremde Sprache bloß ein bequemes Communicationsorgan, itzo wird sie eine Quelle geistiges Genusses für sie. — So löset sich die Begierde, die Sprache eines völlig cultivirten Volkes zu lernen, in den Grundtrieb der menschlichen Seele, das Streben nach neuen Empfindungen und Vorstellungen auf.

Als Karneades, der berühmte Stifter der neuern Akademie, mit zween andern Philosophen sich eine Zeitlang zu Rom aufhielt, und daselbst öffentlich von philosophischen Materien sprach; so wurden die mit der Griechischen Sprache bereits etwas bekannten jungen Römer von diesen neuen Ideen, die zugleich mit einer glänzenden Beredtsamkeit vorgetragen wurden, so bezaubert, daß sie ihren gewöhnlichen Ergötzlichkeiten entsagten, und mit einer Art von Raserey, wie es Plutarch nennt, Griechische Philosophie zu studiren anfingen. Alles drängte sich zu dem Griechen hin, der so viel neues, und es auf eine so anziehende Art zu sagen wußte. Auch bey dieser Gelegenheit machte Kato Lärmen. Die Griechische Sprache hätte er den jungen Römern noch wohl gegönnt; nur die neue Philosophie, die sich mit der alten Römischen Sitte nicht zu vertragen schien, gefiel ihm nicht; und um diese war es gerade den jungen Römern zu thun. Er konnte zwar von dem Senat erzwingen, die Griechen, sobald als möglich, nach Haus, und, wie er sich ausdrückte, in ihre Schulen zurück zu schicken; aber die Begierde, Griechische Philosophie zu studiren, blieb in den Gemüthern zurück: und bald waren es nicht nur die Jünglinge, sondern die Lälien, die Scipionen, und die Luculle, die in einem reifern Alter und mitten unter den Kriegsgeschäften die fremde Philosophie studirten, und in dem Umgange mit Griechischen Philosophen ein Vergnügen suchten, das sie bey keinem ihrer Landsleute

leute fanden. Wie hätte auch ein Römer in feiner Sprache damals viel von Philosophie reden können, da in derselben eine Menge philosophischer Begriffe noch gar
nicht bezeichnet waren, und daher das Unternehmen des Cicero, die Philosophie
lateinisch vorzutragen, von den gelehrteften Römern als sehr schwer, ja beynahe als
unausführbar getadelt wurde? (*)

Aus diesem Beyspiel erhellt, wie die höhere Cultur einer Nation die Ausbreitung ihrer Sprache begünstiget. Denn eben den Reiz, den hier die Philosophie
für die fich bildenden Römer hatte, den müffen alle Schätze des menschlichen Geiftes
für eine Nation haben, die sie noch nicht befitzt, und ihren Werth zu fühlen beginnt.
Man gebe also der vollkommen gebildeten Nation, (was fie gewiß haben wird) grosse
Dichter, Redner und Geschichtschreiber, und laffe die Meisterftücke ihrer Litteratur
unter die minder gebildete Nation kommen. Diese leugnet es fich nicht, (denn fie ift
aufgeklärt genug, um ihre Mängel einzusehen;) daß ihr dergleichen Schriftfteller noch
mangeln. Sie fühlt infonderheit, daß den Werken des Geiftes und des Witzes,
die fie befitzt, der feine Geschmack noch fehlt, durch den man allein dem beffern Theile
des gegenwärtigen und künftigen Publici gefallen, und einen Platz neben den vortreflichen Geiftern polirter Nationen behaupten kann. So wird ein zwar nicht groffer
Theil der Nation, der aber doch am Ende den Ton angiebt, mit den fremden Mu-
ftern zugleich die fremde Sprache ftudiren, indeß ein anderer dieselbe lernt, um die
zeitvertreibenden Schriften zu lesen, woran die polirte und geiftreiche Nation einen
groffen Ueberfluß haben wird.

Das auffallendfte Beyspiel, wie ftark die vom Durfte nach höherer Cultur einmal entbrannten Geifter zu Erlernung einer fremden Sprache hingeriffen werden, beut
uns die Wiederherftellung der Wiffenschaften dar. Streben nach beffern
Kenntniffen, gereinigter Geschmack am Wahren und Schönen war es, was die guten
Köpfe Italiens gegen das Ende des 13ten und zu Anfang des 14ten Jahrhunderts
antrieb, anftatt des Thomas und des Bonaventura den Cicero und den Virgil
zu lesen; und sie in den Stand fetzte, diese vortreflichen Mufter des Alterthums nachzuahmen. Nicht die Flüchtlinge von Conftantinopel, und das Griechifche, das fie
mit sich brachten, haben, wie man insgemein glaubt, die Unwiffenheit und Barbarey unter den Abendländern zerftreut (k). Geschmack und Sitten hatten fich bereits daselbft merklich verbeffert, und um einen Dante und Petrarch hervorzubrin-
gen, hatte Italien nicht die Ankunft des Chryfoloras erwartet. Wäre es, um
seinen Geschmack zu verfeinern, genug, die Römifchen Schriftfteller zu lesen, wa-
um hatten die Mönche, in deren Schriften man unverkennbare Spuren von der
Lefung der Alten antrifft, so wenig Geschmack? warum sind ihre Anspielungen auf

B 3   gewiffe

(*) Cicero de Nat. Deor. I. 1. c. 8. vergl. mit L. III. c. 2. de Finibus.

gewiſſe Stellen in denſelben, und der Gebrauch davon, meiſtens ſo froſtig und ſo ungereimt; und warum gefallen uns eben dieſe Anſpielungen in dem Petrarch ſo wohl? — Petrarch beſaß bereits etwas von dem Geiſte der Dichter, die er las, und die geſchmackloſen Mönche nagten bloß an ihren Wörtern und Phraſen. Die wonnevollſte Frühlingsſonne treibt aus dem Baum, in dem kein Saft iſt, keine Knoſpen hervor. Aber durch eine weiſe Anſtalt der Vorſehung geſchah es, daß zu eben der Zeit, da der Abendländer, durch die vorhergehenden Jahrhunderte vorbereitet, ſich nach höherer Cultur ſehnte, ihm der gebildetere, und vor der Barbarey der Oßmannen fliehende Grieche mit den Schätzen ſeiner Sprache und Litteratur entgegen kommen mußte.

Ich habe bisher vorausgeſetzt, daß der Zug der wechſelſeitigen Communication zwiſchen den verbundenen Nationen von beiden Seiten gleich ſtark ſey. Dieß aber iſt nicht, ſobald die eine davon an Wohlſtand und Cultur die andern merklich übertrifft. Die minder cultivirte Nationen werden, inſonderheit wenn die Communication auf alle Art erleichtert iſt, die reiche und polirte Nation mehr ſuchen, als ſie von ihr geſucht werden. Man wird von allen Seiten her zu ihr reiſen; man wird die Hauptſtadt ihres Landes, jene Werkſtätte der Cultur, beſuchen, um eine ſo vollkommene, wenigſtens eine ſo angenehme und im Umgang ſo liebenswürdige Nation kennen zu lernen; um die Werke ihrer Künſtler, ihre prächtigen Denkmäler, ihre Schauſpiele und Feyerlichkeiten zu ſehen; um ihren Luxus, den man nur dem Namen nach kennt, vielleicht auch ihre Corruption zu genieſſen; und dann auch, um ſeine Sitten zu bilden und zu verfeinern. Da muß dann die Sprache der geſchliffenen Nation gelernt werden, wenn ſie auch nur als Werkzeug der Communication angeſehen wird; und dieſe Sprache wird von jedem Reiſenden in ſein Vaterland zurückgebracht.

Endlich laſſe man die Nation, die in Rückſicht auf ihre Sprache und Cultur ſo beträchtliche Vorzüge vor den übrigen hat, in eben dem Zeitraume, da ſie dieſe Vollkommenheiten erreicht, durch ihre Größe und Macht, die Herrſchende unter den andern Nationen werden; ſo wird ihre Sprache mit einer deſto gröſſern Geſchwindigkeit ſich unter denſelben ausbreiten. Dieſes politiſche Gewicht in dem Syſtem der communicirenden Nationen iſt es eigentlich, was den bereits angeführten Urſachen eine ſo volle und ſchnelle Wirkung geben wird.

Wird die Nation die Herrſchende durch Unterjochung der übrigen, ſo wird dieſe Wirkung am auffallendſten ſeyn. So breitete ſich das Griechiſche in den von Alexander eroberten Ländern, die hernach von ſeinen Feldherrn und ihren Nachkommen beherrſcht wurden, mit einer groſſen Geſchwindigkeit aus. So ward die Römiſche Sprache in Gallien und Spanien in kurzer Zeit die allgemeine Volksſprache. So ward das Franzöſiſche unter den ſiegreichen Normännern die herrſchende

schende in England, in Neapel und in Sicilien (*): und aus eben dem Grunde drang es, da Französische Prinzen Constantinopel und einen Theil des Morgenländischen Kayserthums beherrschten, in die Hauptstadt und die Griechischen Provinzen ein (**). Die Ursachen hievon liegen am Tag. Wenn ein Volk ein anderes seiner Herrschaft unterwirft, so werden die wechselseitigen Verbindungen häufiger, mannigfaltiger und enger als zuvor; das Bedürfniß einer gemeinschaftlichen Sprache wächst: und da wird das gebietende Volk viel zu stolz seyn, sich der Sprache der Ueberwundenen zu bedienen. Die Römer glaubten, wie wir oben bemerkt haben, ihrer Oberherrschaft etwas zu vergeben, wenn sie mit ihren Unterthanen in einer andern als ihrer eigenen Sprache redeten. Sogar das Pallium mußte hierin der Toga weichen, damit die Römische Auctorität nicht durch die Reize der fremden Sprache entnervt würde (***). Es gereichte dem Cicero zum Vorwurfe, daß er in einem Griechischen Senat griechisch geredet hatte (1). Auf der andern Seite wird die besiegte Nation geneigt seyn, die Sprache der Ueberwinder zu lernen. Sie hat ein besonderes Interesse dabey. Ohne dieselbe kann sie die Gesetze und Befehle ihrer Beherrscher nicht verstehen, keine Aemter und Ehrenstellen erlangen, ihre Angelegenheiten in dem Lande der Ueberwinder und in der Hauptstadt des Reiches nicht mit Erfolg betreiben. In diesem Fall waren die Gallier, die sich durch die Unwissenheit in der Römischen Sprache der grossen Vortheile, zu denen sie als Römische Bürger eingeladen waren, beraubt hätten. Die Griechen, die in eben dem Fall waren, würden lateinisch gelernt haben wie sie, wenn ihre vorzügliche Cultur, und die Politur ihrer Sprache dem Stolze der Römischen Herrschaft nicht widerstanden, und beyde Sprachen in eine Art von Gleichgewicht gebracht hätten. Schickt der Sieger in das von ihm eroberte Land zahlreiche Colonien, macht er besondere Anstalten, um seine Sprache daselbst einzuführen, und sucht er die alte, ohne sie bloß ihrem eigenen Schicksal zu überlassen, auf alle Art zu verdrängen; so wird er seine Absicht desto gewisser und schneller erreichen.

Wird aber die Nation durch ihre Grösse und überwiegende Macht nur die Hervorstechende unter den communicirenden Nationen, ohne eine davon zu unterjochen; so wird die Wirkung dieser Art von Herrschaft zwar nicht so groß und schnell, aber doch immer beträchtlich seyn. Der Mensch ist einmal so geartet: er strebt, dem Höhern und Mächtigern auf irgend eine Art ähnlich zu werden; er beredet sich, daß wenn er seine Miene, seinen Ton, seine Kleidung und seine Brille (†) angenommen, er auch etwas von seiner Macht sich beygelegt habe: warum sollte er dieses nicht glauben,

---

(*) *Murator. Script. Ital.* T. V. p. 255. In England weit mehr als in Neapel und Sicilien.
(**) *Du Cange Gloss. Præf.* p. 19. 20.
(***) *Valer. Max.* am angef. Ort.
(†) Keyslers Reisen LXV. S. 944.

ben, wenn er von ihm die Sprache, das eigentliche Organ des Gebietens, entlehnt? — Der hohe Begrif der übrigen Nationen von der Herrschenden wird in
ihren Augen alle Vorzüge derselben vergrössern. Sie werden sie für noch vollkomm-
ner halten als sie ist, ihre Sitten für feiner und besser, als sie sind, und keine Sprache
für so geschickt, als die ihrige, die erhabenen sowohl als die sanften und geselligen
Empfindungen auszudrücken. Die über die Macht eines grossen Volkes erstaunte
Einbildungskraft vergrössert leicht an ihnen Dinge, deren Werth ohnehin sich nicht
mit einer geometrischen Genauigkeit bestimmen läßt. Geht es uns doch täglich mit
den Fürsten so, die sich durch einige Vorzüge auszeichnen, ob sie wohl weder Frie-
deriche noch Josephe sind. Wie mancher Höfling am Hofe von Syrakus mag
nicht die Verse des Dionysius in allem Ernste schön gefunden, und ohne sich vor der
Steingrube zu fürchten oder dem Tyrannen schmeicheln zu wollen, als vortreflich ge-
priesen haben?

Die grosse herrschende Nation wird aber noch auf eine thätigere Art die Ausbreitung ihrer Sprache befördern. Da sie das Interesse und den Ehrgeitz hat, alle
übrige Staaten in einer Art von Unterwürfigkeit zu halten, das politische Gewicht
des einen zu vermehren, des andern zu vermindern, ihre Berathschlagungen zu ihrem
Vortheile zu lenken, und ihren Anschlägen und Verbindungen zuvor zu kommen;
so wird sie überall ihre Gesandten, Residenten und Agenten, ihre pensionnirte Corre-
spondenten und Emissarien haben. So wird immer in jedem der minder mächtigen
Staaten eine Anzahl von Personen seyn, die die Sprache der herrschenden Nation
reden; und, welches von nicht geringer Wichtigkeit ist, diese Personen, die größtentheils aus den aufgeklärtesten Classen ihrer Nation gewählt worden sind, werden mit
den fremden Fürsten und Ministern, und mit den ersten Magistraten der Republiken
ihre Geschäfte treiben, überhaupt aber mit dem feinern Theile der Nation, bey der
sie sich aufhalten, Umgang pflegen. Der Gedanke, den sie überall mit sich herum-
tragen, daß sie der herrschenden Nation angehören, und ihre Repräsentanten sind,
wird ihnen die Erlernung, wenigstens den Gebrauch der fremden Sprache unter-
sagen. Diese Sprache würden sie doch nicht so gut reden als die Nation, bey der
sie sind: das würde ihnen in ihren Unterhandlungen und in ihrem Umgang ein ihren
Stolz beleidigendes Ansehen von Inferiorität geben (m). Es war Stolz der mächtigern Nation, daß die Französischen Gesandten im Jahr 1682 auf dem Congresse
zu Frankfurt nicht einmal die lateinische, zwischen Frankreich und dem Reiche übliche,
Sprache dulden, und lieber die Unterhandlungen abbrechen, als von ihrer Sprache
abgehen wollten. Und sollte auch die Sprache nur der Vorwand dazu gewesen seyn,
so könnte doch nur der Stolz einen solchen Vorwand gebrauchen (*).

Leichtig-

(*) S. Moser von den Hof- und Staatssprachen. B. II. S. 19.

Leichtigkeit und vorzügliche Bildung der Sprache; vorzügliche Cultur der Nation, die sie spricht, und dann Größe und überwiegende Macht eben dieser Nation, sind also die kräftigsten Ursachen, wodurch eine Sprache unter den fremden Nationen zur herrschenden wird. Unter denselben haben ohne Zweifel Bildung der Sprache, und Cultur der Nation, die sie spricht, am meisten Gewicht, denn diese zwo Ursachen triumphiren bey der Collision sogar über die Herrschaft der andern Nation, wie aus dem Beyspiel der Griechen in Beziehung auf die Römer, und der Römer in Beziehung auf die Nordischen Völker erhellt (n). — Aus diesen Grund-sätzen, die ich allgemein vorgetragen habe, um ihnen eine desto grössere Evidenz zu geben, läßt sich nun bestimmen, nicht nur, welche Sprache die Herrschende in Eu-ropa hat werden müssen, sondern auch, wann sie es werden mußte, und wie weit es einige andere werden konnten. Aber ohne grosse wechselseitige Communication der Völker hätten diese Ursachen nicht gewirkt: ich muß daher, ehe ich die Anwendung von meinen Grundsätzen mache, von der Bildung des Communicationsgeistes in Europa etwas sagen.

Es ist eine für den Menschenfreund sehr angenehme Beschäftigung, in der Ge-schichte den Schritten nachzuspüren, die Europa mitten unter seinen Zerrüttungen und Revolutionen zu seiner gegenwärtigen Systemförmigen Verbindung gethan hat. Die Christliche Religion war ohne Zweifel die Grundlage des Systems; sie ist zugleich der Kitt, wodurch dieses grosse Gebäude, mitten unter seinen Erschütterun-gen, in allen seinen Theilen ist zusammengehalten worden. Selbst die ungeheure, mit der politischen Verfassung künstlich verwebte Macht des Römischen Bischoffes, so schlimme Wirkungen sie auch in andern Rücksichten hatte, war doch das Zauber-band der durch Feodal-Anarchie zerrütteten Reiche, und ein gemeinschaftlicher At-tractionspunct für Nationen, die durch ihre Lage sich von einander entfernten, und durch ihre Sitten sich zurückstiessen. Aber ein besonderer Schritt zu näherer Gemein-schaft waren die von allen Fürsten Europens unternommenen, und so oft wiederhol-ten Creuzzüge, die den Orient zu einem Sammelplatz der verschiedensten Nationen machten (*). Der zu dieser Zeit in ganz Europa sich ausbreitende Ritterstand, dessen Glieder in alle Oerter der Welt, wo Tugend und Schönheit zu vertheidigen und Abentheuer zu suchen waren, berufen zu seyn glaubten, und die häufigen Thur-niere, wo oft Ritter aus den entferntesten Ländern zusammentrafen (**), trugen nicht wenig bey, unter dem Europäischen Adel eine genauere Verbindung zu stiften und zu unterhalten. Endlich gerieth der menschliche Geist auf eine Erfindung, die
zwar

(*) So war der Trojanische Krieg (eine Expedition, die mit den Creuzzügen, der Verschiedenheit der Beweggründe ohngeachtet, viele Aehnlichkeit hat,) die erste Gelegenheit, wodurch unter den Griechischen Staaten eine genauere Verbindung gestiftet wurde, Thucyd, I. 3.
(**) S. Schmidts Gesch. der Deutsch. Th. IV. B. 7. C. 37.

C

zwar im Stillen, aber mit einer ungemeinen Wirksamkeit, auch bey grosser räumlicher Entfernung, die Communication der Europäer befördern, die Forscher der Wahrheit an den äussersten Enden unsers Welttheils mit allen Schätzen ihrer wechselseitigen Kenntnisse auf eine schnelle und leichte Art bereichern, und eine allgemeine Circulation von Einsichten und Vorurtheilen, von Wahrheiten und Irrthümern unter den Menschen hervorbringen sollte. Die um diese Zeit auch in Deutschland und in andern Ländern, nach dem frühern Beyspiel Frankreichs, errichtete Posten kamen dieser Erfindung treflich zu statten, und wurden ein neuer Communicationscanal in Europa. — Allein die grössten und merklichsten Schritte zu wechselseitiger Verbindung thaten die Europäer unstreitig unter der Regierung Carls, des Vten. Die unermeßlichen Besitzungen dieses mächtigen Kaysers, wodurch er ganz Europa furchtbar ward; seine beständigen Unterhandlungen mit Rom, England und Frankreich; seine Kriege in Deutschland, Italien und den Niederlanden; der unter seiner Regierung entstandene Religionszwist, der ganz Europa in Gährung setzte, die Aufmerksamkeit aller Länder reizte, und neue politische Verhältnisse und Interessen bildete; der ungewöhnliche Flug, den der durch das Studium der Alten gestärkte menschliche Geist nahm, und sein Trieb, sich nach allen Seiten auszudehnen; und endlich der Wetteifer, der durch die Entdeckung der beyden Indien unter den handelnden Nationen entstand: — alle diese Dinge mußten den Hang, den die Europäer bereits zur Communication hatten, ungemein verstärken, und die Bande der Gemeinschaft unter ihnen vervielfältigen und zusammenziehen. Die Regierung Carls, des Vten, wird daher billig in Rücksicht auf die Communication der Europäer als Epoche angesehen. Sie ist der Anfang der merkwürdigen, bis auf unsere Zeit sich erstreckenden Periode, in der die Europäische Nationen in so enge und vielseitige Verhältnisse getreten sind, dergleichen man in der Geschichte nur zwischen kleinen benachbarten und verbundenen Staaten findet; wovon aber weder die von der Geissel des Macedonischen Eroberers zusammengetriebene, noch die durch Römische Kriegs- und Staatskunst in ein Joch gespannten Völker ein Beyspiel geben. Jeder etwas beträchtliche Staat fing an, auf alle andere aufmerksam zu seyn, und daselbst seine Gesandten und Agenten zu haben. Die Gelehrten aller Länder formirten eine Art von Republik, und correspondirten mit einander von einem Ende Europens zum andern. Die Universitäten vervielfältigten sich, und wurden, wie die früher gestifteten, grosse Sammelplätze, wo eine Menge lernbegieriger Jünglinge aus allen Gegenden Europens hinströmten. Die mit der wachsenden Cultur sich vermehrenden Bedürfnisse verursachten zwischen den handelnden Ländern eine beständige Ebbe und Flut. Bey allen Nationen fing man an zu reisen, um bey andern Gewinn, Einsichten, Sitten und Vergnügen zu suchen.

Nichts beweiset mehr, wie allgemein in der Mitte dieser Periode die Communication unter den Europäern geworden war, als der Westphälische Frieden.
Hier

Hier erscheint Europa wie eine zahlreiche Familie, deren Glieder, nachdem sie sich entzweyt hatten, sich wieder die Hände bieten, und ihre verflochtenen Angelegenheiten aus einander wickeln. Die Geschichte hat, so lange die Welt steht, keinen solchen Congreß aufzuweisen.

In dieser Communications-Periode, (so will ich nun den Zeitraum von Carl dem Vten an, bis auf Friederich und Joseph nennen;) mußte das Bedürfniß einer gemeinschaftlichen Sprache unter den Europäern immer dringender werden: und in eben dieser Periode kamen durch ein Glück, das bisher keine von den gegenwärtig lebenden Sprachen gehabt hatte, und das vermuthlich keine mehr haben wird, alle oben angeführte Ursachen fast in Einem Zeitpuncte zusammen, um die Ausbreitung der Französischen Sprache zu bewirken. Ehe ich aber dieses zeige, erfodert mein Plan, von zwo andern Sprachen zu reden.

Zweyter Abschnitt.

Anwendung der vorhergehenden Grundsätze auf die Italienische und Spanische Sprachen.

Wir finden in der Communications-Periode nur zwey von den heutigen Europäischen Sprachen, die mit der Französischen ein ähnliches, wiewohl dem Grade nach ungleiches Glück gehabt haben. Da sie derselben zuvorgekommen sind, und ihr einigermassen im Weg standen; so ist eine kurze Untersuchung ihrer Geschichte nothwendig, um zu zeigen, daß unsere Grundsätze dadurch nicht nur nicht widerlegt, sondern auf das vollkommenste bestätiget werden.

Ich fange mit der Italienischen Sprache an. Man muß zugeben, daß sie die erste Sprache in Europa war, die sich bildete, und daß die Französische noch vieles von dem Rost ihrer alten Roheit hatte, als Dante, Petrarch und Boccaz der ihrigen beynahe den höchsten Grad der Bildung gaben, dessen sie fähig war. Auch haben unstreitig die Italiener in der Cultur vor allen andern Europäischen Nationen einen merklichen Vorsprung gehabt. Die Ehre allein, daß sie die ersten Wiederhersteller des guten Geschmacks in den Künsten und Wissenschaften, und die Lehrer des übrigen Europa waren, rechtfertigt einigermassen den Stolz, womit sie ehemals alle andere Nationen als Barbaren ansahen (o). Endlich scheint es in dieser Sache von keinem geringen Gewichte zu seyn, daß Rom ehemals der Mittelpunct des ganzen christlichen Europa war, und daß es ausser Italien kein Land gab, mit dem alle übrige in einer so genauen und beständigen Communication standen. Man erwäge die Abhängigkeit der ganzen Geistlichkeit von dem Pabst, ihre genaue Verbindung mit ihm, und die häufigen Reisen der Geistlichen nach Rom; die beständigen Unterhandlungen der Könige und Fürsten mit dem Römischen Hof; den

C 2

damas

damaligen Flor des Italienischen, besonders des Toskanischen Handels, der in allen Ländern ausgebreitet war; die aus den Ruinen von Rom gegrabenen Denkmäler der Kunst, die die Neugierde der Europäer, deren Geschmack sich zu verfeinern anfing, ungemein reizen mußten (*); den Ruhm der Italienischen Universitäten (p); die ungeheure Pilgrimschaften, die das alle 25 Jahre sich erneuernde Jubiläum nach Rom zog; und endlich die häufigen Kriege der Deutschen, Franzosen und Spanier in Italien: so wird sich die Frage von selbst darbieten, warum unter solchen Umständen die milde und polirte Sprache der cultivirtern Italiener nicht die herrschende in Europa geworden ist?

Ich antworte zuvörderst: diese Ursachen haben allerdings ihre Wirkungen gehabt, und die Ausbreitung des Italienischen ungemein befördert: nur muß man diese Wirkungen nicht sogleich in dem Zeitalter des Dante und Petrarchs erwarten, und zugleich die Hindernisse nicht aus den Augen lassen, die jene Ursachen zum Theil unwirksam machten. Wenn man erwägt, daß Dante sein Vulgare Illustre erst aus allen Italienischen Mundarten, (worunter freylich die Toskanische die vorzüglichste seyn mochte,) herausheben (q) und daraus die Toskanische Sprache schaffen mußte; daß seine Göttliche Komödie um ihrer schweren und dunkeln Stellen Willen, selbst für die Italiener commentirt, und auf Universitäten erklärt werden mußte: so wird man bey der grossen Bewunderung, die diesem ausserordentlichen Genie gebührt, doch mit Grunde urtheilen, daß die Italische Sprache damals noch nicht alle die Bildung hatte, die sie fähig war; insonderheit, daß ihr der feste Charakter noch fehlen mußte, der eigentlich zur vollkommenen Bildung einer Sprache erfodert wird (**). Ewägt man aber ferner, daß zu Anfang und in dem ganzen Laufe des 14ten Jahrhunderts ausser dem Dante und Petrarch kaum irgend ein Dichter angetroffen wird, der verdiente bemerkt zu werden, obschon eine Menge sich an die neu gebildete Sprache wagten (***); und daß es kaum hie und da einen Prosaiker gab, der sich der guten Schreibart eines Villani und Boccaz näherte: so muß man auf den Gedanken kommen, daß die schöne Toskanische Sprache immer noch ein Geheimniß war, in das es eben nicht so leicht war, eingeweyht zu werden. Es mußte noch eine geraume Zeit verfliessen, bis die neu gebildete Mundart sich in den übrigen Provinzen Italiens unter den obern und mittlern Classen verbreitete, und über ihre Mundarten, wenig-

stens

(*) Schon im 11ten Jahrhundert erregte Rom durch seine vom Untergang geretteten Meisterstücke der Kunst die Aufmerksamkeit der übrigen Europäischen Nationen (S. Schmidts Gesch. der Deutsch. Th II. B. y. C. 9.); wie viel mehr also im Anfang der Communications-Periode?
(**) S. Tirabochi's *Storia della Lett. Ital.* T. XIII. c. 1. Bettinelli sagt (in seinem *Risorgimento d'Ital.* T. I. p. 192.) von denen, die den Dante, was die Diction betrift, dem Petrarcha vorziehen, daß sie dem Ennius vor dem Horaz und Virgil den Vorzug geben.
(***) S. Tirabochi am angef. Ort.

ſtens in Schriften, triumphirte: denn auſſerordentliche Geiſter können wohl eine rohe Sprache bändigen, aber der größte Theil der Schriftſteller muß eine gebildete Sprache vor ſich finden, um ſein Talent zu entwickeln. Je unvollkommener das Werkzeug iſt, deſſen ſich ein Künſtler bedienen muß, deſto mehr Genie und Geſchick= lichkeit muß er beſitzen, um dennoch Meiſterſtücke damit hervor zu bringen. — Da überdieß in dem 14ten Jahrhundert die **Buchdruckerkunſt**, jenes groſſe Vehikel der Communication, das die Werke dieſer berühmten Toſkaner unter andere Na= tionen, ja ſelbſt unter ihre Landsleute in gröſſerer Menge hätte bringen können, noch nicht erfunden war; ſo iſt es kein Wunder, daß man in dieſem Jahrhundert noch wenig Spuren von der Ausbreitung der Italieniſchen Sprache in Europa findet. Dieſer Mangel mußte ihr noch im folgenden Jahrhundert nachtheilig ſeyn (*).

Doch ein Haupthinderniß, das nicht nur in dieſem, ſondern auch, und viel= leicht noch mehr, in dem folgenden Jahrhundert der fernern Ausbildung der Italie= niſchen Sprache im Wege ſtand, ja ſogar ihre bereits erlangte Vollkommenheiten verminderte, war das in vielen andern Rückſichten ſo nützliche Studium der lateini= ſchen und Griechiſchen Litteratur. Gerade in dem Zeitraum, in welchem **Petrarcha** und **Boccaz** die von dem **Dante** eröfnete Laufbahn mit ſo vielem Ruhme betraten, lebte der Geſchmack an der Litteratur der Alten in Italien wieder auf. Dieſer Ge= ſchmack ward zum Enthuſiasmus, als in der erſten Hälfte des 15ten Jahrhunderts die Griechiſchen Flüchtlinge nach Italien kamen. Alle vorzügliche Gelehrten ſtudier= ten, überſetzten und commentirten nun in die Wette die lateiniſchen und griechiſchen Philoſophen und Dichter; ein unermeßliches Studium, das bey dem damaligen kleinen Vorrathe von Hülfsmitteln das ganze Leben eines Menſchen erfoderte, und dieſen Männern wenig Zeit übrig ließ, an die Cultur ihrer Mutterſprache zu gedenken. Dieſe Sprache war doch immer noch in ihren Augen ein

ausgeartetes Kind einer unſterblichen Mutter. —

Sie wurde zwar für tauglich gehalten, von einen Romanen=Chroniken=und Legen= den=Schreiben, oder von einem erotiſchen Dichter gebraucht zu werden, nicht aber von einem Schriftſteller, der einen ernſthaften Gegenſtand bearbeiten, und für die Nachwelt ſchreiben wollte. **Petracha** ſelbſt hatte ſo gedacht: und wenn er nicht zum Glücke für die Italiſche Sprache die **Laura** geſehen, und eine heftige Leiden= ſchaft für ſie gefaßt hätte; ſo würde Italien ſeine politiſchen Meiſterſtücke miſſen. Nicht auf ſeine Italieniſchen Verſe war er ſtolz; er ſah ſie als unbedeutende Spiele ſeiner Jugend an: ſondern von ſeinem lateiniſchen Gedicht **Afrika** erwartete er ſeinen

C 3 Ruhm

(°) Erſt im J. 1473. wurden Petrachs Schriften, und zwar in einer Privatbuchdruckerey bey dem Leibarzte von Sirt dem IVten, vermuthlich von Deutſchen, gedruckt. Bettinelli Riſorg. Th. II. S. 90.

Ruhm und seine Unsterblichkeit. Der Lorbeerkranz ward ihm auch auf dem Capitol bloß als einem lateinischen Dichter aufgesetzt. Indessen ist itzt sein Afrika kaum noch dem Namen nach bekannt, seine Verse aber auf die Laura werden von allen fühlenden Menschen mit Entzücken gelesen.

So wie die besten Köpfe Italiens sich ganz der Lateinischen und Griechischen Litteratur wiedmeten, so gab es in diesen zwey Jahrhunderten eine Menge mittelmäßiger Schriftsteller, die in der neugebildeten Sprache ihr Glück versuchten. Es schien ihnen leicht, in ihrer Muttersprache Dichter zu seyn, und den Petrarch, der seine Verse spielend gemacht hatte, zu erreichen: allein nichts beweiset mehr, wie sehr es ihnen an wahrem poetischen Geiste, und an guten, einem Dichter unentbehrlichen Kenntnissen gebrach, als daß sie nichts als sklavische Nachahmer desselben waren. Sie konnten etwa wohl einem Theil ihrer Zeitgenossen gefallen, der itzo Romane und erotische Poesien in der gemeinen Sprache zu lesen bekam: aber von der Nachwelt sind sie größtentheils vergessen.

Hieraus läßt sich begreiffen, warum Italien in dem ganzen 15ten Jahrhundert, das uns nach dem Dante und Petrarch so vieles erwarten ließ, keinen einzigen großen Dichter aufzuweisen hat. Die Sprache selbst wurde vernachläßiget, und in dem Poliziano, einem der vorzüglichsten Dichter dieses Zeitraums, findet man so wenig die Reinigkeit der Petrarchischen Diction, daß man glauben sollte, er habe hundert Jahre vor dem Petrarcha gelebt. Daß selbst die lateinische Poesie in diesem Jahrhundert, wo die Hochachtung der Alten fast bis zur Abgötterey ging, schlechter war als in dem vorigen, (*) wird uns nicht mehr sonderbar vorkommen, wenn wir erwägen, wie leicht ein noch nicht gar sicherer und fester Geschmack durch die Last der Erudition, wenn sie als letzter Zweck angesehen wird, unterdrückt, oder in seinem Fortschritte gehemmt werden kann.

Die eigentliche und durch alle Classen verbreitete Politur der Italienischen Sprache wird also billig erst in das Jahrhundert des Leo von Medicis, oder besser zu sagen, des Ariosts, des Tasso und des Machiavells gesetzt: und in eben diesen Zeitraum fällt auch die vorzügliche Geistes-Cultur, die sich von Florenz, dem Sitze der Wissenschaften, der Künste und der Urbanität, über alle Höfe und Provinzen Italiens ergoß. Erst von dieser Epoche an, womit zugleich die grosse Communications-Periode anhebt, konnte sich also die Italienische Sprache, unsern Grundsätzen gemäß, in Europa merklich ausbreiten: und daß sie es wirklich that, davon finden wir hinlängliche Spuren in der Mitte, noch mehr aber gegen das Ende des 16ten, und zu Anfang des 17ten Jahrhunderts. (†)

Welch eine Herrschaft würde diese Sprache in Europa erlangt haben, wenn Italien ein grosses und mächtiges, unter Einem Haupte vereinigtes Reich gewesen wäre,

(*) Bettinelli del Riforg. T. II. p. 100.

wäre. Aber gerade dieses fehlte. Toskana mochte sich immer durch seine vortrefflichen Geister, seine polirte Sprache, und seine Urbanität auszeichnen; es war doch nur eine kleine Provinz von einem nicht sonderlich beträchtlichen Land. Florenz war kein London und kein Paris; und wenn Toskana cultivirter war, als die übrigen Provinzen Italiens, so war Venedig, das auch seine Mundart hatte, grösser und mächtiger. Gelli und, andere behaupten mit der Florentinischen Akademie, man müsse nicht sagen, die gemeine oder die Italienische, sondern die Florentinische Sprache: allein Bembo, Trissino und Castiglione, die aus andern Provinzen waren, lehnten sich dagegen auf, und sagten: die Toskaner wollen sich zu Despoten unserer Sprache und Litteratur aufwerfen; wir haben auch unsere Classischen Autoren! (*) Diese Klagen wurden in der Folge durch die rachsüchtige Kritik, die die Florentinische Akademie wider das befreyte Jerusalem herausgab, nur zu sehr gerechtfertiget. Man sieht, wie nachtheilig ein solcher Zwist der Festsetzung der Sprache, mithin auch ihrer Ausbreitung unter den Fremden seyn mußte. Erst im Jahr 1665 erschien das Wörterbuch der Crusca (**); und wie weit weniger war es Gesetzbuch für die Scribenten, als das nicht viel später erschienene Dictionnaire der Französischen Akademie?

In eben dieser Periode nun, wo die Italienische Sprache durch ihre Vorzüge und durch andere günstige Umstände sich ausbreitete, aber auch durch die geographische Einschränkung und die politische Verfassung Italiens in ihrem Fortgange gehemmet wurde, trat die mit gleichen innern Vorzügen, und noch überdieß mit allen politischen Vortheilen gerüstete Spanische Sprache auf den Schauplatz. Kaum war die Italische Sprache gebildet, so bildete sich auch die Spanische. Boscan, Garcilaso, Hurtado de Mendoza und andere, mit denen das goldne Zeitalter der Castilianischen Poesie anhebt, lebten in der ersten Hälfte des 16ten Jahrhunderts. In eben diesem Zeitraum fällt auch die vorzügliche Cultur der Spanischen Nation. „Spanien wurde (um mit den Worten eines heutigen Spanischen Schriftstellers zu „reden,) in dem 15ten Jahrhundert von den innerlichen Kriegen, die es so lange zer„rüttet hatten, befreyt; und in dem Maaße, wie sein Reich sich befestigte, wurden „die Sitten sanfter, und die Sprache gebildeter. Unter Johann dem IIten ging „die Morgenröthe dieser moralischen Revolution auf. Ferdinand und Isabell „kamen zur Regierung, und dehnten nicht nur mit einer bewundernswürdigen Ge-
schick-

(*) In Deutschland ist bereits etwas ähnliches zwischen einigen Berlinischen und Obersächsischen Gelehrten geschehen. Das Verhältniß der Staaten, die durch ein so lockeres politisches Band verknüpft sind, bringt es so mit sich.

(**) Die zweyte Ausgabe des Wörterbuchs der Crusca ist von 1623, da die Zeit der Aufrichtung dieser Academie in die ersten Jahre der Regierung des Großherzogs Ferdinand des 1ten fällt, der seinem Bruder Franziscus 1587 in der Regierung folgte.

„ſchicklichkeit die Gränzen der Monarchie durch innere und äuſſere Eroberungen aus,
„ſondern bildeten auch durch jene huldreiche Protection, die nur groſſen, von der
„Natur auf den Thron erhobenen Genies gegeben iſt, eine Menge vorzüglicher Män-
„ner in allen Claſſen, ſchufen die Geiſter, theilten ihnen eine erhabenere Art zu denken
„mit, und verbreiteten Reitz und Anmuth über die Sitten. Aus dieſem Saamen
„wuchs jene Aernte von Helden, die hernach das Zeitalter Carls, des VIen ſah —
„Welch eine Menge Schriftſteller brachte nicht Spanien unter dieſer Regierung her-
„vor! Unter Philipp dem IIten hatte es noch weit mehr; aber das waren Früchte
„von den Bemühungen ſeines Vaters und ſeiner Ahnen‚“ (*). So kamen bey Spanien **Bildung der Sprache, Cultur der Nation,** und überwiegende politiſche Macht in einem Zeitpuncte zuſammen.

Auch hier werden unſere Grundſätze durch die Geſchichte beſtätiget, und der Erfolg für die Spaniſche Sprache war gerade ſo, wie er ſeyn ſollte. Dieſe Sprache
breitete ſich in dem 16ten Jahrhundert, und zu Anfang des 17ten in ganz Europa
aus. „Sie ward, (verſichert uns ebenderſelbe Spaniſche Schriftſteller,) an den
„Höfen von Deutſchland, Italien und Flandern geſprochen: die Franzoſen lernten
„ſie mit eben dem Fleiſſe, den heut zutage die Spanier auf das Franzöſiſche wenden;
„und es war beynahe eine Schande für einen Gelehrten, ſie nicht zu verſtehen. Kurz,
„ſie war damals faſt eben ſo ausgebreitet, als es nachher das Franzöſiſche wurde.“(s)
In der That ſcheint es, daß, da die Vorzüge der Spaniſchen Sprache durch die
Herrſchaft der Nation, die ſie ſprach, auffallender und geltender gemacht wurden,
ſie in dem 16ten Jahrhundert mehr Eroberungen machen mußte, als ihre Nebenbuhlerin, die Italieniſche. Allein wir müſſen die wechſelſeitige Communication
der Nationen, die der Grund von aller Ausbreitung der Sprache iſt, und den Grad
derſelben mit beſtimmen hilft, niemals aus dem Geſichte verlieren. Und hierin hatte
Italien einen offenbaren Vorzug vor Spanien. Schon die Lage dieſes Königreiches entfernt es von dem übrigen Europa. Seine Einwohner waren nie zum Reiſen
in die Europäiſchen Länder aufgelegt, und eben ſo wenig wurden Fremde von ihnen
angezogen. Carl, der Vte unter deſſen Regierung die Spaniſche Sprache ſich auszubreiten anfing, war noch mehr Niederländer, als Spanier: er brauchte zu ſeinen
Geſandſchaften und zu Anführung ſeiner Kriegsheere nicht nur Spanier, ſondern
auch Italiener, Deutſche und Franzoſen. Vielleicht war auch die Italieniſche Cultur der Spaniſchen in etwas überlegen. Endlich war die Blüthe der Spaniſchen
Litteratur, ſo wie die Größe der Spaniſchen Macht, zu vorübergehend, als daß
beyde einen dauerhaften Einfluß auf die Ausbreitung der Caſtilianiſchen Sprache
haben konnten. — Dieſe Gründe berechtigen uns, ſelbſt in dem kurzen Zeitraum,

chen

(*) S. die Vorrede des Herausgebers der *Obras de Garcilaſo de la Vega,* illuſtr. con not. En
Madrid 1765.

wo diese Sprache culminirte, zwischen ihr und der Italienischen einen ziemlich gleichen Grad von Ausbreitung anzunehmen; eine Vermuthung, die durch die Geschichte derselben hinlänglich bestätiget wird.

Was aber der größern Ausbreitung dieser beyden Sprachen auch in dieser Periode noch im Weg stand, war die noch immer bey der Communication der obern und mittlern Classen übliche Lateinische Sprache. Die abgöttische Verehrung derselben in Italien dauerte noch im 16ten Jahrhunderte fort, und theilte sich nun auch dem übrigen Europa mit. Die Secte der Ciceronianer ist bekannt (t). Bembus war weit stolzer auf seinen reinen lateinischen Styl, als daß er einer der Wiederhersteller des guten Italienischen Geschmacks war. Alle Päbstliche Bullen und Briefe waren lateinisch, wie sie es noch sind, und an dem Römischen Hof wurde nicht anders als lateinisch geschrieben. Die Päbstlichen Gesandten waren Personen, die das Lateinische als ihre Muttersprache ansahen. Das Lateinische war die Sprache des Umgangs bey einem guten Theile der höhern und mittlern Classen in Italien. Es gab daselbst noch immer weit mehr Gelehrten, die lateinisch, als die italienisch schrieben. — Eben so lernten in andern Ländern alle Gelehrte, alle Gesandten, (die meistens Gelehrte waren,) der größte Theil der Fürsten, und eine Menge Personen, die eine gute Erziehung bekamen, das Lateinische nicht nur so weit, daß sie es verstehen, sondern auch daß sie es mit einiger Fertigkeit reden konnten (u). Man wollte schlechterdings in den Gerichtshöfen, bey den Contracten und andern öffentlichen Acten von dieser Sprache nicht abstehen (*). Man machte denen, die statt ihrer die Landessprachen einführen wollten, den Vorwurf, daß sie das gesellschaftliche Band der Christenheit zu zerreissen suchten. So wurden die oben angeführten, von der Communication mit Italien hergenommenen Ursachen, die die Ausbreitung des Italienischen hätten befördern sollen, zum Theil unwirksam gemacht; und das von den ältesten Zeiten her unter den obern und mittlern Classen gewöhnliche Communicationsorgan mußte die Ausbreitung der Italienischen und Spanischen Sprachen in dem 16ten Jahrhundert, und selbst zu Anfang des 17ten, immer noch einschränken.

Indessen verlohr das Lateinische, wie es bey der fortschreitenden Bildung der Landessprachen, und dem zunehmenden Geschmack an Realkenntnissen nicht fehlen konnte, gegen das Ende des 16ten Jahrhunderts in jedem Lande immer mehr

von

---

*) Sonderbar ist es, daß in Frankreich der gerichtliche Gebrauch des Lateinischen später als in Deutschland, nämlich erst im J. 1539. unter Franz, dem Isten, in England aber, der Gebrauch desselben bey gerichtlichen Verhandlungen, bey Privilegien, Patenten und allen öffentlichen Urkunden erst im J. 1731. durch eine Parlamentsacte, abgeschaft worden ist. Nach eben dieser Acte ist sein Gebrauch bey den Admiralitäts-Gerichten beybehalten worden: es sey dann, daß dieses indessen abgestellt worden ist.

D

von feiner Herrſchaft und feinem Gebrauche (*): und gerade in der erſten Hälfte des folgenden Jahrhunderts geſchah es, daß die Franzöſiſche Sprache alle Vortheile der Italieniſchen und Spaniſchen vereinigte, ſie in manchen übertraf, und unter den günſtigſten Umſtänden ſich den Europäern darbot. Dieſes ſoll noch der Gegenſtand des folgenden Abſchnittes ſeyn.

Dritter Abſchnitt.

Anwendung eben derſelben Grundſätze auf die Franzöſiſche Sprache.

Zuvörderſt entſcheidet in dieſem Zeitraum das Principium der politiſchen Herrſchaft für die Franzöſiſche Sprache. Italien, das ſeit den Römern niemals mehr ein mächtiges Land geweſen war, hatte nun ſogar jene Scheingröße, die es von der Religion entlehnt hatte, durch die Reformation verlohren. Spanien, nachdem es längſt den Mittagskreis ſeiner Macht erreicht hatte, fing nun ſichtbarlich an, zu ſinken. Deutſchland war ein großes, aber durch ſeine politiſche Verfaſſung ohnmächtiges Reich: auch konnte es aus bekannten Urſachen ſchlechterdings nicht in die Sprachen-Concurrenz kommen. England, das mehr Anſprüche in dieſer Sache hatte, war noch nicht durch ſeine unermeßliche Beſitzungen in den beiden Indien zu dem Coloſſe geworden, der in den neuern Zeiten mehr durch ſeine ungeheuern Arme, als durch ſeine Größe und Feſtigkeit in Erſtaunen ſetzte. — Und nun fing Frankreich an, an Bevölkerung, Reichthum und Macht alle dieſe Länder zu übertreffen, und ſich zu einer wahren politiſchen Größe empor zu ſchwingen. Schon im Anfang der Communications-Periode äuſſerte es ſeinen Einfluß auf alle Europäiſchen Staaten (w); aber der Weſtphäliſche Frieden, in welchem es dem Haus Oeſterreich, und, wenn wir es geſtehen wollen, dem halben Europa Geſetze vorſchrieb, iſt ein Beweis von dem großen Gewichte, das es in dem Europäiſchen Syſtem bekommen hatte. Unter Ludwig, dem XIVten ward ſeine Macht ſo fürchterlich, daß beynahe alle Könige, Fürſten und Republiken durch eine allgemeine Verbindung ihr einen Damm entgegenſetzen mußten. Nun werfe man einen Blick auf die Geſchichte der Franzöſiſchen Sprache, ſo wird man ſie in eben dem Maaße, wie Frankreichs Macht ſtieg, ſich in Europa ausbreiten ſehn: und es verdient bemerkt zu werden, daß gerade der Nimwegiſche Frieden, wo Frankreich über ſeine zahlreiche Feinde triumphirte, und auf dem Gipfel ſeiner Macht ſtand, die Epoche iſt, wo ſie ſich als die Geſellſchaftsſprache der höhern Claſſen auf eine auffallende Art zeigte (x).

Hie-

(*) Man kann ſolches aus den Klagen der damaligen Gelehrten ſchlieſſen. S. *Burckhardi hiſt. ling. lat.* p. 432.

Hiebey muß auf die geographische Ausdehnung Frankreichs, und auf seine in der Communications-Periode ungemein wachsende Volksmenge, die eine der Hauptquellen seiner Macht war, besondere Rücksicht genommen werden. Durch die letztere berührte es die andern Nationen, mit denen es communicirte, in desto mehr Puncten, und konnte ihnen um so leichter seine Sprache mittheilen. Rechnet man aber überdieß zu einer Nation alles, was ebendieselbe Sprache redet, (und hier müssen wir es thun;) so war die Französische Nation, nächst der Slavonischen und Deutschen, damals die zahlreichste in Europa, indem das Französische nicht nur in dem ganzen damaligen Frankreich, sondern auch in der Franche-Comté, (die aber bald erobert wurde,) in Savoyen, in einem Theile von Lothringen, von der Schweitz und den Niederlanden, ja selbst von Deutschland, geredet wurde. Zwar unterschieden sich die Mundarten merklich von einander, doch nicht so weit, daß sie nicht leicht, wenigstens unter den höhern und mittlern Classen, auf eine einzige ausgebildete hätten gebracht werden können. Da auf diese Art zu der extensiven Größe der Nation unter Ludwig, dem XIVten, die ausserordentliche politische Macht kam, die sich durch ungeheure Kriegsheere, durch glücklich geführte Kriege, und durch wichtige Eroberungen äusserte; so konnten die Wirkungen zum Vortheile der Französischen Sprache nicht anders als ungemein stark seyn, wenn auch alles übrige unter den communicirenden Nationen gleich gewesen wäre.

Allein auch in andern Stücken war der Vortheil auf Frankreichs Seite; denn jener von dem Anfange des 17ten Jahrhunderts an, sichtbarlich steigenden Macht gieng die Cultur der Nation und die Bildung ihrer Sprache immer zur Seite, und Frankreich übertraf damals hierin alle policirte Nationen in Europa, ja wir dürfen wohl hinzusetzen, alle Nationen, die vor ihm auf dem Schauplatze der Welt figurirt hatten.

Welche Nation hatte jemals ihre Sprache so weit ausgebildet, und ihr insonderheit einen so festen Charakter gegeben, als die Französische in der ersten Hälfte des vorigen Jahrhunderts that? Dieser Charakter besteht vorzüglich in der natürlichen Ordnung und in der Regelmäßigkeit der Französischen Wortfügung. Weder die Italienische, noch die Spanische, noch die Englische Sprachen besitzen diese Regularität in so hohem Grade; sie erlauben sich, besonders in dem poetischen und rednerischen Styl, ausserordentliche Freyheiten (y), da hingegen die Französische Wortfügung in der Poesie beynahe eben dieselbe ist, wie in der Prose. Dieß ist von nicht geringer Wichtigkeit, wenn es auf die Erlernung einer fremden Sprache ankommt, denn die poetischen und oratorischen Schriften einer Nation sind doch immer derjenige Zweig ihrer Litteratur, der von den Fremden am meisten gesucht wird. Bey der Italienischen, der eigentlichen Nebenbuhlerin der Französischen, ist die Inversionsfreyheit am größten. Ueberdieß unterscheidet sich die Italienische Poesie noch in andern Stücken von der Prose, so daß man, um die Italienischen Dichter zu

D 2   ver-

verstehen, beynahe eine zweyte Sprache studiren muß (z). Eben so kann man im Stande seyn, den Englischen Zuschauer und den Don Quixote zu lesen, und doch in dem Milton und in dem Garcilaso de la Vega nicht fortkommen. Allein wer genug Französisch kann, um den Pascal zu lesen, wird auch in Rousseau's Oden keine Sprachschwierigkeiten finden. Diese grosse Regularität bekam die Französische Sprache erst gegen das Ende der Regierung Ludwigs, des XIIIten, noch mehr aber im Anfange der Regierung Ludwigs, des XIVten; denn Montagne hat noch kühne Wortfügungen, und Malherbe, der doch schon unter die guten Dichter Frankreichs gerechnet wird, hat noch Inversionen, die von Corneille an bis auf Voltairen in keinem classischen Werke mehr vorkommen (*). — Dieß ist aber nicht alles. Wer die Französische Sprache etwas genauer kennt, und sie mit der Griechischen und Lateinischen, und mit den vornehmsten unserer heutigen Sprachen zu vergleichen im Stand ist, wird über die durchgängige Festigkeit, die sie in einem so kurzen Zeitraum erhalten hat, erstaunen. Alles ward bestimmt, das Materielle sowohl als das Formelle der Sprache: nichts ward dem Eigensinn oder der Neuerungssucht der Schriftsteller überlassen. Alle, sogar die kleinsten Sprachfehler wurden an dem Verfasser des Cid gerügt. Bey neuen Wörtern, bey neuen Redensarten ward die strengste Analogie als ein unverletzliches Gesetz vorgeschrieben, und von den guten Schriftstellern beobachtet; und auch diese war nicht entscheidend, wenn der Geschmack sich nur im mindesten beleidiget fand. Diese Festsetzung der Sprache macht der Französischen Nation in meinen Augen sehr viel Ehre; sie ist ein sicherer Beweis, wie viel gute Köpfe es damals in Frankreich gab. Denn man glaube nicht, daß die Französische Akademie durch Machtsprüche, wenn sie auch durch die königliche Auctorität wären unterstützt worden, der ganzen Nation eine solche Regelmäßigkeit hätte aufdringen können, wenn diese nicht bereits dazu geneigt gewesen wäre. Eine in der Hauptstadt des Königreiches unter königlichem Schutz errichtete, und aus den vortreflichsten Geistern bestehende Gesellschaft mußte freylich ein grosses Ansehen erlangen, und die Schriftsteller nach und nach gewöhnen, die Neuerungen, die der eigensinnige Sprachgebrauch, oder ein despotischer Scribent einführen wollten, nicht eher anzunehmen, als bis sie von diesem litterarischen Parlament einregistrirt waren: allein wo ist das Land, wo sich so viele Schriftsteller über die Sprache vereinigen, und wo ist die aufgeklärte Nation, die sich dergleichen Gesetzen freywillig unterwerfen wüde? Der Grund davon liegt offenbar in dem zum Gefühl der Convenienz am meisten aufgelegten Genie der Franzosen, und in den Fortschritten, die der gute Geschmack unter ihnen gemacht hatte.

Ich

(*) Z. B. *Les vents qui les chénes combattent.* Malherbe. In komischen Gedichten, dergleichen die *Pucelle* ist, kommen solche Inversionen noch vor; und da vermehren sie die komische Wirkung.

Ich weiß, was man wider eine solche Festsetzung der Sprache, vielleicht nicht ohne Grund, einwenden kann; (wie dann bey einer Sprache eine ihrer Vollkommenheiten nicht leicht ohne Nachtheil der übrigen erhöht werden kann;) ich weiß insonderheit, wie sehr eine gewisse Gattung von Schriftstellern sich dagegen sträubt. Allein wenn sie auch wirklich so nachtheilig für die Originalköpfe wäre, als sie ihnen, wenn sie nur nicht in einen pedantischen Purismus ausartet, nothwendig und heilsam ist; so ist es wenigstens gewiß, daß diese Eigenschaft allein schon hinlänglich war, die Französische Sprache zu einem bequemen Communicationsorgan zu machen, und sie allen Europäischen Nationen zu empfehlen. Wer diese an dem Hof, unter den obern und mittlern Classen der Hauptstadt und der Provinzen, auf der Schaubühne und in den Schriften der Gelehrten herrschende Sprache einmal gelernt hatte, konnte nun versichert seyn, daß er nicht nur überall verstanden, sondern auch als eine Person, die in der feinern Welt gelebt hatte, würde angesehen werden. Und da eine Gesellschaft, die in der größten Achtung stand, und sie durch ihre Werke, meistens auch durch den persönlichen Charakter ihrer Mitglieder, verdiente, über der Erhaltung dieser Sprache sorgfältig wachte; so war man nicht in der verdrüßlichen Nothwendigkeit, die Grillen eines jeden Schriftstellers, der sich auszeichnen wollte, zu studiren, und sein ganzes Leben hindurch an der Sprache zu lernen. Ist es nicht etwas ausserordentliches, daß von Pascal an bis auf Volkairen die Französische Sprache sich so wenig geändert, und daß gerade die Nation, die man für die unbeständigste unter allen Europäischen hält, und die es wirklich in gewissem Betracht ist, ihrer Sprache am meisten Festigkeit und Charakter gegeben hat? (*)

Aber schon vor dieser Epoche behauptete das Französische einen vorzüglichen Platz unter den cultivirten Sprachen in Europa; denn man hüte sich ja, die ganze Bildung und Politur derselben auf Rechnung des Cardinals Richelieu und Ludwigs des XIVten zuschreiben. Ronsard, der in der ersten Hälfte des 16ten Jahrhunderts lebte, obwohl seine Muse, nach dem Boileau, griechisch und lateinisch unter das Französische mischte, wurde von Opitz gelesen und nachgeahmt. Montagne (geb. 1533.) hat immer noch für seine Landsleute und uns unaussprechliche Reitze.

D 3   Des

(*) Der Verfasser ist aus Gründen überzeugt, daß die Anlagen des menschlichen Geistes, wenigstens in der gegenwärtigen Periode seiner Existenz, sich nur bis auf einen gewissen Grad entwickeln lassen: daß es daher bey der Cultur der Nationen ein Maximum giebt, über das sie nicht hinausstreben können, ohne sich zu verschlimmern. Hieraus folgt, daß auch die Vollkommenheit einer Sprache ihr Maximum hat, das man, ohne Gefahr sie zu verderben, nicht überschreiten kann; daß sie daher, wenn sie einmal diesen Grad erreicht hat, durch eine Art von (freylich nicht politischer) Auctorität fixirt werden soll. Diese Materie verdiente in unsern Tagen, da man Griechen und Römer, Engländer und Franzosen übertreffen will, als Preisfrage aufgegeben zu werden.

Des Portes, (geb. 1546.) wird noch heutzutage in Frankreich geschätzt; und Malherbe (geb. 1556.) wird als der Schöpfer seiner Sprache und der Französischen Ode angesehen. Dieser merkliche Grad von Cultur, den die Französische Sprache schon im 16ten Jahrhundert hatte, muß nicht übersehen werden, indem sie mit andern Ursachen vereiniget, den Grund enthält, warum dieselbe schon in diesem Zeitraume der Italienischen und Spanischen häufig zur Seite geht. (aa)

Frankreichs Cultur verdient eine genauere Untersuchung, weil sie meines Erachtens am meisten zur Verbreitung seiner Sprache beygetragen hat. Ich werde sie so genau als möglich zu bestimmen suchen, und mein Urtheil nicht nach den Vorurtheilen, die man in einigen Ländern wider die Französische Nation hegt, noch weniger nach dem Französischen Nationalstolze, sondern nach Thatsachen und unpartheyischen Zeugnissen abmessen.

Ausser einem sehr glücklichen Klima, das weder durch übermäßige Hitze die Geister zerstreut und Fibern erschlafft, noch durch strenge und anhaltende Kälte sie verdicket und steif macht; und ausser einem Boden, der weder durch allzugroße Ergiebigkeit zur Trägheit einlädt, noch durch Kargheit die Industrie stumpf und muthlos macht, haben sich von je her viele äusserliche Ursachen vereiniget, um diesem Lande eine frühzeitige Cultur zu geben. Schon die Nachbarschaft Italiens mußte seinen mittäglichen Provinzen zu den Zeiten der Römer in diesem Betracht sehr vortheilhaft seyn, insonderheit da diese nach der Eroberung derselben eine beträchtliche Menge Colonien dahin schickten. Aber lange vorher schon, ehe diese Provinzen unter Römische Herrschaft kamen, war Marseille von Griechen erbaut worden. Diese Stadt ward hernach durch den Flor der Wissenschaften so berühmt, daß Cicero sie das neue Gallische Athen nannte: auch hatte sie die umliegenden Gegenden mit Colonien bevölkert, die die berühmtesten Städte bauten. So vereinigte sich Griechische und Römische Cultur in dem mittäglichen Gallien; und es verdient bemerkt zu werden, daß eben dieses Land das erste war, in welchem nach einer mehr als sechshundertjährigen Barbarey Aufklärung und Geschmack in Europa wieder auflebten. Ist es nicht wahrscheinlich, daß aus den Wurzeln jener alten Cultur, die zu tief lagen, als daß sie von dem verderbenden Schwerte der Barbaren konnten verletzt werden, die neuen Zweige hervorsproßten, die hernach unter den Italienischen Himmel verpflanzt, und von den geschickten Händen eines Dante und Petrarcha gepflegt, daselbst die herrlichsten Früchte trugen? (bb) — Bald wurde ganz Gallien römisch; die ganze Regierung des Landes bekam eine Römische Form; alle Gesetze und alle öffentliche Urkunden wurden in Lateinischer Sprache abgefaßt; in allen beträchtlichen Städten wurden Schulen und Akademien errichtet, wo alle Arten von Wissenschaften, vorzüglich aber die Beredtsamkeit, gelehrt wurden. Juvenal
weiset

weiſet daher die Römer, die ſich in der letztern üben wollten, nach Gallien. (*) Die Galliſchen Rechtsgelehrten (**) waren zu den Zeiten der Kayſer berühmt: und wenn das Lateiniſche in dem Mund eines Römers mehr Würde und Nachdruck hatte, ſo erhielt es in dem Mund eines Galliers mehr Reichthum und Reiz. (cc)

Dieſe Römiſche Cultur ward nun freylich von den Barbaren, die theils in Gallien ſich niederließen, theils dieſes Land verheerend durchzogen, beynahe erſtickt: allein die Römiſche Sprache fuhr doch fort, daſelbſt die Schriftſprache, und einigermaßen auch die Sprache des Volkes zu ſeyn. Welch eine Menge von Begriffen müſſen nicht mit ihr zu der neuen Nation übergegangen ſeyn, und ſich unter derſelben erhalten haben! — Doch den beträchtlichſten Gewinn zog die Nation aus dieſer Sprache erſt alsdann, als ſie nach Jahrhunderten von Barbarey und Verwirrung die letzten großen Schritte zu ihrer völligen Cultur that. Zwar hatte ſich die neue Sprache mit dem Laufe der Zeit merklich von ihrem Urſprung entfernt, und eine ganz andere Wendung genommen; doch konnte ſie immer noch Zuflüſſe von ihrer alten Quelle bekommen. So bald eine neue Empfindung, ein neues moraliſches Gefühl, ein neuer Gedanke in der Seele eines Franzoſen aufkeimte, fand er in ſeiner gelehrten Sprache ein demſelben entſprechendes Wort, heftete ſeinen neugebohrnen Begrif daran, und trug ihn hernach mit demſelben in die gemeine Sprache über. So ward jede neue Vorſtellung, die in einem glücklichen Kopfe, und jedes neue Gefühl, daß in einer zarten Seele entſtanden war, in die Circulation gebracht, und vermehrte den Ideen-Schatz der ganzen Nation. Inſonderheit dienten die Ueberſetzungen der lateiniſchen Claſſiker, dergleichen Begriffe in die gemeine Sprache überzutragen. — Dieſer gewiß wichtige Einfluß, den die Lateiniſche Sprache in die Bildung der Italiener, Franzoſen, Spanier und Engländer hatte, iſt noch nicht deutlich genug bemerkt worden. Man ſetze, ein Deutſcher ſey in der Periode, da unſere Natiou ſich bildete, in dem Fluß ſeiner Gedanken, oder in dem Strome ſeiner Empfindnngen auf einen neuen Begrif geſtoſſen, ſo mußte er, um ſich deſſelben zu verſichern, und ihn in Umlauf zu bringen, ein neues Wort machen, oder ein bekanntes Wort in einer neuen Bedeutung nehmen, welches aber weder leicht, noch allezeit rathſam war. That ers aber nicht, ſo war der neue Begrif nicht nur für die Nation, er war ſo gar für ihn ſelbſt verlohren; denn wie leicht entwiſchen uns unſere Ideen, wenn wir ſie nicht an Zeichen binden? Eben das wiederfuhr ihm, wenn bey Leſung eines Claſſiſchen Schriftſtellers ſich ein neuer Begrif in ſeiner Seele entſpann. Wenn er ihn auch durch den vorhandenen lateiniſchen Ausdruck feſt hielt, konnte er ihn doch nicht in den gemeinen Umlauf bringen (***). Freylich wird eine ſolche Sprache mit der wachſenden Cultur

der

(*) *Juvenal Sat.* 7. v 147.

(**) *Gallia cauſidicos docuit facunda Britannos. Juv. Sat.* 15 v. III.

(***) Man wird im Franzöſiſchen eine Menge ſolcher Wörter finden, die ſchwerlich aus der *Romana-Ruſtica*, ſondern aus der lateiniſchen Schriftſprache in die Franzöſiſche, und zwar

vey=

der Nation fortschreiten, und von dem Genie großer Geister befruchtet werden, daß sie endlich Früchte trägt, wozu sie anfangs nicht aufgelegt zu seyn schien. Allein diese Früchte werden bey einer Nation, die von einer gebildeten Sprache nehmen kann, was sie will, schneller reifen.

Diesen Vortheil theilte Frankreich mit andern Ländern, deren Sprachen von der Lateinischen abstammen. Aber die politische Verfassung, in die es nach und nach kam, ist vielleicht die allergünstigste, um einem Volke eine frühzeitige Cultur zu geben. Mitten unter der Feodal-Zerrüttung blieb doch die königliche Würde das gemeinschaftliche Band aller Provinzen dieses Reichs, und wuchs endlich zu Königlicher Gewalt, die die zerstreuten Kräfte aller Vasallen verschlang. Aber diese Auctorität ward nicht Despotismus. Der Adel verlohr nach und nach seine Ländereyen und seine oberherrlichen Rechte, aber nicht seinen Stolz, und seine Begriffe von Ehre, die tiefgewurzelt, und ein unüberwindlicher Damm gegen die wirkliche Gewalt waren. Die Geistlichkeit blieb ein grosser, ehrwürdiger Körper, den der König eben sowohl als der Römische Bischoff schonen mußte. Das Volk, von den Königen begünstiget, und von dem allmählig wachsenden Wohlstand unterstützt, rang sich nach und nach aus dem Staube hervor, und gewann an Vorrechten in dem Maße, wie der Adel davon verlohr. So ging die Freyheit, die der Adel in den Feodal-Jahrhunderten in einem überschwänglichen Maße genossen hatte, nicht verlohren; und obwohl das Haupt den größten Theil davon an sich zog, so wurde doch der übrige durch den ganzen Staatskörper gleicher ausgetheilt. Gerade das Gegentheil geschah in Deutschland, wo die große Vasallen zu allen Rechten der Oberherrlichen Gewalt gelangten, während daß ihre Unterthanen in einer Art von Sklaverey bleiben, wovon die Spuren noch heutzutage nur allzusichtbar sind.

Hieraus läßt sich begreifen, warum ohngeachtet der unermeßlichen Gewalt, zu der die Könige von Frankreich uuter Ludwig dem XIIIten und XIVten gelangten, doch noch so viel Freyheit unter allen Ständen der Königreiches blieb (dd). Aber diese Freyheit, indem sie sich an den Thron des Monarchen anschmiegte, verlohr ganz ihre natürliche Rauhheit, und nahm jene Geschmeidigkeit an, die der Verfeinerung der Sitten so vortheilhaft ist. Hiezu kam die ungeheure Volksmenge, die sich in dem engen Raume der Hauptstadt zusammen drängte, wodurch insonderheit die gesellschaftliche Cultur ungemein mußte befördert werden. Der Hof war das Muster dieser Stadt, und die Stadt das Muster des ganzen Königreichs. So ward Geschmeidigkeit und Milde der Sitten, mit freyem

An-

vermuthlich erst in neuern Zeiten, aufgenommen worden sind. Z. B. *éluder, tergiverser, danger, imminent, arrogance* u. s. w. Es wäre der Mühe werth, die alten Schriftsteller, die in der gemeinen Sprache zu schreiben anfingen, in dieser Absicht durchzugehen, um zu sehen, wie sie aus der alten Quelle der Sprache schöpften.

Anstande gepaart, der Charakter der guten Französischen Politesse, wovon aber freylich das Ideal weder von den Französischen Perückenmachern, noch von den irrenden Marquis genommen werden muß (ee). Sie liegt mitten inne zwischen der Blödigkeit und der ungeschlachten Freyheit Sie giebt dem Umgange den reizendsten Anstrich, und hält die Ausbrüche der ungeselligen Leidenschaften zurück. In ihrem Munde verlieren die unangenehmen Wahrheiten, die gesagt werden müssen, ihre Bitterkeit, und das Lob erhält neuen Reiz. Sie begleitet die Wohlthaten, die man dem Freunde erweißt, und stellt sie ihm als eine Erleichterung vor, die man seinem eigenen Herzen verschafft. Sie nähert alle Stände der Gesellschaft, und stellt einigermaßen die ursprüngliche Gleichheit unter den Menschen wieder her. Kurz, sie ist die schönste Blüthe der Menschenliebe, und setzt immer eine gewisse Seelengüte voraus. Eine Nation, bey welcher sie herrscht, hat gewiß viele gute Menschen, oder hat sie wenigstens in einer der vorhergehenden Perioden gehabt: denn ich gebe gerne zu, daß bey einer Nation, deren Verfeinerung in Corruption ausartet, sie endlich auf blosse Ceremonien und Formeln hinauslaufen, ja selbst der Firniß der Verstellung, und das Vehikel des Betruges werden kann.

Schon in den ältesten Zeiten scheinen die Franzosen in der gesellschaftlichen Cultur einen Vorzug vor allen andern Nationen gehabt zu haben. Schon im zwölften Jahrhundert spricht Thomas Becket (*) von den Franzosen als von der polirtesten Nation der Welt. Ein gelehrter Franzose aus dem 14ten Jahrhundert rühmt sich dieser Politesse gegen die Italiener; und Petrarch, so sehr er ihm auch den Leichtsinn, die Geschwätzigkeit und die Ruhmredigkeit seiner Nation vorwirft, scheint ihm doch die Französische Urbanität der Sitten nicht streitig zu machen. Auch bemerkt man schon an den alten Französischen Rittern eine gewisse Politesse, die man weder bey den Spanischen, noch bey den Rittern irgend einer andern Nation findet; ein Beweis, daß sie tief im National-Charakter liegen muß, und ob sie wohl im allgemeinen in der Achtung der Germanischen Völker gegen das weibliche Geschlecht, und in dem freyern Umgang der Männer mit demselben gegründet seyn mag, doch, was die Französische Nuance betrift, von dem Klima herzuleiten ist.

Eben diese durch monarchische Gewalt gemäßigte und geschliffene Freyheit mußte ihren Einfluß auch auf das schon durch das Klima gemäßigte Genie der Nation haben, und dem ganzen Geschmacke derselben eine gewisse Temperatur, eine Mischung von Freyheit und Einschränkung mittheilen, wodurch gerade derjenige Charakter entstand, der ihrer Litteratur bey allen Nationen Eingang verschaffte.

Ich bin nicht gesonnen, dem Französischen Geschmack hier eine Lobrede zu halten: aber es sey mir vergönnt zu fragen, warum die Französischen Dichter, Redner

und

(*) *Thomæ Cantuar. Epist. L. 2. ep. 48.*

E

und Geſchichtſchreiber von allen Nationen in Europa am häufigſten geleſen werden; warum keine Nation eine ſo groſſe Menge von Werken des Geiſtes beſitzt, die alle von den Fremden mit Beyfall aufgenommen worden ſind, und warum, wenn man bey einer jeden Nation die Summe des Vergnügens berechnet, das ihre äſthetiſchen Producte allen übrigen Nationen gewähren können, der Vorzug auf Seiten der Franzöſiſchen iſt? — Du zähleſt die Menſchen, wird man mir vielleicht antworten, und ſummireſt das Vergnügen: ich aber will ſie wägen, und den Grad des Vergnügens meſſen, das die äſthetiſchen Schriftſteller anderer Nationen den Kennern gewähren; dann wollen wir erſt ſehen, auf welcher Seite der Ausſchlag ſeyn wird. — Ich geſtehe es, auf dieſe Art würde man vielleicht auf ein ganz anderes Reſultat kommen: aber ich befürchte, daß wir alsdann bald nicht mehr wiſſen werden, was guter Geſchmack iſt, und daß ein jeder ſeine individuelle, oft eigenſinnige Art zu empfinden, uns als allgemeine Regel wird aufdringen wollen. In der That, wenn wir einmal die Fürſten, die Groſſen, die Frauenzimmer, und überhaupt die Perſonen in den obern und mittlern Claſſen, die eine gute Erziehung genoſſen haben, ohne jedoch in die Künſte und Wiſſenſchaften tief eingedrungen zu ſeyn, von dieſem Tribunale ausſchlieſſen, und nur gelehrte und tiefſinnige Kenner zu Richtern annehmen; dann iſt die Einheit des Geſchmacks verlohren, und es iſt unnöthig, nur noch ein Wort über die ganze Sache zu ſprechen (*). Man ſage nicht, die Frage müſſe durch Theorie entſchieden werden; denn wie viel Theorien haben wir nicht, und was läßt ſich nicht alles aus Theorien herausbringen? — Alſo noch einmal: Die Menge der äſthetiſchen Werke, die die Franzoſen beſitzen, und der Beyfall ihrer guten Schriftſteller bey andern Nationen, der allgemeiner iſt, als der, deſſen ſich irgend eine andere Nation rühmen kann, iſt ein Beweis, daß in dem Franzöſiſchen Geſchmack etwas für alle Europäiſche Nationen ſchickliches liegen muß. Ich nehme aber dieſen Geſchmack ſo, wie er in der blühendſten Periode der Regierung Ludwigs des XIVten war.

Vielleicht aber beſteht doch der ganze Vorzug dieſes Geſchmacks in einer gewiſſen Mittelmäßigkeit, welches gerade die Eigenſchaft iſt, wodurch er ſich allen Nationen und allen Claſſen empfehlen konnte? — Es ſey; ſo iſt dieſe Mittelmäßigkeit

(*) Es iſt eine untrügliche Regel: was unter einer cultivirten Nation von den obern und mittlern Claſſen mit Vergnügen geleſen wird, das muß äſthetiſch gut ſeyn, wenn es auch von der ganzen Zunft der Kunſtrichter herunter geſetzt wird. Aber umkehren möchte ich die Regel nicht, und ohne alle Einſchränkungen ſagen: was dieſen Claſſen nicht gefällt, iſt äſthetiſch ſchlecht; denn es kann vortrefliche Producte geben, die nur einer kleinen Anzahl von Kennern gefallen. Doch iſt hier die Sache immer etwas verdächtig. Aber ich wiederhole es: die Nation muß ſich in der letzten Periode ihrer Cultur befinden. Die Kennzeichen dieſes Zuſtandes müſſen genau, und ſo angegeben werden, daß man hier in keinen Cirkel geräth.

keit wie die *aurea mediocritas* des Horaz, worein dieser Dichter die Glückseligkeit setzt (*). Zuvörderst haben die guten Französischen Dichter eine **Klarheit**, dergleichen man kaum bey den Prosaikern anderer Nationen findet. Wer nur die Sprache versteht, und die Kenntnisse besitzt, die bey jedem wohlerzogenen Menschen vorausgesetzt werden, kann sie lesen, und ohne sonderliche Mühe lesen. Eine der Ursachen hievon haben wir bereits in dem Mechanismus der Sprache gefunden: allein die Hauptursache liegt ohne Zweifel in der Leichtigkeit der **Conception** und in der **Nettheit der Ideen**, die ein Charakter der guten Französischen Schriftsteller ist. Alle lange Perioden werden vermieden; oder, wenn der oratorische Styl, und die Menge der Bestimmungen, die der genaue Schriftsteller seinem Hauptgedanken giebt, ihre Kürze nicht erlauben, so sind sie, wie in **Bossüet** und **d'Alembert**, mit der größten Kunst gemacht, um ja nicht dunkel oder schleppend zu werden. Die verworrenen werden schlechterdings nicht geduldet. Den Zweydeutigkeiten, wozu die Sprache einen natürlichen Hang hat, wird eben deswegen auf alle Art vorgebeugt. Auf die **Pronomina** und alle Beziehungswörter wird die größte Aufmerksamkeit gerichtet, damit ihre Beziehungen dem Leser sogleich auffallen. In einer Periode herrscht ordentlicherweise nur Ein Hauptgedanke, dem alles übrige untergeordnet ist; und wenn der Sprache die Wörter und die Formeln fehlen, wodurch die lateinische Periode ein so schön verwebtes Ganzes wird, so sucht der Französische Dichter und Redner seine Gedanken so an einander zu reihen, daß sie diese Bindewörter und Formeln entbehren können. Es wäre ungereimt, den Grund dieser Klarheit in dem Mangel des Tiefsinnes und in der Seichtheit zu setzen. Wenige Werke des Geschmacks vertragen den Tiefsinn; und an scharfsinnigem Witze fehlt es wahrlich den classischen Schriftstellern der Franzosen nicht. Aber freylich mußte eine Nation von einer so grossen Leichtigkeit des Genies eine Menge seichter und wässerichter Schriften hervorbringen.

Der Französische Geschmack hat aber noch einige Eigenschaften, um derentwillen ich ihm die goldne Mittelmäßigkeit zuschreiben möchte. Er ist ein Feind von den übertriebenen, weitgesuchten und zu sehr gehäuften Metaphern. Er liebt das Gigantische in den Gedanken und Bildern, das brausende in den Wörtern, überhaupt den orientalischen Styl nicht. Die Vergleichungen müssen genau und passend seyn, und die Homerischen Ausschweifungen, so sehr sie auch der sich selbst überlassenen Einbildungskraft gefallen, werden schlechterdings verworfen (ff). In den Schauspielen liegt ein leicht zu fassender, und leicht sich entwickelnder Plan zum Grund, und es herrscht darin eine gesellschaftliche, mehr correcte und zierliche als poetische, am allerwenigsten aber eine unnatürliche, auf der Englischen und Deutschen Schaubühne nur zu gewöhnliche Sprache. Die Charactere der Personen

über-

E 2

(*) Horaz B. II, Ode 10.

überschreiten nie ein gewisses Maaß von Menschlichkeit; insonderheit erscheinen die Bösewichter nie ganz als moralische Ungeheuer, die in einer guten Seele mehr Eckel als Bewunderung oder Erstaunen erregen. Die Fictionen fallen nicht so in das Abentheuerliche, Unwahrscheinliche und Lächerliche, wie bey den andern Nationen. In allen ernsthaften Stücken wird bey den Situationen und Reden ein gewisser Anstand und Respect gegen die äußerliche Sitten beobachtet, wider welche fast auf allen Theatern verstoßen wird. Die pöbelhaften Ausdrücke und die Pickelhäringspossen, die man in den ernsthaftesten Stücken der Spanier, Engländer, Italiener und Deutschen findet, werden als etwas äußerst unschickliches vermieden. — Kurz, der Geschmack setzt dem Französischen Genie nach allen Seiten Schranken, damit weder das Ohr ermüdet, noch die Imagination überspannet, noch der gesunde Menschenverstand verhöhnt, noch das moralische Gefühl beleidiget werden.

Ein solcher Geschmack leidet das Außerordentliche nicht. Er will nicht in Erstaunen setzen: er will bloß gefallen und rühren; er begnügt sich, wenn man überall Zärtlichkeit findet, und nur hie und da ausruft: das ist vortreflich! — Dieß ist wirklich der Character der guten Schriftsteller unter Ludwig den XIVten. Welch ein vortrefliches Buch ist Fenelons Telemach! Wer kann es anfangen zu lesen, ohne in den Zauberkreis der Empfindungen dieser schönen Seele unvermerkt hineingezogen zu werden? Dennoch ist nichts ausserordentliches darin, weder die Schreibart, noch die Character, noch die Begebenheiten. Man wird durch nichts besonders überrascht: man geräth in die Versuchung zu glauben, daß man es auch so hätte machen können. Und doch hat keine Nation eine bey allen Nationen und unter allen Classen so beliebtes Buch aufzuweisen. — Hingegen haben alle andre Nationen unter ihrer schönen Litteratur Producte, die, weil sie etwas ausserordentliches an sich haben, ihnen auch ein größeres Ansehen von Originalität geben. Es kann auch seyn, daß einige ihrer Schriftsteller eben darum, weil ihnen der Geschmack nicht immer so nahe zur Seite ging, hie und da durch einen kühnen Schwung den Gipfel der ästhetischen Vollkommenheit erreichten, während daß die Französischen sich demselben meistens nur näherten. Daher kommt es vielleicht, daß die Französische schöne Litteratur, die ein so grosses Glück unter allen Nationen gemacht hat, doch unter Kennern, auch wenn sie ohne Leidenschaft urtheilen, Verächter findet. Das feinste und durch das Studium der Kunst geschärfteste Gefühl kann doch nur einseitig seyn: und gerade das kritische Studium, das vorzüglich nur auf Einen Zweck gerichtet war, kann den ästhetischen Sinn eingeschränkt, und nur von einer Seite empfindlich gelassen haben. Auch läuft bey manchem, was er Originalität nennt, nicht selten auf Sonderbarkeit und Gefühl der Anstrengung hinaus. Ein solcher Mann kann ein Product, wovon vielleicht nur ein kleiner Theil diese seine originelle Seite trift, oder das ganz in den Ton seiner Eigenheit gestimmt ist, weit mehr schätzen, als ein anderes, dem er zwar die ästhetische Güte nicht ganz absprechen

chen

chen kann, wo er aber doch immer nur mit Seelen von gemeinem schlichten Geschmacke sympathisiren muß. Diese rechnet er zwar nicht zu dem Pöbel; aber sie reichen doch eben doch nicht an das hohe Ideal, das er sich in den Kopf gesetzt hat, und das vielleicht am Ende nur sein Ideal ist. So kann ein Kunstrichter leicht den **Hamlet** der Iphigenia und der **Phädra**, und noch leichter den **Milton** durchgängig der Henriade vorziehen. Eine einzige Ode von **Klopstock** wägt, seinem Urtheile nach, alle Oden **Rousseau's** und aller Franzosen auf. Dergleichen Männer muß es insonderheit unter einer zum Tiefsinne aufgelegten Nation geben, bey der oft das schon ein Verbrechen ist, daß man ihr nicht mehr zu denken und zu rathen giebt, sollte es auch nur durch eine seltsame Versetzung der Wörter, oder durch verschraubte Gedanken geschehen. Allein solche Männer sind offenbar nur in einem kleinen Gebiete die competenten Richter des Geschmacks; insonderheit müssen ihre negative Stimmen nicht als Orakel angesehen werden. Man bewundere also immer die unerschöpfliche Einbildungskraft des **Ariosts**; man erstaune über das hohe und niederschmetternde Genie des **Shakespear's** und **Miltons**; man wandle an der Hand **Ossians** mit melancholischen Entzücken unter den Gräbern der Barden und Helden; man sage, **Klopstock** habe seine Messiade einem Seraph abgelauscht, und **Göthe** habe die Natur bey Anspinnung der Leidenschaften auf der That ertappt: alles dieses hindert nicht, daß **Racine** und **Voltaire** unter den aufgeklärten Classen aller politen Nationen nicht weit mehr Leser finden, und einen allgemeinern Beyfall erhalten sollten, als alle diese Schriftsteller; daß ihnen also nicht der Vorzug des Geschmacks sollte zuerkannt werden. Ich halte die **Wahrsagung des Glaukus** für ein Meisterstück der lyrischen Poesie, und ich kenne wenig Oden im **Horaz**, die ich eben so sehr wünschte gemacht zu haben: allein mit welchem Rechte kann ich verlangen, daß dieses mein Urtheil, worin vielleicht von meinen Landsleuten selbst nur wenige mit mir vollkommen übereinstimmen, von ganz Europa, und selbst von dem Könige, der nach dem Verfasser dieser Ode **Meister in allen Künsten der schönen Geister** ist, unterschrieben werden soll? (gg)

Indessen thaten sich die Franzosen unter der Regierung **Ludwigs des XIVten** in Arten hervor, worin sie unstreitig alle Nationen übertrafen. Keine Nation hatte damals solche Meisterstücke von **Beredsamkeit** aufzuweisen, und noch itzo kommt ihr keine in der Menge derselben gleich. Auch ist es noch nicht lange, daß England in der Kunst die **Geschichte** zu schreiben, mit Frankreich zu wetteifern angefangen hat. Zwar waren die Italiener den Franzosen hierin zuvorgekommen; aber auch sie wurden hernach durch die Menge gut geschriebener Geschichten, die die Franzosen fast von allen Völkern lieferten, übertroffen. Ich betrachte aber hier die Geschichte bloß von Seiten des Geschmacks, der eigentlich die Menge der Leser bestimmt. — Noch muß ich hier zweyer Zweige der Französischen Litteratur erwähnen, die ungemein viel zu Ausbreitung der Französischen Sprache beygetragen haben; ich meyne

E 3   die

die Schauspiele und Romanen. Keine Nation hatte damals einen Moliere und Racine; und keine war so fruchtbar an Romanen, einer Gattung, die weil sie die müßigen Stunden der höhern Classen ausfüllt, einen überaus großen Einfluß auf die Ausbreitung der Sprache hatte. Diese Producte bezeichneten sich besonders durch eine anständige Galanterie aus, wovon der Hof Ludwigs des XIVten das Muster war. Der Aftraä des d'Urfe, eines der ersten guten Romane, bediente sich sogar die Französische Akademie, um den Sprachkörper daraus zu bilden.

Alles was ich bisher von der schönen Litteratur der Franzosen günstiges gesagt habe, schränkt sich vornehmlich auf die Regierung Ludwigs des XIVten ein. Der Vorzug, den ich ihr eingeräumt, kann um so weniger bezweifelt werden, da damals der gute Geschmack in Europa noch nicht so ausgebreitet war, wie heut zutage. Indessen will ich zu bestätigung meines Urtheils einigen meiner Landsleute, die ihren unnatürlichen Geschmack dem Französischen vorziehen, und über alle Nationen erhaben zu seyn glauben, während daß sie von keiner verstanden oder mit Vergnügen gelesen werden, noch das Urtheil von dem unpartheyischen Hume hersetzen. „Es fehlte, „sagt er in seiner Geschichte von Großbritannien, den Werken der Englischen Litte-„ratur, zur Zeit Carls des IIten, noch immer viel an der Richtigkeit und Fein-„heit, die wir bey den Alten, und den Französischen Schriftstellern, ihren „verständigen Nachahmern, so sehr bewundern. In diesem Zeitpuncte ließ diese Na-„tion die Engländer in den Werken der Poesie, der Beredsamkeit, der Geschichte, „und in andern Zweigen der schönen Wissenschaften vornehmlich hinter sich, und er-„warb sich einen Vorzug, den die äußerste Bemühung der Englischen Schriftsteller in „dem folgenden Alter ihr nicht glücklicher streitig machen konnte.‟ Hume schreibt den regellosen und verdorbenen Geschmack, womit damals die Werke der größten Englischen Dichter angesteckt waren, der Ausgelassenheit der Sitten zu, die am Hofe Carls des IIten herrschte. Allerdings müßte die äußerliche Sittlichkeit, die den Hof Ludwigs verschönerte, auf den Französischen Geschmack einen günstigen Einfluß haben: allein die Ursache von dem zügellosen und unlautern Geschmacke der Engländer lag ohne Zweifel noch tiefer in den Resten der Roheit nnd Barbarey, die England bey seiner mehr Republicanischen Verfassung später ablegte, als Frankreich.

Diese mit Zärtlichkeit verbundene Leichtigkeit, die die Französische schöne Litteratur charakterisirte, verbreitete sich auch über die höhere, und eigentlich soge-nannte Wissenschaften. Welch eine reine Sprache, welch eine Nettheit der Ideen, welch eine lichte Ordnung herrscht nicht, (um nur ein Beyspiel zu geben,) in den Memoires der Königlichen Akademie der Wissenschaften, so gar bey Mate-rien, denen die Trockenheit und Dunkelheit wesentlich zu seyn scheinen! Man glaube nicht, daß es immer die Seichtigkeit sey, die den Französischen Geometer verständ-licher macht, als den Englischen und Deutschen: es ist sehr oft die gute und natür-

liche

liche Stellung der Ideen, wodurch in den Französischen Lehrbüchern die schwersten Beweise auch für Köpfe von gemeiner Fähigkeit faßlich gemacht werden. Auch waren die Franzosen die ersten, die gewisse Philosophische Materien in einen witzigen und unterhaltenden Vortrag einzukleiden wußten. Damit wird dieser Nation der Vorzug in den Wissenschaften nicht eingeräumt; denn sie steht offenbar den Deutschen und Italienern in der Erfindung, und den Engländern im Tiefsinne nach. Allein sie eignete sich doch immer alle wissenschaftliche Schätze der übrigen sehr bald zu, und gab ihnen nicht selten das, was sie roh von ihnen empfangen hatte, verarbeitet und verfeinert zurück. Freylich mußte sie auch hierin durch die Leichtigkeit ihrer Conception und durch ihre natürliche Lebhaftigkeit zu einer Menge eilfertiger und seichter Werke verleitet werden: aber desto besser für ihre Sprache; denn die Damen und Großen in Deutschland, Polen und Rußland, wünschten eben so wohl als die in Frankreich, die Meßkunst, die Naturlehre und die Sternkunde spielend lernen zu können.

Ohne mich weiter über die Französische Cultur auszubreiten, (von welcher ich gar gern zugebe, daß das über die Macht Ludwigs des XIVten, und den Glanz seines Hofes erstaunte Europa sie um einige Grade zu hoch gesetzt hat;) will ich nur noch ein Paar Reflexionen beyfügen. Der eigentliche Maaßstab, wonach die Cultur einer Nation beurtheilt werden muß, ist die Ausbreitung der nützlichen und angenehmen Kenntnisse unter allen Classen und Ständen derselben. Die Keppler, die Kopernicke und die Leibnitze sind Beweise, was für große Anlagen eine Nation haben muß, unter der so ausserordentliche Geister aufstehen; allein von ihnen kann weder auf die Fürsten und den Adel, noch auf die übrigen mittlern und niedern Classen geschlossen werden. Unter diesen können immer die meisten Menschen noch roh, unwissend und ungesittet seyn. Wenn aber unter einer Nation die gute und anständige Erziehung bis zu den begüterten Bürgerfamilien herabsteigt; wenn in den etwas beträchtlichen Städten die Mädchen in den Anfangsgründen der Geschichte, der Erdbeschreibung, der guten Schreibart u. s. w. unterrichtet werden; wenn von dem Duc und Pair an, bis zu dem Landedelmann alles die Kenntnisse schätzt, und nach dem Ruhme des Witzes und Geschmacks strebt; wenn wirklich unter diesen Classen die l'Hopitals und die la Rochefoucauld nicht selten sind; wenn es Sevignes, Scuderis, des Houlieres und Maintenons giebt — dann kann man einer Nation eine vorzügliche Cultur zuschreiben. Man urtheile, ob damals ausser der Französischen Nation irgend eine andere sich einer solchen Cultur rühmen konnte.

Ein anderes Zeichen von vorzüglicher Cultur ist, wenn eine Nation alle Zweige der Wissenschaften und Künste mit Erfolg bearbeitet. Die Franzosen werden in manchen Gattungen von andern Nationen übertroffen: allein nirgends sind sie ganz leer; und fast überall haben sie es zu einem gewissen Grade von Vollkommenheit gebracht. Man gehe alle Europäische Nationen nach der litterarischen Cultur durch, die sie in

der

der zweyten Hälfte des 17ten Jahrhunderts hatten; so wird man finden, daß ihnen irgend ein Zweig der Wissenschaften, oder doch der dabey nöthige Grad von Geschmack fehlte. Wie elend war, um nur Ein Beyspiel zu geben, bey den Italienern und Spaniern der Zustand der Religionswissenschaft, die einen so grossen Einfluß auf die Cultur hat; und wie vortheilhaft zeichneten sich auch hierin die Franzosen, und zwar die Katholiken sowohl als die Protestanten, aus! — Unter einer solchen Nation mußte eine gute Erziehung etwas sehr gemeines seyn, daß eine jede Wissenschaft und eine jede Kunst den fähigen Kopf finden konnte, der sich ihr widmete, und sie mit Erfolg bearbeitete. Auch mußte sie zu Erweckung und Bildung ihrer Talente die vortreflichsten Anstalten haben. — London war immer in einigen Rücksichten mehr als Paris: allein gab es jemals eine Stadt in der Welt, in der so viele Dinge sich vereinigten, wie Paris unter Ludwig dem XIVten? Wer dieses leugnen wollt, müßte entweder unwissend, oder vom Vorurtheile verblendet seyn.

Alle diese Ursachen, die sich zum Vortheile der Französischen Sprache vereinigten, und gegen das Ende des 17ten Jahrhunderts ihre ganze Kraft äusserten, wurden durch eine ausserordentliche Communication der Französischen Nation mit allen andern, in Wirksamkeit gesetzt. Kein Land ist durch seine Lage so sehr zur Communication mit andern Ländern bestimmt, als Frankreich. Es berührt Spanien, Italien, Deutschland, die Schweitz, die Niederlande, und, wie man wohl hinzusetzen kann, Großbritannien. Um mit entfernten Ländern zu communiciren, öfnet der Ocean seinen Flotten einen breiten Weg. Die Französische Nation scheint von der Natur selbst aufgerufen zu werden, durch eben so viele Canäle sich in alle Europäische Staaten zu ergiessen, so wie ihre Nachbarn hinwiederum von ihr angezogen zu werden scheinen. Diesen geographischen Vortheil vermißt Spanien beynahe ganz, und Italien hat ihn bey weitem nicht in gleichem Grad. Er mußte durch die vorzügliche Cultur der Französischen Nation, und ihr politisches Gewicht in Europa, für die Communication überaus wichtig werden, überdieß aber durch die dem Franzosen natürliche Lebhaftigkeit und Unruhe, die oft die einzige Impulsion ist, wodurch er aus seinem Vaterlande in andere Länder getrieben wird, der Französischen Sprache sehr zu statten kommen.

Durch eine besondere Begebenheit, die hier nicht übergangen werden muß, ward diese Communication gerade gegen das Ende des 17ten Jahrhunderts in Rücksicht auf einige Länder sehr stark, als die despotische Bigotterie des alten Ludwigs auf einmal eine ganze Masse von seinem Volk abriß, und damit die Bevölkerung der benachbarten und einiger andern Staaten vermehrte. Einige Schriftsteller schreiben dieser Begebenheit einen Hauptantheil an der Ausbreitung der Französischen Sprache zu; allein, wie man wohl sieht, mit Unrecht, denn die Flucht der Französischen Protestanten geschah erst nach dem Nimwegischen Frieden, da das Glück der Sprache schon entschieden war. Die Abschaffung des Edicts von Nantes war hier, was

bey

bey der Flut jene zufälligen Ursachen sind, die die See um etliche Zolle höher heben,
ohne die sie aber dennoch aus ihren Ufern getreten wäre.

Endlich ist der Franzose unter allen Europäern der **Communicativste** im Umgang. Der Spanier ist bedächtlich und ernsthaft, der Italiener zurückhaltend und
mißtrauisch; der Franzose hat ein beständiges und unwiderstehliches Bedürfniß zu
reden und sich mitzutheilen. Dieß sind charakteristische, von je her bemerkte Züge,
die bey diesen Nationen unverkennbar sind, sie mögen nun in dem Klima oder sonst
wo gegründet seyn (hh). Sie haben einen offenbaren Einfluß auf die Ausbreitung
einer Sprache unter den Fremden. Die Redseligkeit eines Franzosen, verbunden
mit einer natürlichen Munterkeit und Gefälligkeit, macht seinen Umgang besonders
für die Damen und Grossen ungemein interessant. *Les morceaux caquetés*, sagt
Piron, se digèrent plus aisément: wie wichtig muß also nicht der gesprächsame
Franzose für die Verdauung und den Zeitvertreib so manches Grossen und Reichen
seyn! Mag es doch seyn, daß, was er sagt, von keiner grossen Bedeutung ist; daß
sein ganzer Witz nichts als eine Compilation aus Büchern, oder aus dem Umgang
mit geistreichen Personen ist; daß alles, was er artiges zu sagen weiß, in blossen
Formeln besteht, woran eine Nation, bey der der Geist der Gesellschaft so grosse
Fortschritte gethan hat, unerschöpflich seyn muß: genug er unterhält und amüsirt den
Herrn des Hauses, oder, welches gewöhnlicher ist, die Madame. Montagne sagt
irgendwo: *le mal-parler est plus sociable que le non-parler*; warum sollte eine
Rußische und Polnische Dame an dem *bien-parler* eines muntern Franzosen kein
Vergnügen finden? Freylich wird der gelehrte und denkende Mann einen solchen Um-
gang nicht lange aushalten, besonders wenn er den schönen *Parleur* einmal aus-
wendig kann. Allein die Gelehrten entscheiden hier weit weniger als die höhern
Classen; und diesen wird oft ein geschwätziger Franzose mit seinem Magazin von
Anekdoten, und seinem Talent es auszukramen, nicht so leicht Langeweile verursachen,
als ein schweigender Engländer oder Deutsche (*). So kommen selbst die Fehler der
Nation der Ausbreitung ihrer Sprache zu statten. — Wenn man indessen dem jungen Franzosen die *étourderie*, die Fatuität, und den *air avantageux*, (Untugen-
den, für die wir keine eigentliche Namen haben;) nicht ohne Grund vorwirft; so ist
es auf der andern Seite eben so gewiß, daß es nirgends mehr liebenswürdige Männer und Greise giebt, als in Frankreich. Die Fehler ihrer Jugend verschwinden oder
mildern sich mit dem zunehmenden Alter; eine jugendliche Munterkeit begleitet sie beynahe bis ins Grab, und man könnte auf die Franzosen in gutem Verstande anwen-
den,

(*) Das Talent zu erzählen, das die Franzosen vor allen andern Nationen besitzen, macht bey
ihnen Männer von Geist und Kenntnissen zu den liebenswürdigsten Gesellschaftern. Wer bewundert es nicht an einem d'Alembert um so mehr, da es sich mit dem mathematischen Geiste
nicht zu vertragen scheint?

F

den, was Plato von seinen Landsleuten sagt: die Griechen werden nicht alt. Rousseau spottet über das jugendliche Betragen der alten Franzosen, und giebt den sonderbaren Grund davon an, daß sie in der Gesellschaft der Weiber lieber lächerlich als unerträglich seyn wollen. Allein er selbst brachte eben doch den Rest seines Lebens unter dieser frivolen Nation, und in jener *ville de bruit, de fumée & de boue*, zu (*); und handelte hierin auf eine eben so widersprechende Art, als der ältere Cato, der die Griechischen Philosophen aus Rom trieb, aber seinen Sohn nach Athen schickte, um griechische Philosophie zu studiren. —

Aus dem bisher gesagten folgt nun das Resultat von selbst. Frankreichs Sprache mußte schon in dem Anfang der Communicationsperiode einen merklichen Grad von Ausbreitung haben (ii); aber bey dem Nimwegischen Frieden mußte sie die herrschende in Europa seyn: und da diese Ursachen fortfuhren zu wirken, und der Communicationsgeist unter den Europäern immer stärker wurde; so mußte auch ihre Herrschaft immer ausgebreiteter und allgemeiner werden. — Dieß bestätiget ihre Geschichte. Sie ward endlich die Sprache der Deutschen und Nordischen Höfe, die Gesellschaftssprache des Adels und der höhern Classen in den grossen Städten, die Correspondenzsprache zwischen fremden Nationen, die Sprache der Unterhandlungen, der Manifeste und der Friedensinstrumente; ja sie scheint sogar die Sprache der Gelehrten und der Schriftsteller werden zu wollen. Kurz, sie hat sich unter allen Ständen ausgebreitet, und ist bis zu den untersten Classen herab gestiegen.

Ich habe wenig von der Deutschen und andern Sprachen gesagt, weil es nach meinen Grundsätzen auffallend genug ist, daß sie weder im Anfang, noch in der Mitte der Communicationsperiode in die Sprachen-Concurrenz kommen konnten. Indessen werde ich doch von der Deutschen und Englischen noch besonders reden, wenn ich vorher die zweyte, von der Erlauchten Akademie aufgegebene Frage werde beantwortet haben.

(*) *Emile* T. III. am Ende.

Zweyte Frage:

Wodurch verdient die Französische Sprache, die Universalsprache in Europa zu seyn?

Die Beantwortung dieser Frage liegt größtentheils im vorhergehenden. Nicht alles, was zur Ausbreitung der Französischen Sprache beytrug, kann zum Verdienst derselben gerechnet werden: aber das Sanfte ihrer Aussprache, wodurch sie, ohne der Italienischen Milde gleich zu kommen, dennoch den Organen aller Europäischen Nationen angemessen ist; ihre Leichtigkeit, die vorzüglich aus der Regularität ihrer Wortfügung entspringt; ihr fester Charakter, worin ihr keine einzige der heutigen Sprachen gleich ist; und endlich die Vorzüge, die sie besonders durch die gesellschaftliche Cultur, worin die Franzosen alle Europäer übertreffen, erhalten hat, und die sie eigentlich zu einer Gesellschaftssprache machen: — dieß sind Eigenschaften, wodurch sie, ohngeachtet aller ihrer Mängel, verdient, das allgemeine Werkzeug der Communication unter den Europäern zu werden.

Man betrügt sich, wenn man glaubt, daß das Verdienst einer Sprache, in Rücksicht auf ihre Ausbreitung, durch den ganzen Inbegrif der Vollkommenheiten, deren eine Sprache fähig ist, bestimmt werde. Um den Reichthum einer Sprache bekümmern sich die Nationen nicht, die nur das ausdrücken wollen, was sie sich in ihren wechselseitigen Verbindungen zu sagen haben. Ein übermäßiger Reichthum kann sogar abschrecken. Daß aber in der Französischen Sprache sich alles ausdrücken läßt, dafür ist die große und durchgängige Cultur der Nation Bürge: denn bey einem Volke, das einmal die höchste Stufe der Bildung erreicht hat, müssen sich ohngefehr alle Empfindungen und Ideen, deren der gesellschaftliche und polirte Mensch fähig ist, entwickelt, und ihre bestimmten Ausdrücke und Wendungen bekommen haben. Arm kann die Sprache eines solchen Volkes schlechterdings nicht seyn. — Man lasse ferner eine Sprache milder, man lasse sie harmonischer seyn: auch dieser Vollkommenheit können die Fremden keinen so grossen Werth beylegen, als die Nation, die sie spricht. Sie werden doch niemals das Ohr bekommen, das diese Harmonie, besonders wenn sie in der Periode ihre Fülle bekommt, ganz fühlen kann. Es ist ihnen genug, wenn die Sprache, die sie zu lernen haben, durch keine Rauhigkeit ihr Sprachorgan ermüdet. — Man lasse endlich eine Sprache malerischer seyn; dieß ist eine vortrefliche Eigenschaft, die manchen Fremden reitzen wird,

die

die in derselben verfaßten Meisterstücke der Poesie zu lesen. Allein die Anzahl derer, die die fremde Sprache als eine Quelle ihres Vergnügens ansehen, ist immer weit geringer, als derer, die bloß ein bequemes Werkzeug zur Communication haben wollen. Kommt daher eine solche malerische Sprache mit einer leichtern in Concurrenz, und sind die übrigen Vorzüge gleich, so wird allemal die leichtere Sprache, wenn man nicht beyde lernen will, vorgezogen werden. Hernach ist das Malerische in den Werken des Geistes doch mehr in der Kunst des Schriftstellers, als in der ursprünglichen Einrichtung der Sprache gegründet. Die Französische Sprache ist ihrer Anlage nach nicht so malerisch, wie die Deutsche: allein wußten Racine, und selbst Boileau, der doch von der Natur keine ausserordentliche Einbildungskraft bekommen hatte, ihre Gedanken nicht besser zu versinnlichen, als die damals lebenden Deutschen Dichter?

Die Cultur einer Nation ist so genau mit ihrer Sprache verschwistert, daß sie zum Verdienst der Sprache gerechnet werden muß. Denn so wie mit jedem Schritte, den eine Nation in der Entwickelung ihrer Anlagen thut, ihre Sprache zugleich einen Zuwachs an Vollkommenheit erhält, so befördert hinwiederum die Bildung der Sprache die Cultur der Nation. Nicht nur jeder neue Begrif, jede neue Wahrheit wird von dem Erfinder vermittelst der Sprache in Umlauf gebracht, sondern auch der bereits vorhandene und gemeine Schatz von Ideen wird dadurch einer jeden neuen Generation mitgetheilt. Unsere Sprachen sind es, wodurch ein Knabe in der Entwickelung seiner Verstandeskräfte in zwey Jahren weiter kommt, als eine sich selbst überlassene rohe Nation in zwey Jahrhunderten: und je gebildeter eine Sprache ist, einen desto glücklichern Einfluß wird sie auf die Cultur aller derer haben, die sie lernen. Laßt uns nicht daran zweifeln; Europa hat einen guten Theil seiner Bildung, in mehr als einer Rücksicht, der Französischen Sprache zu verdanken.

Diejenigen, die behaupten, wir haben Frankreichs Sprache wie seine Moden angenommen, sagen etwas wahres und für Frankreich gar nicht nachtheiliges, indem sie vielleicht etwas bloß satyrisches sagen wollen. Die Ursachen, die die Annahme von Frankreichs Moden begünstigten, und noch begünstigen, haben allerdings auch die Ausbreitung seiner Sprache befördert. Der leichte, anständige und gefallende Geschmack der Französischen Nation zeigt sich in ihren Moden wie in ihrer Litteratur (*); nur daß das Principium der Herrschaft bey jenen etwas stärker wirken mußte, weil die Classen, die dabey entscheiden, durch die Vorstellung von Grösse und

(*) Was wir oben von der Französischen Politesse bemerkt haben, daß sie nämlich älter ist, als die Regierung Ludwigs des XIVten, gilt auch von dem Französischen Gout in der Kleidung. Schon Shakespear läßt eine Person in seinem Hamlet sagen „in Frankreich pflegen Leute von Stand und Ansehen sich gleich dadurch anzukündigen, daß sie sich mit Geschmack und Anstand kleiden."

und Macht um so leichter regieret werden, je unfähiger sie sind, ihre Beweggründe von der Vernunft herzunehmen. Den grossen Einfluß dieser Ursache konnte man ehemals an der Spanischen Kleidertracht, und in neuern Zeiten an den Englischen Moden, die überall herrschend zu werden anfingen, ganz deutlich bemerken. Was übrigens die Französischen Moden betrifft, so wollen wir ja nicht über die Franzosen spotten, denn unsere Sucht, alles was aus Frankreich kommt, blindlings nachzuahmen, bestärkt sie in der Thorheit, an solchen Frivolitäten ihre Erfindungskunst zu üben (*).

Brauchbarkeit zu nützlichen Zwecken macht bey Dingen und Personen das wahre Verdienst aus. Wer wollte daher die grosse Herrschaft, die die Französische Sprache in Europa erlangt, und nun schon so lange behauptet hat, dem Eigensinn der Mode zuschreiben? Wer wollte behaupten, Friederich habe sie bloß deswegen so vollkommen gelernt, und allen andern vorgezogen, weil sie die Modesprache in Europa geworden war? — Doch ein altes Verdienst kann mit der Zeit durch ein neues verdunkelt werden. Es fragt sich also, ob die Französische Sprache noch itzo verdiene, die Universalsprache in Europa zu seyn? Diese Frage hängt mit der dritten, die ich noch zu beantworten habe, so genau zusammen, daß ich sie zugleich mit derselben abhandeln will.

(*) Eine sehr curiöse Reflexion, (die aber eine nähere Untersuchung verdiente,) von dem Einfluß der schönen Litteratur der Franzosen auf ihre Moden, findet sich in H. Neckers *Eloge de Colbert*, gegen das Ende. H. Necker entdeckt einen überaus feinen Faden zwischen den Meisterstücken des Racine und Moliere, und dem Geschmack in den Französischen Moden: diese nennt er *une sorte de convenance spirituelle & fugitive*. Schwerlich würde übrigens ein anderer als ein Finanzminister, wie Colbert und Necker, in dem Racine Lectionen für die Fabricanten und Manufacturisten gefunden haben.

Dritte

46

Dritte Frage:

Ist zu vermuthen, daß die Französische Sprache ihren Vorzug behalten wird?

Diese Frage zerlegt sich in folgende: ist es wahrscheinlich, daß irgend eine Nation in Europa eine leichtere und gebildetere Sprache als die Französische, eine grössere Cultur als die Französische Nation, und in dem politischen System von Europa ein merkliches Uebergewicht bekommen wird? und wenn eine, oder alle diese Ursachen sich zum Vortheil irgend einer Nation vereinigen; so fragt es sich noch, ob eine hinlängliche Communication derselben mit allen übrigen, diese Ursachen in Wirksamkeit setzen wird?

Ich habe bereits gesagt, was der Ausbreitung der Spanischen Sprache immer nachtheilig seyn wird. Das Principium der Herrschaft hat am stärksten zu ihrem Vortheile gewirkt: allein wenn auch Spanien wider alle Wahrscheinlichkeit jemals wieder eine so grosse Rolle spielen sollte; so würde ihm doch immer die hinlängliche Communication mit den übrigen Europäischen Nationen fehlen, ohne welche sich keine sonderliche Ausbreitung der Sprache gedenken läßt. Seine geographische Lage und der Charakter seiner Einwohner werden derselben immer nachtheilig seyn.

Die Italienische Sprache hat das Glück gemacht, das sie machen konnte. Wenn auch ganz Italien unter die Herrschaft eines Einzigen käme, (eine Revolution, wozu kein Schein vorhanden ist;) so wäre es doch, mit Frankreich verglichen, nur ein mittelmäßiges Reich. — Indessen wird das Italienische durch seine Milde, besonders aber durch die schöne Litteratur der Italiener, und die Italienische Musik, noch lange eine in ganz Europa ausgebreitete und allgemein beliebte Sprache seyn.

Allein es giebt noch zwo andere Sprachen, die unsere Aufmerksamkeit auf sich ziehen; ich meyne die Englische und Deutsche. Sie verdienen beyde, daß ich noch ein wenig bey ihnen verweile.

Die Englische Sprache ist eine der leichtesten in Europa. Sie hat nur Einen Artikel für alle ihre Hauptwörter. Sie hat, wie die Französische, keine Casus. Der Plural ihrer Nennwörter bildet sich auf einerley Art. Ihre Conjugationen sind leichter als die Französischen. Ihre Wortfügung ist in der Prose fast eben so regelmäßig, als die Wortfügung der Französischen. Zwar hat sie ihre Pronuncia-

tions-

tionsschwierigkeiten; allein der Französischen fehlt es auch nicht daran. Endlich hat sie zu Anfang des gegenwärtigen Jahrhunderts ihre völlige Ausbildung bekommen.

In eben dieser Periode erreichte die Englische Nation einen hohen Grad von Cultur. Sie ward in der Philosophie, und in den mathematischen und physischen Wissenschaften die Lehrerin ihrer Nebenbuhlerin; und ihre schöne Litteratur, die sich schon lange sehr vortheilhaft ausgezeichnet hatte (*), bekam nun alle die Politur, deren sie fähig war. Die Gegenstände des Luxus brachte sie vermittelst ihres Wohlstandes zu einem erstaunungswürdigen Grade von Verfeinerung; und ihr Handel breitete sich in der ganzen Welt aus.

Hiezu kam die grosse Macht, zu der der Englische Staat durch seine vortrefliche Verfassung, und die Energie des Englischen Geistes sich zu gleicher Zeit emporschwang. Diese Macht, nachdem sie seit der Regierung der Königin Elisabeth, und noch mehr seit Wilhelm, dem IIIten sichtbarlich gewachsen war, setzte in dem Krieg, der durch den Frieden von 1762 geendiget wurde, ganz Europa in Erstaunen.

Data genug, um zum voraus auf die Ausbreitung der Englischen Sprache zu schliessen. Unsere Grundsätze werden auch hier durch die Geschichte bestätigt: denn zu Paris, zu Wien, zu Berlin, zu Hamburg, zu Rotterdam u. s. w. wird das Englische gesprochen, und häufig gelesen. Indessen läßt sich doch leicht einsehen, nicht nur, warum diese Sprache der Französischen bisher an Ausbreitung nicht hat gleichkommen können, sondern auch, warum sie sie wahrscheinlicherweise hierin niemals erreichen wird.

Zuvörderst bemerken wir, daß das Französische in England seit Wilhelm, dem Eroberer, und zwar auch dann noch, nachdem es unter Eduard dem IIIten abgeschafft worden war, unter gewissen Classen immer sehr gemein seyn mußte (II). Hernach hat eine jede Sprache desto mehr Mühe, sich unter den Fremden auszubreiten, je mehr herrschende Sprachen bereits vorhanden sind, mit denen sie zu kämpfen hat. In dieser Periode waren das Französische und das Italienische die ausgebreitesten Sprachen, die den Fortgang der Englischen, wo nicht ganz hinderten, doch sehr einschränkten: oder sie mußte, wie ehemals, die Französische, die auch zwo solcher Sprachen vor sich fand, mit überwiegenden Vortheilen, auf einmal auf den Schauplatz treten.

Es ist wahr, sie ist ihrer Anlage nach, eine sehr leichte Sprache, und hat zu Anfang dieses Jahrhunderts einen hohen Grad von Bildung erreicht: allein hat sie
zu

(*) Shakespear und Milton werden noch gelesen und bewundert, und die Dichter in Frankreich, ihre Zeitgenossen, sind größtentheils vergessen. Und doch liefen hernach die Franzosen den Engländern vor. Ein offenbarer Beweis, dünkt mich, auf der einen Seite, von den Vorzügen der Franzosen in Rücksicht auf den Geschmack, auf der andern, von dem größern Gehalt des Englischen Geistes.

zu gleicher Zeit auch den festen Charakter bekommen, den die Französische erhielt, und den sie bisher behauptet hat? Ich fürchte sehr, daß sie hierin der Französischen weit nachstehe. Sie ist wenigstens, was das Materielle anbelangt, nicht so festgesetzt, wie die Französische, indem die Englischen Schriftsteller sich hierin eine grosse Freyheit vorbehalten haben. Desto besser, werden einige sagen, für die Englische Sprache und Litteratur: jene hat dadurch mehr Reichthum und Nachdruck, diese mehr Mannigfaltigkeit und Originalität bekommen. — Das mag seyn; allein die fremden Nationen wollen zum Werkzeug ihrer Communication schlechterdings eine Sprache von festem Charakter haben, wenigstens werden sie eine solche einer schwankenden und von der Laune eines jeden Schriftstellers abhängenden Sprache vorziehen.

Die wissenschaftliche Cultur der Englischen Nation ist seit dem Ende des vorigen, und Anfange des gegenwärtigen Jahrhunderts ungemein gestiegen: allein kann sich ihre schöne Litteratur so vieler vortreflichen Producte rühmen, wie die Litteratur der Franzosen? Hat sie so viele Meisterstücke der Beredtsamkeit, so viel gute Trauerspiele und Komödien, und, (was hier nicht vergessen werden muß,) so eine Menge kleiner, bloß zum Zeitvertreib geschriebener Werke aufzuweisen? Man sage immer, Shakespear und Milton wägen alle Franzosen auf: ich kann es zugeben, denn ich habe bereits gezeigt, daß wenn es auf die Ausbreitung einer Sprache ankommt, nicht das Genie, sondern der leichte, allgemein gefallende Geschmack den Ausschlag giebt. Allerdings haben, um der vortreflichen Englischen Producte willen, gewisse Classen die Englische Sprache gelernt; doch meistens nur so weit, daß sie im Stande waren, sie zu lesen. — Ferner haben die Engländer in der gesellschaftlichen Cultur so grosse Fortschritte gemacht, und sind sie eine so durchgängig polirte Nation, wie die Franzosen? läßt es ihnen ihr Klima, ihre Regierungsform zu, es jemals zu werden? — Die originelle Laune eines Engländers mag Stoff zu einem sehr guten Charakter in einem Roman geben; der Stolz eines Lords kann von dem Thron bewundert, und selbst von dem Verständigen geschätzt werden, wenn er entweder durch Guineen unterstützt, oder durch Großmuth veredelt wird: allein die gesellige Munterkeit eines wohlerzogenen Franzosen wird ihn immer zu einem liebenswürdigen Gesellschafter machen.

Englands Reichthum und Macht haben unstreitig sehr viel zur Ausbreitung seiner Sprache beygetragen. Die allgemeine Bewunderung, womit diese in der That grösse Nation durch ihre Eroberungen und Triumphe in dem vorletzten Kriege ganz Europa erfüllte, hat sich sichtbarlich auf ihre Litteratur und Sprache erstreckt. In Deutschland herrschte unter den Aesthetikern fast nichts als Englischer Geschmack, und selbst Frankreich schien englisch werden zu wollen. Indessen mußte die Ueberspannung der Brittischen Kräfte sich nothwendig mit einiger Erschlaffung endigen, und der letzte unglückliche Krieg hat diesen überwallenden Strom, indem er ihm einen seiner vornehmsten Zuflüsse abschnitt, von einer Seite her gezwungen, in seine Ufer

zurück-

zurück zu treten. Schwerlich wird die Eifersucht der übrigen Seemächte Großbritannien erlauben, jemals zu seiner vorigen Macht und Grösse zu gelangen. Seine Volksmenge ist durch seinen geographischen Raum begränzt, und wird der in Frankreich niemals gleich kommen: es kann also auch die übrigen Nationen niemals in eben so viel Puncten berühren.

Es ist wahr, durch seinen ausgebreiteten Handel communicirt es mit vielen Nationen: allein diese Communication schränkt sich doch wenigstens nur auf die Küsten und gewisse Handelsplätze ein. Die Englische Nation durchdringt nicht so, wie die Französische, alle übrigen. Man sieht selten einen irrenden Engländer in Europa ausserhalb seines Vaterlandes sein Glück suchen. Der Contrast dieser zwey Völker zeigt sich auch hier auf eine auffallende Art. Der Franzose erhebt in dem fremden Land seinen König und sein Vaterland über alles; allein er fährt nichts desto weniger fort, fremden Fürsten zu dienen, und stirbt nicht selten fern von dem väterlichen Heerd. Der reisende Engländer erhebt weder seinen König, noch sein Vaterland; er kann sogar über den erstern schimpfen: allein er kehrt demohngeachtet in seine Insel zurück, und sein König ist doch in seinem Sinn, (man zweifle nicht daran,) der grösste Monarch in Europa, weil er — an der Spitze des Brittischen Reichs und der Brittischen Nation steht (*).

Der grössern Ausbreitung der Englischen Sprache, insonderheit in so fern sie nicht nur gelesen, sondern gesprochen werden soll, wird daher die Lage von Großbritannien, und der Charakter der Nation immer im Weg stehen: und hätte Frankreichs Sprache keinen andern Vortheil über sie, als daß sie die Sprache eines zur Communication mehr aufgelegten Landes und Volkes ist, so würde sie schon aus diesem Grund immer eine grössere Herrschaft in Europa behaupten. Diese Ursachen aber sind bleibend: denn der Engländer wird durch seinen Charakter, der ohne Zweifel im Klima gegründet ist, eben so wohl als durch die Lage seiner Inseln, der *toto divisus orbe Britannus* bleiben. — Ich rede aber bloß von Europa; denn in dem Nördlichen Amerika kann die Englische Sprache mit der daselbst wachsenden Volksmenge eine ungeheure Herrschaft erlangen.

Deutschland ist ein grosses wohl bevölkertes Reich, unter dessen Fürsten zween sich durch ihre Macht auszeichnen. Seine Lage erleichtert ihm die Communication mit den meisten Europäischen Ländern, und seine Einwohner sind durch ihren Charakter dazu aufgelegt. Auch ist es ein Vortheil für seine Sprache, daß sie in dem grösz=

_____

(*) Der Verfasser erinnert sich, vor dem Ausbruche des Amerikanischen Krieges in der Schweiz einen Engländer gesprochen zu haben, der von seinem König sagte: *le pauvre garçon sera chassé, s'il ne change de conduite.* Ein anderer Engländer, dem der König von Neapel bedeuten ließ, er sollte sich nicht während des Schauspiels auf das Theater stellen, gab zur Antwort: *je ne reçois d'ordre que de mon roi!*

G

größten Theile der Schweitz, in einem Theile von Lothringen, in dem Elsaß, und in mehrern andern Ländern gesprochen wird, und die Holländische, Flammändische, Dänische und Schwedische Sprachen einigermaßen unter ihre Mundarten zählt.

Schon gegen das Ende des vorigen Jahrhunderts zeichnete sich Deutschland durch seine wissenschaftliche Cultur auf eine sehr vortheilhafte Art aus. Es ist unnöthig, hier die großen Namen zu nennen, die ewig die Ehre unsers Vaterlandes seyn werden, da sie in ganz Europa bekannt sind. Auch hatte es ihm seit Opitzen niemals mehr an geistreichen Schriftstellern gefehlt. Doch erst in dem Zeitraum von 1740 bis 1760 blühte seine schöne Litteratur auf. Seine Sprache erreichte in dem Südlichen Theile von Obersachsen einen hohen Grad von Bildung, und die übrigen Provinzen Deutschlands richteten sich größtentheils, wenigstens in Schriften, nach dieser verfeinerten Mundart. Es ist eine Wonne für einen Deutschen, und für einen Fremden muß es ein Gegenstand des Erstaunens seyn, wenn sie sehen, wie in diesem kurzen Zeitraum das Deutsche Genie, das nicht nur nicht ermuntert, sondern durch alle Arten von Zwang gefesselt war, und durch unzählige Hindernisse hätte muthlos gemacht werden sollen, auf einmal aus seinen Schranken brach, und seine Laufbahn mit Riesenschritten anfing. Ich glaube nicht zu viel zu sagen, wenn ich behaupte, daß Klopstocks Messiade, (so sehr auch die Bizarrerien und Eigenheiten dieses Dichters die Anzahl seiner Bewunderer einschränken:) daß Utzens und Ramlers Oden; daß unsere Kriegslieder, (wo, um mich eines Ramlerischen Ausdrucks zu bedienen, unsere Sprache wie Kalliopens Tuba tönet!) daß Geßners Idyllen, Wielands Musarion, und einige andere Deutsche Producte alles übertreffen, was die cultivirtesten der heutigen Nationen in diesen Gattungen geleistet haben. Aber außer diesen Meisterstücken haben wir eine Menge guter Poesien, die einer jeden Nation Ehre machen würden. — Auch in andern Zweigen der Litteratur haben die Deutschen Proben von der Vortreflichkeit ihres Genies gegeben. Wir haben Meisterstücke der Beredtsamkeit, die zwar weder im Geschmack des Bossuet, noch des Massillon sind, (denn der Deutsche hat seinen Charakter, und soll ihn haben;) die aber nichts desto weniger den besten Stücken, worauf die Ausländer stolz sind, an die Seite gestellt werden können. Deutschlands Schaubühne hat schon viel geleistet, und wird, so wie der Geist der Gesellschaft nach und nach alle Stände genauer verbinden wird, gewiß noch mehr leisten. In der Geschichte haben die Deutschen längst das Lob der Treue und der Genauigkeit, (ein Verdienst, das nur der frivole Kopf als gering ansieht, und das in unserm philosophischen Zeitalter immer wichtiger wird;) und nun fangen sie an, sie auch mit Geschmack zu bearbeiten. In der speculativen Philosophie übertreffen sie alle Nationen, und Leibnitz, so wenig auch seine Ideen von den sinnlichen Seelen gefaßt werden, ist unstreitig der Philosoph, der in die intellectuelle Welt, und, wenn ich so reden darf, in den Verstand Gottes die schärfsten Blicke gethan. Auch dieser Zweig der Litteratur ist von dem Geschmack

schmack verschönert worden. — Für die Religionswissenschaft scheint der Deutsche Untersuchungsgeist eigentlich gemacht zu seyn. Deutschland hat in dieser Rücksicht schon unendlich viel für die Aufklärung des menschlichen Geschlechtes gethan, und treibt das angefangene Werk unverdrossen fort. Wie groß und ehrwürdig erscheint hier der Deutsche Genius! Der Franzose hat seicht und leichtsinnig über die Religion gespottet; der Engländer hat sie mit einem mehr kühnen als gründlichen Räsonnement angegriffen: der Deutsche allein ist bey diesem wichtigen Gegenstande mit kritischem Auge verweilt, hat muthig die alten schädlichen Vorurtheile umgestossen, und, indem er an den Gränzen, wo sich Licht und Dunkelheit scheiden, mit heiliger Scheue stehen blieb, die Glückseligkeit des menschlichen Geschlechts, (die Absicht der Gottheit!) nie aus dem Gesichte verlohren (*). Mit Ehrfurcht und zugleich mit Entzücken denke ich an die Männer, die es wagen, Europa, das auf dem Punct ist, seine Religion, Sophismen und Spöttereyen Preis zu geben, diese Fackel vorzuhalten! —

Die Bekanntschaft der Deutschen mit der schönen Litteratur aller Europäischen Nationen, und die Biegsamkeit ihres Genies, wodurch es alle Formen annehmen kann, scheint der Ausbreitung ihrer Sprache überaus günstig zu seyn. Was Wieland, (dieser ausserordentliche Dichter, dessen Originalität gerade darin gesetzt werden kann, daß er alles vortreflich nachzuahmen weiß,) auf eine auffallende Art that, haben viele andere in einzelnen Gattungen auf eine minder merkliche Art gethan. In Klopstocken selbst, den wir für einen so originellen Dichter halten, ist Homerischer, Virgilianischer und Miltonischer Geschmack vereiniget. Manches Gute von den fremden Nationen ist auf diese Weise durch glückliche Nachahmung und Benutzung in unsere Litteratur verpflanzt worden: auch konnten wir es am besten, weil wir, wie sich der König irgendwo ausdrückt, zuletzt gekommen sind. In der That entsteht hieraus ein besonderer Vorzug für unsere Litteratur: es scheint, sie könnte, wenn wir unser Talent recht zu benutzen wüßten, mit der Zeit der Mittelpunct der Litteratur von ganz Europa werden, und jede Nation könnte in dem Deutschen Geschmack einigermassen den Geschmack aller übrigen finden.

Endlich ist Deutschland aller Wahrscheinlichkeit nach bestimmt, früh oder spät seine zerstreuten Kräfte in zweyen oder dreyen Staatskörpern zu vereinigen. In diesem Fall könnte das Principium der Herrschaft und Grösse ungemein stark für die Ausbreitung seiner Sprache wirken: und wenn wir vollends annehmen, daß sein Handel, sein Wohlstand und seine Cultur, wie ehemals bey Frankreich, seiner wach-

G 2   senden

(*) Selbst der Wolffenbüttelsche Fragmentist, wie verschieden von einem Tindal, Woolston, Bayle u. s. w.! Voltaire ist wie ein muthwilliger Knabe neben ihm. Und doch scheint dieser Schriftsteller in der religiösen Gedenkungsart des denkenden Deutschen Publici nicht viel geändert zu haben.

senden Macht immer zur Seite gehen; so scheint es, könnte die Deutsche Sprache, die itzo schon in Norden so häufig gesprochen wird, der Französischen ihre Herrschaft in Europa entreissen.

Alle diese Vortheile zusammen genommen, und die Vorzüge, zu denen unsere Nation, unsere Litteratur und unsere Sprache noch gelangen können, mit in die Rechnung gebracht, wollen wir nun sehen, ob sich die Deutsche Sprache jemals die Ausbreitung der Französischen versprechen kann. Ich zweifle sehr daran. — Zuvörderst gilt das, was wir oben von der Englischen Sprache gesagt haben, hier noch mehr: daß nämlich eine jede neue Sprache um so mehr Mühe hat, in Europa Platz zu gewinnen, je mehr gebildete Sprachen bereits vorhanden sind, die von den Europäern cultivirt werden. Man sieht, die Deutsche hat die Französische, die Italienische und die Englische vor sich, die alle ihr einigermassen im Wege stehen. Doch die Haupthindernisse ihrer Ausbreitung liegen in ihr selbst.

Ohne von den **Pronuntiationsschwierigkeiten** zu reden, wodurch ihr der Eingang in die Südlichen Länder Europens schlechterdings verwehrt wird, ist sie schon wegen ihrer Originalität für die Europäer, die bisher an die Erlernung verwandter Sprachen gewöhnt waren, eine sehr schwere Sprache. Wer die lateinische Sprache, oder eine der vier Europäischen, die von ihr abstammen, oder doch vieles von ihr entlehnt haben, einmal gelernt hat, hat eben damit eine grosse Anzahl Wörter von allen übrigen gelernt; denn obschon diese Wörter in den Endungen ein wenig von einander abgehen, so ist doch ihre Wurzelähnlichkeit keine geringe Erleichterung für das Gedächtniß, insonderheit wenn man die Sprache nicht reden, sondern bloß verstehen will. Dieser Vortheil der den Fremden bey dem grossen Reichthum unserer Sprache so sehr zu statten käme, fehlt ihnen bey Erlernung derselben beynahe ganz.

Eine andere ungemein grosse Schwierigkeit ist unsere **Wortfügung**, die theils von der natürlichen Ordnung, so wie wir sie oben festgesetzt haben, abweicht, theils durch allzuviele Regeln bestimmt wird (*). Das Verbum, das so viele andere Redetheile bestimmt, steht häufig am Ende des Satzes und der Periode; und zwischen ihm und dem Nominativ steht das Object, das Ziel, das Adverbium und andere Wörter. Noch werden oft zwey bis drey Zwischensätze in den Hauptsatz hineingewebt, und da geschieht es nicht selten, daß eine Periode sich mit zwey, ja sogar mit drey auf einander folgenden Verbis endiget, wovon ein jedes zu einer

beson-

(*) Ich leugne nicht, daß die Regel, nach der das Bestimmende in unserer Construction meistens nach dem zu bestimmenden gesetzt wird, aus unserer Periode ein schön verwebtes Ganzes macht, und die Aufmerksamkeit sparet: aber leicht macht sie unsere Wortfügung für die Franzosen, Italiener und Engländer nicht; wäre es auch bloß deswegen, weil diese Ordnung ihren Sprachen ganz fremd ist.

befondern Conſtruction gehört; eine Unbequemlichkeit, die unter der Hand eines ungeſchickten Schriftſtellers zu einem ſehr ermüdenden Periodenbau Anlaß giebt. Unſere Hülfsverba verurſachen neue Schwierigkeit. Eine Periode fängt mit einem iſt, wird, hat an, und das Supinum oder der Infinitiv ſteht wegen der eingeſchobenen Säze ſechs bis acht Zeilen davon entfernt. Bey den Verbis, die mit Präpoſitionen oder Adverbien zuſammen geſetzt ſind, dergleichen wir eine Menge haben, werden dieſe Partikeln ſehr oft von dem Wurzelworte getrennt, und weit von ihm weggeſchoben. Man glaubt einen Sinn zu haben, und muß am Ende der Periode, wo man ein zu, vor, nach u. ſ. w. findet, den gefaßten Sinn umändern. Eben dieſes wiederfährt uns mit dem Verneinungswort, welches ſich oft gar zu weit von dem Verbo entfernt, bey dem es doch ſtehen ſollte. Unſere Participien werden als wahre Beywörter häufig vor dem Hauptworte geſetzt; da ſie aber die Natur des Verbi nicht ganz ablegen, ſo geht oft eine Menge anderer Wörter vor ihnen her, ja nicht ſelten werden zwiſchen dieſes concreſcirende Participium und das Subſtantiv ganze Säze hineingeſchoben, wodurch die Periode überaus verflochten und mühſam wird. — Unſere Wortfügung ändert ſich, je nachdem der Satz mit dieſer oder jener Partikel, mit dieſem oder jenem Wort anfängt. Wir müſſen bald ſagen, ich las den Virgil, bald, ich den Virgil las, bald, den Virgil las ich. Dieſe Verſetzungen geben unſerm Periodenbau eine gewiſſe Mannigfaltigkeit, wodurch er den Vorzug vor dem Französiſchen verdient: allein das Schlimme iſt, daß wir hiebey ſo wenig Freyheit haben. Wir dürfen nicht ſagen: ich den Homer dem Virgil nicht vorziehe, oder, dem Virgil ich nicht vorziehe den Homer, ob man uns ſchon ſehr gut verſtehen würde; ſondern, ſobald wir die Conſtruction mit dem Virgil angefangen haben, ſo hat alles übrige ſeinen beſtimmten Platz. Ich weiß, daß unſere Sprachforſcher die Regeln unſerer Wortfügung ſehr ausführlich aufgezählt haben; allein gerade die Menge dieſer Regeln macht die Irregularität unſerer Sprache aus. Die Französiſche Conſtruction iſt in allen dieſen Fällen ſehr einförmig: wenn ſie auch bisweilen die gewöhnliche Ordnung verläßt, welches bey den Fürwörtern geſchieht(*), ſo wird wenigſtens dieſe kleine Anomalie ſelbſt eine beſtändige Regel. In dieſer Rückſicht iſt unſere Sprache wirklich ſchwerer als die Griechiſche und Lateiniſche. Der Römer war bey Anordnung ſeiner Wörter beynahe durch gar keine Regel eingeſchränkt: wenn er nur noch verſtanden werden konnte, ſo fragte er bloß ſein Ohr, ſeine Imagination oder ſeinen Affect: und fehlte es ihm etwa an Ohr und Gefühl, ſo warf er ſeine Wörter hin, wie ſie ihm in den Mund oder in die Feder kamen, und machte weiter keinen merklichen Fehler wider die

G 3   Sprache.

(*) Hierin iſt die Regularität der Engliſchen Conſtruction der Französiſchen überlegen; denn in derſelben werden ſogar die Pronomina in den caſibus obliquis hinter das Verbum geſetzt.

Sprache. Hingegen läuft ein Fremder, der nicht sehr wohl mit dem Mechanismus unserer Construction bekannt ist, immer Gefahr, eine ungereimte Wortfügung zu machen.

Die kühne Versetzungen, die in unsern Dichtern vorkommen, vermehren die Schwierigkeit unserer Sprache für einen Fremden, der gern mit unserer schönen Litteratur bekannt werden möchte, ob sie übrigens wohl für uns eine Quelle von Schönheit sind. Klopstock trennt das Adjectiv von dem Substantiv durch einen ganzen Satz in

> Unterm Getöse gespaltner, (sie hatte der Donner gespalten!)
> Dumpfer entheiligter Harfen;

wo das getrennte Beywort durch die zwey folgende sehr glücklich wieder an das Hauptwort geknüpft wird. Sonst hat dieser Dichter die sonderbarsten und gewaltsamsten Wortfügungen gewagt, die seine ohnehin dunkeln Gedichte gewiß um nichts verständlicher machen. Er hat hierin, wie in andern Dingen, eine Menge ungeschickter Nachahmer sogar in der Prose gehabt. Die Versetzungsfreyheit wächst von Tag zu Tage, und vielleicht werden bald unsere schönen Geister, um der Sprache einen neuen Schwung zu geben, unsere Deutsche Construction drehen, wie der Sprachmeister im *Bourgeois-Gentilhomme* das *belle Marquise*, *vos beaux yeux &c.* oder gar die Wörter entzwey schneiden, wie Ennius, der gesagt haben soll, *saxb cere-comminuit-brum.* In der That lassen sich von der heutigen Neuerungssucht in Deutschland alle Sprach-Ungereimtheiten erwarten.

Unsere Declinationen sind eine Schwierigkeit, die die Italienische, Französische, Spanische und Englische Sprachen nicht kennen. Man wird ihre Irregularität schon daraus schließen, daß unsere berühmtesten Sprachlehrer sich nicht über ihre Anzahl vereinigen können. Diese Schwierigkeit vermehrt sich, wenn wir das Beywort mit dem Hauptwort, und zwar bald mit dem bestimmten, bald mit dem unbestimmten, oft auch mit gar keinem Artikel zu decliniren haben. Daß unsere Sprache in diesem Puncte schwerer ist als die lateinische, fällt in die Augen: aber sie ist auch schwerer als die Griechische; denn diese hat nur Einen Artikel, und ihre Beywörter, wenn sie mit dem Hauptworte verbunden werden, haben nur eine Endung, der Artikel mag dabey stehen oder nicht. Der Grieche sagte, ὁ ἀγαθος ἀνθρωπος, und ἀγαθος ἀνθρωπος, το κακον Θηριον; und κακον Θηριον: wir aber müssen sagen, der gute Mensch, ein guter Mensch; das böse Thier, ein böses Thier. Dieß sind Kleinigkeiten, wenn man will; aber sie müssen so gut als die wichtigsten Regeln der Sprache gelernt seyn; und wenn ihrer eine grosse Menge ist, so kostet ihre Erlernung Zeit und Mühe. Ich habe Fremde gekannt, die durch unsere Declination allein von der Erlernung unserer Sprache sind abgeschreckt worden. Uebrigens sind unsere Declinationen ein Beweis von dem feinen Unterscheidungsdungsgeiste der Deutschen: aus ihnen allein hätte man unserer Nation die Wolffe, die Baumgarten und die Bilfinger prophezeihen können.

Hiezu kommt das Schwankende, das unserer Sprache ohngeachtet ihrer grossen Cultur noch anklebt, und vermuthlich noch ankleben wird, indem es eine Folge der politischen Verfassung Deutschlands ist. Haben wir doch bisher nicht einmal zu einer festen Orthographie kommen können. Ein Fremder, der unsere Deutschen Bücher, (wo ihm schon die typographischen Charaktere anstößig sind,) lesen will, muß sich vorher mit den verschiedenen Hypothesen über die Deutsche Rechtschreibung bekannt machen, um dasselbe Wort unter einer ganz andern Gestalt wieder zu erkennen. Wie können wir hoffen, daß viele Fremde sich durch diesen mühsamen Plunder werden durcharbeiten wollen, um unsere Sprache zu lernen? — Schwankend ist gegenwärtig unser ganzer Geschmack, und das abentheuerlichste und ungereimteste Product kann hoffen, in irgend einem unserer unzähligen Journale gelobt zu werden. Das Gute fängt an, als mittelmäßig ausgezischt zu werden; und es ist zweifelhaft, ob Wieland, wenn Oberon sein erstes Werk gewesen, und er nicht mit seinen alten Lorbeern aufgetreten wäre, den verdienten Tribut von seiner Nation würde erhalten haben. Dieser Hang zum Ausserordentlichen, diese Originalitätssucht, (die vielleicht am Ende in dem gemeinen Fehler ihren Grund hat, daß man scheinen will, was man nicht ist,) hat unsere ganze schöne Litteratur angesteckt. Man will nicht mehr gefallen; man will überraschen, und in Erstaunen setzen: man macht die heftigsten Bewegungen, die gewaltsamsten Verzerrungen, um — eine monströse Geburt hervor zu bringen. Ich will gerne zugeben, daß man bey einer solchen beständigen Anstrengung immer etwas neues und unerhörtes zu sagen, hie und da etwas vortrefliches herausbringen kann; allein mit wie viel Geduld und Eckel muß es der Leser nicht erkaufen! Heinrich der IVte sagte von den Astrologen, die ihm einen nahen Tod prophezeihten: sie werden lügen, bis sie die Wahrheit sagen; man könnte von manchem unserer neuen Aesthetiker sagen: sie werden Unsinn reden, bis sie etwas recht Erhabenes hervorbringen (*).

Es scheint das unvermeidliche Schicksal der schönen Litteratur aller Nationen zu seyn, daß, wenn sie einmal ihren Gipfel erreicht hat, sie wieder, wenigstens auf einige Zeit, zu sinken anfangen: und zwar ist die Verderbniß des guten Geschmacks meistens Ausschweifung in irgend einer Vollkommenheit, wodurch sich das Nationalgenie auszeichnet. Der Spanier, der in seinem Charakter eine gewisse Grösse,

---

(*) Hierüber verdient das ganze 12te Cap. des 2ten B. aus dem Quintilian nachgelesen zu werden. Ich setze nur folgendes her: *Unde evenit nonnunquam, ut aliquid grande inveniat, qui semper quærit quod nimium est: verum & raro evenit, & cetera vitia non pensat. . . . Sententiæ quoque ipsæ eo magis eminent, cum omnia circa illas sordida atque abjecta sint* (man sehe einige unserer Schauspiele!) *. . . At illi hanc vim appellant, quæ est potius violentia. . . .*

Größe, und in seinem Genie etwas hohes hat, verderbte seinen Geschmack durch einen hohlen und aufgedunsenen Styl, durch ungeheure Metaphern, ausschweifende Hyperbeln, rauschende Wörter und einen prahlerischen Ausdruck. Der feine, weiche und musikalische Italiener verfiel auf Concetti, auf ein ewiges Petrarchisiren, und einen gedankenlosen Wortklang. Der Franzose, der von der Natur die Gabe empfing, auf eine leichte Art zu gefallen, gerieth auf seinen buhlerischen Witz. Der Deutsche ist eigentlich zum Denken aufgelegt, und hat in seinem Charakter, was die Griechen ὄγκon nennen. Daher die gedrungene und starke Schreibart, die uns vor unsern Nachbarn auf eine so vortheilhafte Art auszeichnet; daher jene männliche und herkulische Charaktere in einigen unserer Schauspiele und Romanen: aber daher auch, bey dem gegenwärtigen Verfall unsers Geschmacks, jene Affectation von Stärke, jene räthselhafte und verschraubte Gedanken (*), jene gesuchte Unordnung in Stellung unserer Begriffe; daher endlich jener metaphysisch orientalische Schwulst! — Wer überall stark seyn will, wird nothwendig frostig und lächerlich. Cicero (den es nicht kümmerte, daß ihn einige zu seiner Zeit nervenlos und lendenlos nannten,) sagt vortreflich: *is est eloquens, qui & humilia subtiliter, & magna graviter, & mediocria temperate potest dicere.* Diese verschiedene Talente, die in meinen Augen den grossen Scribenten bezeichnen,) besaß Voltaire in einem hohen Grad; daher d'Alembert von ihm sagt, er sey niemals weder über, noch unter seinem Süjet gewesen. Wenige unserer heutigen Schriftsteller hingegen haben den der Sache angemessenen Ton: oft sind sie bey den niedrigsten und gemeinsten Sachen auf eine lächerliche Art emphatisch, oft würdigen sie die ernsthaften und edelsten Gegenstände durch eine pöbelhafte und niedrige Sprache herab, und heissen dieß Laune.

Diese und andere Fehler unserer Litteratur, (denn ich will sie nicht alle anführen,) können unserer Sprache bey den Fremden nicht anders als nachtheilig seyn, indem sie uns in den Ruf bringen, daß der gute Geschmack bey uns noch selten seyn müsse. Indessen muß man gestehen, daß selbst die Vollkommenheiten einiger unserer ästhetischen Producte, sie verhindern, von den Fremden nach ihrem ganzen Wehrte geschätzt zu werden. Oft ist es die hohe Kunst, die in einem Werke liegt; oft das

Eigen-

(*). So viel ich weiß, sind die Griechen nicht geflissentlich in diesen Fehler gefallen, wohl aber die Römer: und was das sonderbarste ist, so bemerkt ihn Seneka selbst, der doch am meisten dazu Anlaß gegeben hat. Man lese folgende Stelle an einen seiner Freunde: *quare quibusdam temporibus provenerit corrupti generis oratio, quaeris; & quomodo in quaedam vitia inclinatio ingeniorum facta sit . . . quare aliàs sensus audaces & fidem egressi placuerint, aliàs abruptæ sententiæ & suspiciosæ, in quibus plus intelligendum est, quam audiendum: quare aliqua ætas fuerit, quæ translationis jure inverecunde uteretur . .* von diesen sententiis suspiciosis ist selbst Lessing in seinen Trauerspielen nicht frey, wo sie gewiß der tragischen Wirkung schaden.

Eigenthümliche und ungemein feine in der Empfindung; mit dem nur wenige Seelen sympathisiren können; oft die besondere Form, die die Sprache von dem Genie in dem Augenblick der Begeisterung bekommt, — was ein solches Werk für gemeine, übrigens nicht geschmacklose Leser unverständlich, oder doch mühsam zu lesen macht. Einige unserer Dichter wollen studirt seyn; und wie wenige Personen können oder wollen sich die Muße dazu nehmen? Von dieser Gattung sind einige Ramlerische Producte, deren Verdienst zum Theil in einer vortreflichen, für undeutsche Ohren nicht gemachten Versification besteht; einige Klopstockische Oden, und eine Menge Stellen aus dem Messias, wozu eine mit dem Dichter gleichgestimmte und sympathisirende Seele gehört. Selbst Wieland, der übrigens leichte und zierliche Wieland, der seinem Leser einen so süßen Becher reicht, kann den Deutschen Gelehrten nicht verleugnen: man muß einen mit Gelehrsamkeit vereinigten Geschmack besitzen, um sein ganzes Verdienst zu fühlen. — Ich kenne kein Meisterstück der Beredsamkeit bey den Franzosen, das ich Engels Lobrede auf den König gleich setzen möchte: allein wie sehr muß man in die Geheimnisse der deutschen Sprache, und der deutschen Philosophie eingeweyht seyn, um sie recht zu verstehen, und alle ihre Schönheiten zu empfinden! und wie richtig muß der Begrif der wahren Größe seyn, um zu urtheilen, daß der Verfasser seinen Helden auf die würdigste Art gelobt hat! Selbst in Deutschland hat dieses vortrefliche Product nicht die Bewunderung erregt, die es verdient; ohne Zweifel weil die wenigsten Menschen das, worin eigentlich die Größe des Königes besteht, zu beurtheilen und zu empfinden im Stande sind. — Wie können wir hoffen, daß Fremde diejenigen Producte werden schätzen lernen, die selbst für einen großen Theil der aufgeklärten Classen unter uns verborgene Schätze sind?

Aus allem diesem ergiebt sich nun von selbst, daß unsere Sprache ohngeachtet ihres Reichthums und ihres Nachdrucks, ohngeachtet der Meisterstücke unserer Litteratur, und ohngeachtet der Cultur und Größe, zu der unsere Nation eine gegründete Hofnung hat noch zu gelangen, doch schwerlich jemals die herrschende in Europa werden wird. Man wird sie häufig in dem Norden sprechen: die Engländer werden sie lernen: in den südlichen Gegenden wird es hie und da einen Gelehrten und Aesthetiker geben, der sie in einer gewissen Absicht so weit studiren wird, daß er ein deutsches Buch lesen kann: allein das allgemeine Werkzeug der Communication unter den Europäern wird und kann sie nicht werden. Allen übrigen Sprachen, die mit der Französischen in Concurrenz kommen, fehlt gleicherweise irgend eine Eigenschaft, irgend eine Erforderniß, um es zu werden. Es wäre also nur folgende Art möglich, wie eine davon die Französische verdrängen könnte. Es müßte entweder die Französische Sprache, oder die Cultur der Nation, die sie spricht, oder die poli-

tische

tische Größe derselben (*) sich degradiren, und diese Dinge müßten bey einer andern Nation in eben dem Maaße wachsen. Allein wer wollte so etwas vorhersagen, ohne sich die Mine eines Propheten zu geben?

Ich beschließe meine Abhandlung mit einer Reflexion. Die polirten Sprachen in Europa vermehren sich, so wie alle Nationen nach und nach sich cultiviren und verfeinern. Wir haben bereits fünf solcher Sprachen; allein es wird eine Zeit kommen, da man auch das Slavonische, mit seinen Idiomen, dem Russischen, Polnischen und Böhmischen; vielleicht auch das Ungrische, Türkische u. s. w. unter die vorzüglichen Sprachen Europens zählen wird, so wie bereits das Schwedische, Dänische und Holländische eine Stelle unter denselben einnehmen. In dem Maaß wie alle jene Nationen sich cultiviren, werden die Bande der Communication sich unter ihnen, und zwischen ihnen und uns vervielfältigen: und soll alsdann eine jede Nation die Sprachen aller derjenigen lernen, mit denen sie in einer genauern Verbindung steht, so werden wir endlich unser ganzes Leben mit Erlernung der fremden Sprachen zubringen müssen. Die Menge der lebenden Sprachen, die wir zu lernen haben, fängt schon itzo an, den Wissenschaften und Künsten nachtheilig zu seyn. Ich denke daher, wir sollten auf die Herrschaft der Französischen Sprache nicht nur nicht eifersüchtig seyn, sondern ihre allgemeine Ausbreitung wünschen und auf alle Art begünstigen. Die große und durchgängige Verbindung der Europäer, insonderheit der sichtbarwachsende Handlungsgeist, macht ihnen ein allgemeines Communicationsorgan schlechterdings nothwendig: die Lateinische Sprache kann es als eine todte Sprache nicht mehr seyn; die Französische ist es durch ihr Verdienst geworden: sie bleibe also die Universalsprache von Europa, und werde es immer mehr. Allein eine jede Nation vervollkomme zugleich ihre Landessprache, und wache über ihrer Erhaltung; denn bey aller Neigung, die ich zum Französischen habe, bin ich weit entfernt zu wünschen, daß es alle Europäische Sprachen verdränge. — So wird keine Nation um der Communication willen mehr als zwo lebende Sprachen zu lernen haben, und diese wird sie eben deswegen um so besser sprechen und schreiben lernen. — Ich rede aber bloß von dem Bedürfniß; denn der Neigung und Wißbegierde des Liebhabers lassen sich keine Gränzen setzen.

(°) Wie wenig wahrscheinlich es ist, daß Frankreich seinen großen politischen Einfluß in Europa verlieren werde, zeigt der Ausgang des letzten Krieges und seine Folgen.

Beweise

Beweise
und
Erläuterungen,
die
Abhandlung
betreffend,

die die Innschrift führt:

Gallis ingenium, Gallis dedit ore rotundo Musa loqui.

Ament meminisse periti.

(a) Dionys von Halikarnaß in seinem Buche von der Stellung der Wörter behauptet, dem ersten Anblick nach, das Gegentheil. Er sagt, „er habe anfänglich geglaubt, der Name müsse immer vor dem Zeitwort, das Zeitwort vor dem Nebenwort (adverbium), das Hauptwort vor dem Beywort u. f. w. gesetzt werden. weil die Substanz vor dem Accidenz, die Handlung vor den sie begleitenden Umständen u. f. w. gedacht werden müsse: allein man finde in den Schriften der Redner und Dichter bald diese, bald jene Stellung; diese Regel könne daher nicht als richtig angenommen werden.„ — Allein läßt sich aus dieser Stelle nicht der Schluß machen, daß, wenn ein Grieche die in unsern neuern Sprachen fast durchgängig mehr oder wenig herrschende Ordnung als die natürlichste vermuthete, da ihm doch seine Sprache nicht den mindesten Anlaß zu einer solchen Vermuthung geben konnte, ihn psychologische Gründe darauf geführt haben müssen? In der That hat er seine Vermuthung aus keinem andern Grunde verlassen, als weil er fand, daß eine jede, mit Geschicklichkeit angebrachte Ordnung dem Redner dienen könne. Daraus folgt allerdings, daß es eine euphonische und pathetische Ordnung der Wörter, nicht aber, daß es keine dem ruhigdenkenden Geiste angemessene, und zur Entwickelung seiner Gedanken vorzüglich taugliche Wortfügung gebe.

(b) Nachdem Cicero die Vortheile des rednerischen Numerus in seinem *Orator ad M. Brutum* gezeigt hatte, so fügt er Nro. 69 hinzu: „*sed magnam exercitationem res flagitat, ne quid eorum qui genus hoc secuti non tenuerunt, simile faciamus; ne verba trojiciamus aperte,* quo melius aut cadat aut volvatur oratio.„ Und weiter unten: *ne verbum ita trajiciat' ut id de industria factum intelligatur.* Es giebt also nach dem Cicero unnatürliche, gesuchte Versetzungen der Wörter. — Indeß gebe ich gerne zu, daß die Unordnung der Wortfügung nur alsdann, wenn sie gewisse Gränzen überschreitet, recht merklich wird, und daß es so ziemlich gleichgültig ist, ob z. B. das Beywort vor oder nach dem Hauptworte steht, wenn es nur nicht getrennt wird. Wir finden tausend dergleichen Dinge, die in ihren Extremen die Regel offenbar verletzen, ob es sich wohl nicht genau bestimmen läßt, wo die Verletzung anhebt. Die Regel hat also doch ihren guten Grund.

(c) Plutarch behauptet in seinen Platonischen Fragen, daß zu seiner Zeit, (er lebte unter der Regierung des Trajans,) das Lateinische in dem ganzen Römischen Reiche gesprochen wurde. Dieß scheint mir, wenn es nicht gehörig verstanden wird, übertrieben zu seyn. Das Griechische war damals unter den Römern zu gemein, als daß viele Griechen sich hätten die Mühe geben sollen, es zu lernen. Nur wenn ein Grieche in seiner Provinz in einem etwas genauern Verhältniß mit der Römischen Regierung stand, oder wenn er zu Rom ein besonderes Interesse hatte, daselbst ein Amt suchte, Handel dahin trieb u. f. w. mochte er etwa das Lateinische lernen. Und auch in solchen Fällen nicht immer: denn der Gebrauch des Griechischen war sogar in die Gerichtshöfe eingedrungen; die Zeugen konnten griechisch gefragt, und die Sprüche der Richter griechisch abgefaßt werden. Wenn Claudius einen vornehmen Griechen deswegen, weil er nicht lateinisch konnte, aus der Liste der Richter ausstrich, und des Bürgerrechts beraubte, so war dieß bey diesem blödsinnigen Kayser um so mehr ein bloß launichtes Verfahren, da er selbst in dem Senat, (wo Tiberius sich ehemals wegen des Gebrauchs eines griechischen Wortes entschuldiget hatte,) griechische Reden hielt, und das Lateinische und Griechische *utrumque nostrum sermonem* nannte. (S. Sueton) Daß die ersten Konstantinoplischen Kayser ihre Edicte an die Statthalter und Exarchen des Reiches lateinisch abfaßten, und daß das Lateinische nach der Bemerkung des Chrysostomus (*adversus vitup. vitam monast.* L. III.)

ein

ein Weg war, an diesem Hofe sein Glück zu machen, beweißt wiederum nicht, daß das Lateinische in dem Morgenländischen Kayserthum sonderlich ausgebreitet war. Der Gebrauch desselben in den Edicten war offenbar von Rom nach Konstantinopel gekommen, und die morgenländischen Kayser, die sich immer noch als Römische Kayser ansahen, wollten bey dergleichen Gelegenheiten keine andere als die Sprache des herrschenden Volkes gebrauchen. Wäre das Lateinische so ausgebreitet gewesen, als Libanius und Plutarch zu behaupten scheinen, so hätten es gewiß die griechischen Bischöffe verstanden, und man hätte nicht nöthig gehabt, die lateinische Rede, die Constantin bey Eröffnung der Nicäischen Kirchenversammlung hielt, auf der Stelle griechisch zu verdollmetschen. Ohne Zweifel geschah es, weil die wenigsten von den Griechischen Vätern das Lateinische verstanden. Auf andern Concilien mußte man eben so den Griechischen Bischöffen die lateinischen Briefe verdollmetschen (S. Fleury Th. II. §. 328. und Th. IV. §. 145.) Als der Nestorianische Streit sich entspann, schrieb Nestorius an den Papst Celestin griechisch; Cyrillus auch, hatte aber die Gefälligkeit für den Römischen Bischoff, an dessen Gunst ihm gelegen war, eine lateinische Uebersetzung beyzulegen, von der er sagt, sie sey eben so, wie man sie zu Alexandrien machen konnte. (S. *Manfi Colled. Concl.* T. IV. 108.) Da mit Constantin, dem Grossen, dessen Muttersprache das Lateinische war, der ganze Hof und so viele vornehme Familien aus Italien nach Byzanz, dem neuen Rom, gezogen waren, so mußte freylich daselbst das Lateinische anfänglich stark im Schwange gehen. Daher wurde auch der Gottesdienst in einigen Kirchen daselbst allemal zuerst lateinisch, und dann griechisch verrichtet. Allein dieser Gebrauch war nicht allgemein, und verlohr sich bald wieder: denn unter dem Constantinus Pogonatus wurde es dem Päpstlichen Legaten nicht kraft einer Gewohnheit, sondern weil er ein angenehmer Friedensbotschafter war, gestattet, die Messe in der Sophienkirche lateinisch zu lesen. (S. Casaub. *Exerc. ad Annal. Bar.* p. 167. 168.) Da auf diese Art das Lateinische bloß die Staatssprache war, so konnte das Griechische wohl die Hof- und Volkssprache seyn. Auch ist es gewiß, daß der Gebrauch des Lateinischen bey den Gesetzen und Edicten unter dem Justinian, (von welchem Laurentius Valla zweifelt, ob er Lateinisch konnte) oder doch bald nach ihm, wieder aufgehört hat; vermuthlich aus eben dem Grund, warum es in Deutschland, Frankreich und England abgeschaft wurde, um den Landessprachen Platz zu machen.

(d) Aus der Art, wie die abgeleiteten Sprachen den Plural der Nennwörter, und die Conjugationen formirt haben, erhellet deutlich, daß sie sich entweder nach den lateinischen Endungen richteten, oder doch daß diese ihnen Anlaß zu den neuen Formen gaben. Wie viel übrigens die neuern Sprachen von dem Formellen der Lateinischen angenommen, läßt sich nicht genau bestimmen, weil uns das Römische Patois besonders die Volkssprache nicht genug bekannt ist. Hieraus sind sie vermuthlich entstanden; denn die Gallier und Spanier lernten ohne Zweifel ihr Latein nicht aus den Schriften des *Cicero*, und andern polirten Römischen Schriftstellern, sondern aus dem Umgange mit Römischen Soldaten, Colonisten, Kaufleuten, Handwerkern und Sklaven. — Indessen giebt es doch selbst in den lateinischen Schriftstellern Spuren, woraus sich schließen läßt, daß z. B. in der Französischen Sprache manches, wovon wir glauben, es sey nach dem grammatischen Genius der nordischen Sprache formirt worden, eben so wohl einen lateinischen Ursprung haben kann. Wir glauben, *il m'a tropé*, sey nach dem Deutschen, er hat mich betrogen, gebildet worden; und doch finden wir im Sallust, *neque ea res me falsum habuit.* Man sagt, je me suis puni moi-même; Cicero, der sagte, *punitus es inimicum*, hätte auch sagen können, *me ipse punitus sum.* Ueberhaupt wäre ich geneigt, die Form des Präteriti compositi bey den Französischen *Verbis reciprocis* aus den lateinischen *Verbis deponentibus* herzuleiten. Wie man im Französischen sagt, elle s'est regardée dans le miroir; so sagten die Römer, *intuita se est in speculo*, und so würden sie auch gesagt haben,

haben, *visa se est in speculo*, wenn *videri* ein *Deponens activum* gewesen wäre. Hätten die Franken bey diesen *Verbis* sich nach dem Grammatischen ihrer Sprache gerichtet, so hätten sie sagen sollen, *elle s'a regardée*. Es käme also darauf an, daß man aus den Ueberbleibseln der alten Römischen Volkssprache zeigte, daß die lateinischen *Verba activa* als *Deponentia* gebraucht wurden, so oft die Handlung nicht mehr auf ein Object, sondern auf das handelnde Subject selbst ging. So viel ist gewiß, daß die lateinischen Schriftsteller die *Deponentia* häufig als *Passiva* gebrauchen: es scheint also, die *Passiva* haben eben so gut als *Deponentia* unter dem Volke gebraucht werden können. — Sonderbar ist es freylich, daß, da die Italienische Sprache hierin mit der Französischen übereinstimmt, die Englische und Spanische doch die Deutsche Form beybehalten haben. Uebrigens haben die Griechischen *Verba Media* eine Aehnlichkeit mit der Französischen Form, z. B. ἑαυτον τιμωρουμενος.

(e) Ich muß diese neue Behauptung, daß die Nordischen Völker, die in die Römischen Provinzen einfielen, bald die Religion und die Sprache der Ueberwundenen annahmen, durch eine kleine Anmerkung unterstützen, weil von einem unserer berühmten Schriftsteller das Gegentheil (freylich nur gelegenheitlich) behauptet wird. Hr. Pr. Eberhard sagt in seiner Abhandlung von den Zeichen der Aufklärung einer Nation, S. 23. daß zwar die traurigen Reste eines ehmals aufgeklärten Volkes mit den wilden Horden ihrer Ueberwinder zusammengeschmolzen zu seyn schienen; allein daß die Verschiedenheit der Sprachen die letztern hinderte, die Religion der erstern anzunehmen. Dieß ist der Geschichte zuwider. H. Eberhard schließt: weil die Ueberwinder mit den Ueberwundenen keine gemeinschaftliche Sprache hatten, so konnten jene die Religion der letztern nicht annehmen. Ich aber schließe so, weil die Ueberwinder die Religion der Ueberwundenen bald annahmen, (ein Factum!) so müssen sie auch bald eine gemeinschaftliche Sprache gehabt haben. Die Gothen waren ja schon Christen, als sie in Italien einfielen, und daselbst das berühmte Gothische Reich errichteten. Viele Franken nahmen zugleich mit dem Klodwig die christliche Religion an, und diesem Beyspiel ist ohne Zweifel nicht lange hernach die ganze Nation gefolgt. Dieß geschah gewiß nicht ohne allen Unterricht von Seiten der Geistlichen. Klodwig ließ sich durch einen Priester in der christlichen Religion unterrichten, und zur Taufe zuzubereiten. Remigius und Vastus beschäftigten sich mit der Unterweisung der Franken; die sich wollten taufen lassen (S. Fleury Kircheng. Th. V. S. 61.) Es kommt hier nicht darauf an, wie rein und heilsam diese Religion war; es war immer christliche Religion damaliger Zeit, und um sie zu lernen, mußte man einander verstehen. Nun waren zween Fälle möglich. Entweder lernten die Gallisch-Römischen Bischöfe und andere Geistliche die Fränkisch-Deutsche, oder die Franken lernten die Römische Sprache, das ist, entweder die Lateinische, wie sie damals unter den höhern Classen gesprochen und von den Gelehrten geschrieben wurde, oder die *Romanam-Rusticam*, die die herrschende Volkssprache in Gallien war. Das erstere mag anfänglich von dem einen oder dem andern Gallischen Bischofe geschehen seyn, der sich dadurch bey den Oberhäuptern des herrschenden Volkes empfehlen, und seine und seiner Landsleute Angelegenheiten desto besser besorgen konnte. Doch wir haben Gründe genug zu behaupten, daß der andere Fall bey weitem der gewöhnlichste war. Die lateinische Sprache muß sich frühzeitig unter den Deutschen ausgebreitet haben, da so viele von ihnen in Römische Kriegsdienste traten, und ohne Zweifel viele in ihr Vaterland wieder zurückkehrten. Arminius sprach Lateinisch, und unter seiner Armee waren Soldaten, die dieser Sprache kundig waren (*Tac. Ann.* L. II, c. 10. 13.) Die Gothischen Könige begünstigten sie sehr in ihrem Reich (*Inchof. hist. sacr. ling. lat.* L. II. c. 6.) Die meisten unter den Merovingischen Königen konnten vermuthlich lateinisch, von Childebert dem 1sten und von Chilperik ist es gewiß; und von Charibert sagt Fortunatus B. VI. C. 4.

Cum

Cum sis progenitus clara de gente Sicamber,
Floret in eloquio lingua latina tuo.

Gundebald, König der Burgundier, war ein gelehrter Prinz. Diesen Beyspielen folgten ohne Zweifel viele Großen am Hof, von welchen man nicht glauben muß, daß ihre Erziehung damals ganz vernachläßiget würde. Es waren ja schon im 6ten Jahrhundert Kathedral= und andere Schulen vorhanden, wo auch Layen unterrichtet wurden, und von einem Bischof heißt es, er sey *nutritor et doctor filiorum nobilium* gewesen. (S. *hist. litt. de la France* T. IV. pap. 431.) Da frühzeitig auch die Fränkische Nation Bischöfe lieferte, so ist dieß ein neuer Beweis, daß die Franken bald nach der Eroberung von Gallien in der christlichen Religion, und zwar einige auf eine wissenschaftliche Art, unterrichtet wurden. Einige lernten also gewiß die damalige lateinische Schriftsprache. Diese lernte nun freylich der gemeine Franke nicht; aber doch die *Romanam-rusticam*, die sich damals von der lateinischen Schriftsprache noch nicht so weit entfernt hatte, daß, wer sie verstand, nicht auch diese hätte verstehen können. Ich schließe dieses daraus, weil alles, was uns von der *Romana-rustica* übrig ist, sich um so weniger von der lateinischen Schriftsprache entfernt, je höher man in den Jahrhunderten hinaufsteigt. Wie ähnlich sie noch dem Lateinischen im 9ten Jahrhundert war, erhellet aus dem bekannten Eydschwur Ludwigs des Deutschen, der so anfängt; *pro Deo amur et pro christian poplo, et nostro commun salvamento* &c. Eben diese Meinung bestätiget sich durch einen Schluß des Concilii zu Tours im J. 813, wodurch den Bischöfen des Fränkischen Reiches befohlen wird, ihre Homilien in die *Romanam-rusticam*, oder auch in die *theotiscam* zu übersetzen, damit sie vom Volke verstanden würden. Entweder muß man wider alle Wahrscheinlichkeit behaupten, daß die Bischöfe etliche Jahrhunderte durch, dem Volk in einer ihm ganz unverständlichen Sprache predigten, und gar es ihnen erst im J. 813 einfiel, daß dieses ungereimt sey; oder man muß zugeben, daß das Lateinische ohngefehr bis 813 auch zur Noth von denen verstanden werden konnte, die die *Romanam-rusticam* gelernt hatten. Diese mußten also die meisten Franken sprechen oder doch verstehen. Aber freylich mußten zwey ungebildete und schwankende Sprachen, die unter einer wenig=cultivirten Nation gesprochen, und nicht geschrieben wurden, sich endlich vermischen. Daher ward die *Romana-rustica*, die die Franken neben der Deutschen lernten, von einer Generation zur andern immer mehr, und endlich so sehr verändert, daß man vermittelst ihrer die Lateinische, die als Schrift= sprache, und als Sprache der aufgeklärtern Classen, sich bey weitem nicht so sehr von ihrer Quelle entfernt hatte, nicht mehr verstehen konnte. Da wurde dann der Schluß des Concilii nothwendig. — Diese Vorstellungsart stimmt mit dem heutigen Zustande der Französischen Sprache, und mit allen Monumenten überein, die uns von diesen dunkeln Zeiten übrig sind. Nun läßt sich begreifen, warum die Gesetze und Edicte der ersten Fränkischen Könige, ob sie wohl lateinisch abgefaßt waren, doch von den Franken so wohl als den Galliern zur Noth konnten verstanden werden. Ist daher die Vermuthung so ganz ungegründet, daß das barbarische Latein in einigen Schriften aus dem Mittlern Zeit= alter oft eine bloße Herablassung der Schriftsteller war, um vom Volke desto leichter verstanden zu werden? (S. *Du Cange Gloss. Praef.* p. 20. 59. und *Erasm.* L. XXVIII. ep. 9.) Uebrigens ist es natürlich, daß die *Romana-rustica*, die ohnehin in den verschiedenen Römischen Provinzen etwas verschieden seyn mußte, sich durch den Einfluß der fremden Sprachen bald mehr, bald minder ver= änderte. So bekam sie in dem nord=östlichen Frankreich eine ganz andere Gestalt als in dem Süd= lichen. Hier und in Italien nahm man von *ille* die erste Sylbe, und sagte *il libro*; in dem östlichen Frankreich die letzte, und sagte *le livre*: doch behielt das Romanzische überall die Oberhand, und die Sprachen der Ueberwinder wurden verdrungen.

(f) Daß

(f) Daß die *Lingua Theotisca*, (die auch *Francisca* genannt wird,) unter den Merovingern die Hoffsprache war, ist ganz natürlich; aber daß sie es in Frankreich unter den Carlovingern, noch nach der Theilung des Reiches blieb, würden wir nicht so leicht glauben, wenn wir es nicht aus einer Stelle des Flodoard schließen müßten. Dieser Geschichtschreiber sagt von einem, an Ludwig, den IVten und den Kayser Otto, den Isten im J. 984. vom Pabst erlassenen Schreiben, das lateinisch abgefaßt war, daß man es dieser zween Könige wegen ins Deutsche übersetzt habe; (*juxta theotiscam linguam propter Reges*.) Bettinelli betrügt sich also sehr, wenn er in seinem *Risorgim. d' Ital.* T. II. p. 20. die Stelle Eginhards: *incoavit (Carolus M) et grammaticam patrii sermonis*, von der *lingua romanza* versteht, und am Rande setzt: *Ciò intesiro alcuni del Tedesco*, als wenn dieses nicht eine ausgemachte Sache wäre. — Uebrigens ist diese Gewohnheit der Carlovinger ein neuer Beweis, daß die Hoffsprache nicht immer die Landessprache ist: denn bey dem schon berührten Bündnisse zwischen Ludwig dem Deutschen, und Carl dem Kahlen, war der Eydschwur Ludwigs romanisch, der Eydschwur Carls aber deutsch abgefaßt, ohne Zweifel damit Ludwig von den Gallo-Franken, Carl aber von den Deutschen, die zugegen waren, verstanden würde. Die damaligen Gallo-Franken müssen also das von ihren Vorfahren nach Gallien gebrachte Deutsche meistens vergessen gehabt haben.

(g) *Ios. Wahlius* giebt einen besondern Grund an, warum die Bemühungen Carls fruchtlos waren; er sagt: „accessit avaritia sive ambitio monachorum ac sacerdotum, qui cum curam disciplinarum atque artium, pessimo eorum seculorum fato, intra claustra sua compegissent, studio et industria difficultatem horroremque linguae alebant, ut absterriti à studio nobilibus, ipsi soli in aulis principum eruditionis praemia et honores venditarent.„ Ich glaube nicht, daß der Ehrgeiz und die Habsucht der Geistlichkeit sich hier sonderlich ins Spiel gemischt. Wäre das Deutsche die Reichssprache geworden, so würde deswegen die Geistlichkeit durch den größtentheils unwissenden Adel nicht aus dem Besitz ihres Ansehens verdrungen worden seyn, denn sie hätte gewiß diese Sprache wenigstens eben so gut gelernt als er, und wäre ihm immer noch an andern, zu den hohen Regierungsposten erforderlichen Kenntnissen überlegen gewesen. Wie sehr die Geistlichkeit sich dergleichen Neuerungen zu Nutz zu machen, und den Layen den Vortheil aus den Händen zu spielen wußte, davon haben wir ein Beyspiel an der Einführung des Römischen Rechts. (Schmidt Gesch. d. Deutsch. Th. II. B. V. C. 9.) Die wahre Ursache war wohl, weil das Lateinische durch seinen langen Gebrauch, der von den Zeiten der Römer her, ununterbrochen fortgedauert hatte, zu den Staats- Civil- und kirchlichen Sachen ganz zugeschnitten, und also weit bequemer war, als irgend eine andere Sprache; daß insonderheit in derselben Begriffe ausgedrückt waren, für die man im Deutschen noch gar keine Wörter und Redensarten hatte. Die Geistlichen hätten das Deutsche erst bilden müssen; um dieses nicht thun zu wollen, brauchten sie weder ehrgeizig noch habsüchtig zu seyn. Wie mühsam es noch im 9ten Jahrhundert war, sich des Deutschen als einer Schriftsprache zu bedienen, sehen wir aus den Klagen Ottfrieds, der die Evangelien in deutsche Verse übersetzte. „Theotiscae linguae barbaries (schreibt er an den Bischof von Maynz) ut est inculta et indisciplinabilis, atque insueta capi regulari freno grammaticae artis, sic etiam in multis dictis scriptu est propter litterarum aut congeriem aut incognitam sonoritatem difficilis.„ Selbst der Versuch Carls des Großen, den Monathen und Winden lauter deutsche Namen zu geben, ist ein Beweiß von dem Mangelhaften und unvollständigen der *lingua theotisca*. Und doch hatte sie zu Carls Zeiten gewiß schon merkliche Schritte zu ihrer Vollkommenheit gethan. Aber welch einen Mangel muß sie nicht zur Zeit, da die Franken in Gallien einfielen, an Wörtern gehabt haben, die sich auf den Ackerbau, auf Handwerker und Künste, auf Wissenschaften, auf Bürgerliche

J

Ver-

Verfassung, insonderheit auf Religion und kirchliche Ceremonien beziehen? Der gelehrte Verfasser der Geschichte der Deutschen macht aus dem, daß Ottfried in der angeführten Stelle sich nur über die Unregelmäßigkeit, und nicht über die Armuth der Deutschen Sprache beklagt, und aus der ihm geglückten Uebersetzung den Schluß, daß sie schon damals eine reiche Sprache müsse gewesen seyn. (Th. I. B. III. C. 8.) Allein von den gemeldeten Begriffen kommen nicht sonderlich viel in den vier Evangelien vor; so wie H. Schmidt selbst gesteht, daß die Ideen der höhern Abstraction darin selten sind. Auch käme es noch auf eine Untersuchung an, ob nicht Ottfried, um gewisse Begriffe und Dinge auszudrücken, Wörter aus dem Lateinischen und Griechischen entlehnt hat. Die Wörter Altar, Kirche, predigen u. s. w. sind entlehnt. Auch halten wir izo manches Wort für ursprünglich Deutsch, das aus dem Lat. abstammt. Die Ableitung des Wortes Arzt von *Archiater* wird manchen gezwungen vorkommen, und doch hat sie ihren guten Grund. (S Möhsens Gesch. Th. I. S. 45.) Kurz ein uncultivirtes Volk kann keine reiche Sprache haben; wohl aber kann seine Sprache zu großem Reichthum aufgelegt seyn.

(h) Die meisten Schriftsteller glauben den Grund, warum die nordischen Völker in den Römischen Provinzen die Sprache der Römer annahmen, darin zu finden, weil sie bey weitem nicht so zahlreich waren, wie die alten Einwohner. Allein die Franken, die Burgundier und die Visigothen, drey Nationen, die zu gleicher Zeit Gallien besaßen, machten doch gewiß keine unbeträchtliche Menge Menschen aus. Wenigstens ist die Meynung, daß die Anzahl der in Italien eingefallenen Gothen und Longobarden nicht sonderlich beträchtlich gewesen sey, von dem gelehrten Muratori wider den Maffei aus den Zeugnissen der alten Schriftsteller gründlich bestritten worden. (*Mur. Antiq. med. ev. Diss. XXXIII.*) Auch muß man erwägen, daß diese Barbaren, wenn sie eine Provinz unterjochten, einen Theil der Einwohner durchs Schwert, oder, indem sie sie plünderten, und ihnen alle Mittel zur Subsistenz benahmen, durch Hunger und Elend aufrieben. Um aber deutlich einzusehen, daß die größere Anzahl von Menschen auf der einen Seite, wenn der Unterschied nicht sehr beträchtlich ist; in dieser Sache nicht viel entscheide, setze man, die Franken, die sich in Gallien niederließen, haben zwey Dritthel von der ganzen Volksmenge in einem gegebenen Raum ausgemacht; dem Dritthel Gallier aber, mit denen sie sich vermischten, gebe man durch eine Voraussetzung, wozu man berechtiget ist, noch einmal so viel Ideen und Wörter, als jene mit sich brachten: so mußten die zwey Dritthel Franken, ohngeachtet ihrer größern Menge, von den Galliern einen Theil ihrer Sprache lernen, wenn sie mit ihnen umgehen wollten; und das mußten sie thun, wenn auch die Gallier bereitwillig gewesen wären, deutsch zu lernen. So gewöhnten sie sich, die Gallier als ihre Lehrmeister anzusehen, und wie leicht war es alsdann, daß sie unvermerkt ihre ganze Sprache lernten. — Endlich ist bey der Vermischung zweyer an Cultur so verschiedener Völker auch dieß noch zu bemerken, daß die Nation, die gebildeter ist, und eine gebildetere Sprache hat, (denn diese zwey Dinge müssen hier zusammen genommen werden,) auch redseliger und geschwätziger ist, als die andere. Der Barbar ist kein Freund von vielen worten. Ein Gallier machte vielleicht ein Paar lateinische Perioden, eh der Franke einen kurzen Satz hervorbrachte: und wenn er ihn lange genug in lateinischen Phrasen gebeten hatte, ihn nicht zu plündern, so war vielleicht alles, was der Franke sagte: fort, oder sey mein Sklav! Unterdessen hatte ihm doch der Gallier sein Latein an die Ohren hingeschwatzt. — Hat das, was Thunman in seiner Untersuchung der östlich-Europäischen Völker von der Kutzowlachischen Sprache sagt, seine Richtigkeit, so werden meine Grundsätze dadurch auf eine auffallende Art bestätiget. „Gerade die Hälfte der Wörter (sagt er) ich habe nachgezählt, ist lateinisch; drey achttheile sind griechisch; zwey Gothisch, slavisch und türkisch; und die drey übrigen aus einer Sprache, die mit der albanischen viele Aehnlichkeit hat.‟ Hier

haben

haben also die Gothen, Slaven und Türken nicht weiter, als $\frac{2}{18}$ zur ganzen Sprach-Maſſe geliefert; iſt es wahrſcheinlich, daß ſie eben ſo wenig zur Volks-Maſſe geliefert? Nur bey der lateiniſchen und griechiſchen Sprache mögen die Ingredienzen, die ſie lieferten, ohngefehr im Verhältniß der communicirenden Individuen geweſen ſeyn, denn da waren Völker und Sprachen an Cultur
auf beyden Seiten ſo ziemlich gleich. Die Schriftſteller, die bey den Volksvermiſchungen die Menge
eines jeden Volkes bloß aus der Quantität der Wörter beſtimmen wollen, die aus ſeiner Sprache in
die gemiſchte gekommen, und noch darin vorhanden ſind, können ſich alſo ſehr irren. Calculiren
kann man freylich in dieſer Sache nicht: allein wer einen Haupt-Beſtimmungsgrund überſieht, muß
nothwendig auf ein ſehr falſches Reſultat kommen. H. Buchholz ſagt in ſeiner Geſchichte von
Meckl. S. 171.,, es werden nur noch wenig wahrhafte, und an der Sprache zu unterſcheidende
Wenden angetroffen, ſo daß man beynahe zweifeln möchte, ob ſie jemals ein ſo großes Volk
geweſen, wenn uns nicht die unſtreitige Geſchichte das Gegentheil verſicherte.,, Dieſe Schwierigkeit iſt leicht aufzulöſen. Der ſiegreiche und cultivirtere Deutſche theilte dem größten
Theile der Wenden ſeine Sprache mit; und nun ſcheint der Wende faſt überall verſchwunden, und
der Deutſche an ſeine Stelle gekommen zu ſeyn. Wenn die Walachen ſich einbilden, daß in ihren
Adern noch viel Römiſches Blut fließe, ſo haben ſie ſehr unrecht, ſolches aus den Reſten der lateiniſchen Sprache unter ihnen zu ſchließen.

(i) Einem ſolchen verworrenen Gefühl von Hochachtung einer ſich erſt bildenden Nation für
größere Cultur, muß es zugeſchrieben werden, daß diejenigen von den Germaniſchen Nationen, die
etwas länger auf Römiſchem Boden geweſen waren, oder mit den Römern in näherer Bekanntſchaft
gelebt hatten, ſich ſchon aus dieſem Grunde beſſer dünkten, als die übrigen. ,,Man hat eine In-
ſchrift auf den König Ataulph, worin er *depulſor barbariei vandalicae* genannt wird. — Der Bur-
gundiſche König Gundobald ſagte zu ſeinem Miniſter Aredius: ich bin ganz in Aengſten, und weiß
nicht, was ich thun ſoll, weil dieſe Barbaren (die Franken) über uns gekommen ſind, damit ſie
unſer Land zu Grund richten.,, (S. Schmidt Geſch. d. D. Th. I. S. 192.) Mit dieſer Hochachtung konnte doch jene Verachtung beſtehen, die die nordiſchen Sieger bey gewiſſen Gelegenheiten
gegen die Römer blicken ließen. Wenn ſie ſie nämlich verachteten, ſo nahmen ſie zum Maaßſtab
ihrer Hochachtung die Tapferkeit an. Da mußten ſie freylich die damaligen Römer ſehr klein finden.
Die Franken konnten alſo wohl den Namen Römer als ein Schimpfwort gebrauchen, und in ihren
Geſetzen, wo ſie als der ſiegreiche und herrſchende Nation erſchienen, den Todtſchlag eines Franken
weit höher tariren, als den eines Römers. Wir bemerken dieſe widerſprechende Empfindungen auch
bey den Creuz-Soldaten, die ſich eine Zeitlang in Conſtantinopel aufgehalten hatten. Sie verachteten den feigen und nur zu niedrigen Ränken aufgelegten Charakter der Griechen; bewunderten aber
ihre künſtlichen Manufacturen, ihre ſchönen Gemählde, ihre bequemen und mit prächtigen Meubles
ausgeſchmückte Häuſer, und die Paläſte von Conſtantinopel.

(k) Wer das mittlere Zeitalter mit einem aufmerkſamen Blicke durchſchaut, und inſonderheit über das Ende deſſelben nachdenkt, wird finden, daß man den Griechiſchen Flüchtlingen von
Conſtantinopel zu viel Ehre erweißt, wenn man ihnen den Hauptantheil an der Wiederherſtellung der
Wiſſenſchaften in Europa zuſchreibt. Es iſt auch hier geſchehen, was man bey der Erklärung ſo
vieler andern großen Veränderungen gethan hat: man hat den langſamen Fortſchritt der Gattung
nicht genug bemerkt, und alles auf die Rechnung von etlichen Individuen geſchrieben. Um nur
von dem Griechiſchen zu reden, ſo iſt es in dem mittlern Zeitalter von den Europäern nicht ſo
vernachläßiget worden, wie man insgemein glaubt. Ich habe über dieſen Zweig der Litteratur beſondere Unterſuchungen angeſtellt, und zu meinem Erſtaunen gefunden, daß es von dem 7ten Jahrh.

an,

an, bis zum 15ten in einer jeden Periode immer eine beträchtliche Anzahl Männer unter den Abendländern gab, die das Griechische schrieben und redeten, oder doch verstanden. Allein diese Materie würde eine eigene Abhandlung erfordern. — Nur über die sogenannten finstern Jahrhunderte sey es mir vergönnt, ein Paar Reflexionen zu machen. Es muß gleich einem jeden nachdenkenden Manne auffallen, wenn man ihm sagt, daß im zehnten und eilften Jahrhundert die Unwissenheit und Barbarey unter den Europäern ihren höchsten Grad erreicht haben. Hat unter Carl dem Großen, die Aufklärung wirklich angefangen, so sehe ich keinen Grund, warum sie nicht, wiewohl mit schwachen Schritten, in den folgenden Jahrhunderten immer fortgerückt seyn soll. Warum sollen die guten Anstalten Carls, insonderheit die Menge der unter seiner Regierung errichteten Kathedral= und Klosterschulen, warum sollen die Bemühungen des großen Alfreds, Carls des Kahlen, und der drey Ottone, samt dem Beyspiel des gelehrten Gerberts und anderer, für dieses Zeitalter großen Männer, auf die Wissenschaften keinen günstigen Einfluß gehabt haben? — Das Studium des Römischen Rechts, das schon im 11ten Jahrh. in Italien stark getrieben wurde, (Schmidt Th. II. B. V. C. 9.) ist schon ein Zeichen von einem gewissen Grad von Aufklärung, und muß sie befördert haben. Auch fällt in diesen Zeitraum die Erfindung unseres Schreibpapiers, wodurch der Preis der Bücher nicht wenig mußte vermindert werden. (*Murat. Antiq. med. aev. Diss. 43.*) Um diese Schlüsse zu entkräften, ist es nicht genug, mit Bruckern sich auf das Zeugniß des Baronius, (der das für die größte Barbarey hält, daß weltliche Fürsten den Römischen Stuhl besetzen;) auf die Klagen der damaligen Synoden, (die vielleicht gerade das Gegentheil beweisen,) und auf die geringe Anzahl der von diesem Zeitalter vorhandenen Schriften zu berufen. Wie wenig das letztere beweißt, zeigt das Beyspiel des Bruno, Erzbischofen von Cöln und Herzogs von Lothringen, dessen große Kenntnisse in der lateinischen und griechischen Sprache, und übrige Gelehrsamkeit bekannt sind, von dessen Schriften aber, wenn er ja welche geschrieben hat, nichts auf uns gekommen ist. — Um ein richtiges Urtheil von dem verhältnißmäßigen Grade der Aufklärung dieser Jahrhunderte zu fällen, müßte man, dünkt mich, die Schriften der berühmtesten Männer aus denselben, mit den Schriften ihrer Vorgänger vergleichen, und zwar hiezu nur ein einziges Land, z. B. Frankreich wählen; aber vorher einen richtigen Maaßstab festsetzen, wonach Aufklärung und Unwissenheit beurtheilt werden müssen. Dieser Maaßstab muß nicht gerade Reinigkeit der lateinischen Sprache, (wiewohl man über diese im Lambert von Aschaffenburg erstaunt;) sondern Geschmack und Vernunft seyn. Fände man in den Dichtern des 10ten und 11ten Jahrhunderts Spuren eines bessern Geschmacks, (wovon mir das schon ein Beweis zu seyn scheint, daß die lingua vulgaris schon damals als Schriftsprache; besonders zu Romanen und Liedern, konnte gebraucht werden, (*Hist. litt. de la France T. VII. p. XXXVII.*) fände man ferner, daß man anfing ordentlicher zu denken, so unlateinisch man auch immer sich noch ausdrückte, daß man in Religionssachen mehr raisonnirte als vorher, daß die wiewohl schüchterne Kritik die Fabeln von der historischen Wahrheit zu scheiden suchte; — so wäre die Sache zum Vortheil dieser Jahrhunderte, wenigstens was die Classe der Geistlichkeit betrifft, bald entschieden. Und dieß, glaube ich, würde man bey einer etwas genauern Prüfung finden: es würde sich vielleicht zeigen, daß der größte Grad der Unwissenheit und Barbarey in dem 7ten und Anfang des 8ten Jahrhunderts war, und daß von da an, die Aufklärung allmählig immer fortgeschritten ist. Freylich bliebe immer noch bey besondere Untersuchung übrig, ob diese Aufklärung sich auch auf die Layen, insonderheit auf die niedern Classen erstreckte. Ein Zeichen hievon scheint mir wiederum die Bildung der Landessprachen zu seyn, die nun als Schriftsprachen konnten gebraucht werden. Eine solche Sprachen=Cultur scheint mir nothwendig den Fortschritt der National = Cultur vorauszusetzen.

(1) „Ait

(l) „Ait Verres indignum facinus esse, quod ego in Senatu Graeco verba fecissem: quod quidem apud Graecos graece locutus essem, id ferri nullo modo posse.„ (Cic. in Verr. Orat. IX. n. 147.) Durch die letztern Worte sucht Cicero den **Verres** lächerlich zu machen: allein es scheint doch, er habe in dem Senat von Syrakus mehr seine Geschicklichkeit in der Griechischen Sprache zeigen, als die Römische Sitte und Auctorität behaupten wollen. Wie streng die Römer in diesem Puncte waren, sehen wir aus einer Stelle des **Livius**: ipsius etiam Imperatoris (P. Scipionis) non romanus modo, sed ne militaris quidem cultus; jactatur, cum *pallio crepidisque* inambulare in Gymnasio:„ Und aus dem *Tacitus* (*Annal.* L. 2.) „Exemplum Scipionis imitatus est Germanicus Tiberii temporibus, cum Aegyptum lustrabat; et reprehensus non minus est quam Scipio.„

(m) Dieß ist wohl eine der Ursachen, warum bey Staats = und Friedens = Unterhandlungen die Repräsentanten der einen Nation sich nicht gern der Sprache der andern bedienen. Man spricht selten eine fremde Sprache so gut und so geläufig als die seinige; man ist immer in Gefahr, Fehler zu machen, und wird sie gewiß nicht ganz vermeiden. Die Aussprache wird ohnehin nicht die richtigste seyn. Dieß setzt in Verlegenheit, und giebt dem andern Theil eine gewisse Superiorität, die bey einer Gelegenheit, wo man am meisten seine Macht, wenigstens den Schein davon zu behaupten sucht, und über Kleinigkeiten desto fester hält, je wichtigere Dinge man abtreten muß, für den Nationalstolz nicht anders als unangenehm seyn kann. Daher die Streitigkeiten der Europäischen Nationen über den Gebrauch der Sprachen, und die Protestationen, wenn anstatt des Lateinischen das Französische, oder bey einigen substituirten Artikeln (wie im **Utrechter Frieden**,) die spanische Sprache gebraucht wurden. In der That war der Gebrauch des Lateinischen, als einer dritten und todten Sprache, bey dergleichen Gelegenheiten sehr geschickt, allen unterhandelnden Nationen das Ansehen der Gleichheit zu geben. — Wenn man aber die Französische Sprache spricht und schreibt, wie **Friederich**, und bey Roßbach seine Ueberlegenheit gezeigt hat, und seinen Feinden keinen Fußbreit Landes abtritt — warum sollte man sich da noch weigern, das Friedens = Instrument französisch abfassen zu lassen?

(n) Aus diesen Grundsätzen läßt sich die Frage beantworten, die ohnlängst ein **Englischer** Schriftsteller (*Jean Sinclair* in seinen *observations on the scottish dialect*) aufgeworfen hat, wie nämlich der in England herrschende Sächsische Dialekt nach Schottland, wo vor Zeiten die **Erstische** Sprache geredet wurde, ohnerachtet der Feindschaft der zwo Nationen, lange vor der Vereinigung der zwey Königreiche, gekommen sey? — Es ist natürlich, sagt er, daß ein geringerer Staat die Sprache und die Sitten eines mächtigern und reichern Nachbarn annimmt. Diese Ursache muß allerdings hier gewirkt haben; aber sie allein würde nicht hinlänglich gewesen seyn: denn warum behielten die Engländer, die im J. 858. die mittäglichen Provinzen Schottlands erobert hatten, alsdann noch, nachdem sie von den Schotten wieder waren bezwungen worden, doch die Sprache und die Sitten ihrer Vorältern bey, und warum verbreitete sich hernach, wie er selbst bemerkt, die Sächsische Sprache bis in die mitternächtlichsten Gegenden von Schottland? — Hievon müssen, dünkt mich, ausser dem angeführten Grund, noch die grössere Bildung der **Englischen Sprache**, besonders aber die grössere Cultur der Englischen Nation, verbunden mit einer grossen Communication von beyden Seiten, als Hauptursachen angesehen werden. — Es war eine Zeit, da zu Marseille drey Sprachen im Schwange giengen, die Griechische, die Lateinische und die Gallische; daher **Varro** die Einwohner dieser Stadt Trilinguen nennt. Die Gallische Sprache als die ungebildetste ward vermuthlich nach und nach ganz verdrungen. Länger erhielt sich die gebildete Griechische, die aber doch endlich der Römischen, welche neben ihrer Cultur den Vortheil hatte, die Sprache des herrschenden Volkes zu seyn, die Oberhand lassen mußte. — Aus eben diesen Prin-

J 3

cipien

cipien laſſen ſich viele Phånomene von Sprachvermiſchungen unter zuſammen geſchmolzenen Völkern erklåren. Das Walachiſche iſt nach H. Sulzer, dem verdienſtvollen Verfaſſer der Geſchichte des Transalp. Dac. (B. II.) eine aus dem Römiſchen und Slaviſchen entſtandene Sprache, worin aber die Römiſche herrſcht. Das muß ſo ſeyn: denn als die Slaven (nach H. Sulzer) in Thracien, Möſien und Macedonien einfielen, und ſich mit den daſigen Einwohnern, die wegen ihrer Sprachen und Sitten noch für Römer gelten konnten, nach und nach vermiſchten; ſo war auf ihrer Seite Herrſchaft, auf Seiten der Römer aber beſſere Sprache und mehr Cultur. Dieſe Urſachen mußten ſich wechſelsweiſe in ihren Wirkungen beſchränken, und eine vermiſchte Sprache hervorbringen, in die aber die ſtårkere Urſache auch den größten Einfluß hatte. H. Sulzer hat, um dieſe Sprach= vermiſchung zu erklåren, eine unwahrſcheinliche und unzuſammenhångende Hypotheſe angenommen. „Die Römer (ſagt er Th. II. S. 60.) nahmen Slaviſche Weiber, und die Römerinnen heuratheten Sla= viſche Månner. Demohngeachtet blieben beyde Nationen von einander abgeſondert: denn aus der Geſchichte weiß man, daß die Slaven die Sitten und die Sprache der Lånder, wo ſie ſich nieder= ließen, ſelten oder gar nicht angenommen haben.„ — Mir iſt es unbegreiflich, wie zwo Nationen, die ſich durch Heurathen mit einander verbinden, abgeſondert bleiben können. Nach H. Sulzer wåren alſo bey dieſer Gelegenheit zwo Nationen entſtanden, wovon die eine aus Römern mit Slavi= ſchen Weibern, die andere aus Slaven mit Römiſchen Weibern beſtand. Die erſtere formirte eigent= lich die heutigen Walachen, und führte, weil die Månner Römer waren, den Namen Rumuny immer noch fort. Nun ſagt er weiter: „Das Anſehen der Römer war verſchwunden, und mit ihm „hatte die Macht, ihre Sprache andern Völkern aufzudringen, aufgehört. Jetzt war die Reihe, „andern zu gehorchen, an ſie gekommen; jetzt mußten ſie froh ſeyn, daß ihre Slaviſchen Weiber ihre „lateiniſche Sprache radbrechen lernten; und lüſtern genug, ſie zu beſitzen, mußten die Freyer ſich „vorher gefallen laſſen, einige Slaviſche Wörter zu erlernen, womit ſie ihren Bråuten ihre Zårtlich= „keit vortragen, und ihre Liebe erklåren konnten. Ich ſchließe dieſes aus dem Umſtand, daß in der „ganzen Walachiſchen Sprache kein Wort gefunden wird, welches mit dem ſo gemeinen lateiniſchen „Wort amare oder amor überein kåme.„ — Man ſieht', daß dieſer Umſtand es eigentlich iſt, was dem H. Sulzer zu ſeiner ganzen Hypotheſe Anlaß gegeben hat. Ich will aber nun dem Roman eine andere Wendung geben, und mit Beybehaltung eines Theils ſeiner Hypotheſe, die Sache auf eine für die Römer etwas günſtigere Art vorſtellen. Die Slaven jagten bey ihrem Einfall in Thracien, Möſien, und dortigen Gegenden, die Römer zum Lande hinaus, oder ſchickten ſie in die andere Welt; ihre jungen Weiber aber und mannbare Töchter behielten ſie. Da dieſe Römerinnen um ein gutes ſchöner und liebenswürdiger waren als ihre Slavinnen, ſo machten ſie ihnen den Hof, aber auf gut ſlavoniſch. Die Römerinnen, die an dieſer gewaltthåtigen Art zu prociren, an der rohen Sprache dieſer Råuber, und vielleicht auch an den Slavoniſchen Geſichtern kein ſonderliches Gefallen hatten, erwiederten ihre Zårtlichkeitsbezeugungen ſchlecht, und ſchwuren, dieſen Barbaren, die ſie ihrer Månner beraubt, und zur Heurath gezwungen hatten, in ihrem Leben nicht amo zu ſagen, ob= wohl ihre Månner, theils aus Ehrfurcht gegen den Römiſchen Namen, theils um ſie zu gewinnen, ſich den Namen Rumuny beylegten. — Doch ernſtlich zu reden, ſo mögen die Slaven ſich ſogleich mit den Römern durch Heurathen zu einem Volke vermiſcht haben, oder nicht: genug ſie wohnten in einem Lande beyſammen; ſie hatten einen beſtåndigen Verkehr mit einander; ſie hatten einerley Re= ligion u. ſ. w. Folglich mußte ſich nach und nach unter ihnen eine gemeinſchaftliche Sprache bilden. Die Franken blieben lange durch Sitten und Geſetze von den Galliern unterſchieden; allein ſie lernten doch bald die Sprache derſelben, und endlich ſchmolzen mit den beyden Völkern auch die zwo Spra= chen, jedoch mit ſehr ungleichen Ingredienzen, zuſammen. Daß die Walachen ſich immer noch Ru=

muny

münz hießen, kommt vermuthlich eben daher, weil die Slaven größtentheils die Sprache dieser Römer, und zum Theil auch ihre Sitten angenommen hatten, und auf diesen Namen eben so stolz waren als einige andere Völker, die sich eben diesen Namen beylegten. Sonderbar ist es freylich, daß in der ganzen Walachischen Sprache keine Spur mehr von den bekannten Wörtern *amo* und *amor* vorhanden seyn soll: allein wie viel Romane ließen sich nicht hierüber machen? — Ich habe bisher bey meiner Erklärung die Sulzerische Geschichte der Walachen zum Grunde gelegt. Thunmann stellt die Sache ganz anders vor. Er läßt die Römer, die in Thracien und den dortigen Gegenden wohnten, bey dem Einfall der Barbaren auf die Gebirge flüchten, und Nomaden werden. „In diesem Zustande wurden sie von den Slaven Wlachen, das ist, umherirrende Völker genannt; ein Schimpfname, der ihnen blieb, ob sie wohl sich immer Römer nannten. So erhielt sich ihre Nation und ihre Sprache.„ H. Sulzer ist mit dieser Erklärung nicht zufrieden, und auch sie gründet sich zum Theil auf Hypothesen. Hätten beyde Schriftsteller den Einfluß der größern Cultur der Römer, und die größere Vollkommenheit ihrer Sprache bedacht, so würden sie vielleicht auf meine Hypothese gekommen seyn.

(o) Unter Petrarchs *Epist. var.* findet man einen zum Theil kurzweiligen Brief *contra Galli cujusdani calumnias*, wo diese Verachtung der Italiener gegen alle übrige Nationen besonders hervorleuchtet. Ich führe hier mehrere Stellen daraus an, weil ich mich noch bey einer andern Gelegenheit darauf berufen werde. — Der Französische Gelehrte hatte sich beschwert, daß Petrarch seine Landsleute Barbaren geheissen hatte: darauf antwortet Petrarch: „ille autem declamator *hærentem ossibus barbariem* tentat excutere, multa de *Gallica morum elegantia* disputans. — Fingant se Galli credantque quod volunt; licet enim cuique de se suisque rebus opinionem favorabilem fabricare, suntque qui hoc faciunt, felices errore suo. Ad hoc opus *nulla gens promptior quam Galli*. Ceterum opinentur ut libet; *barbari* tamen sunt, *neque de hoc inter doctos dubitatio unquam fuit*: quamvis ne id quidem negem, esse Gallos *barbarorum omnium mitiores*. — O Cristati Gallorum vertices & superbi! — Jungo ego *Græcis* Gallos, qui licet inferiores ingenio, jactantia & *loquacitate* superiores sunt. — Fatetur quidem Gallus, non ut reor *ex animo*, sed urbanitate quadam *Gallica*, Italiam magnam partem orbis & bonam esse. — Endlich räth er ihm, ut concretum erroris pulverum è *cauda gallica levitatis* excutiat. — Man sieht, was Fremde schon im 14ten Jahrh. von dem Charakter der Französischen Nation dachten. Was Petrarch von uns Deutschen für eine Meynung hatte, läßt sich leicht aus einer der angeführten Stellen schliessen; aber in der folgenden ist es ganz deutlich. Er sagt aus Gelegenheit der poetischen Crönung des Zanobi durch Kayser Carl den IVten: de *nostris ingeniis*, mirum dictu, judex censorque *Germanicus ferre sententiam non expavit* (*Præf. ad invect. in Medic*) — Als *Garzia* de Menesses, ein Spanier, durch eine vor dem Papst, Sixt, dem IVten gehaltene lateinische Rede das ganze Cardinalscollegium in Erstaunen setzte, rief Pompon. Lätus aus: Pater Sancte quis est ille Barbarus, qui tam diserte loquitur? (*Giov. Andres dell orig*. T. I. p. 372.) — Dieser Nationalstolz ist sehr lächerlich; indessen haben von den Griechen an, bis auf unsere Zeiten, alle cultivirte Nationen gegen ungebildetere dergleichen Gesinnungen geäussert. Es gieng ihnen wie den ältern Brüdern, die ihre jüngern Geschwistrige immer noch als Kinder ansehen und behandeln, auch wenn sie schon anfangen groß zu werden.

(p) Was für ein Zusammenfluß von Italienern, Franzosen, Flammändern, Deutschen, Spaniern, Portugiesen, Engländern und Schotten gegen das Ende des 13ten Jahrh. zu Bologna war, sehen wir aus *Tiraboschi Stor*. T. VII. p. 247. Es war etwas gemeines, daselbst bis 10000 Studirende zu zählen. Aus Deutschland reisete man im 15ten und 16ten Jahrh. häufig dahin, weil man

man glaubt, das Römische Recht nirgends besser als auf diesen alten Werkstätten des Bartolus und Baldus lernen zu können. Aus der Mark Brandenburg besuchten Adeliche und Bürgerliche die Italienischen Universitäten Bologna, Padua und Ferrara, ohngeachtet der Verordnung, wodurch Joachim, der IIte diese Reisen, zum Vortheil der Universität Frankfurt, einzuschränken suchte. (S. Möhsens Gesch. der Wissensch. in der Mark Brand. Th. II. S. 394.) Aus andern Provinzen Deutschlands, und dem übrigen Norden geschah ein gleiches (Tirab. T. XIV. p. 1174. Buchholz Gesch. v. Meckl. S. 382.) Die Deutsche Nation hatte noch zu Keyslers Zeit in Bologna ihre eigene Obrigkeit, eine besondere Matrikel und viele Privilegien (LXV. S. 973.) Maximilian, der IIte versprach den Pohlen, auf seine Kosten immer 100 junge Leute von ihrer Nation zu Padua studiren zu lassen, wenn sie seinen Sohn Ernst zu ihrem König erwählen würden. (Bettin. Risorg. I. p. 220.) Auch bemühten sich die Deutschen Fürsten damals, Italienische Rechtsgelehrten auf ihre Universitäten zu ziehen (Tirab. T. XVI. p. 163. seqq.)

(q) „Vulgare, (sagt Dante in seinem Buch de Eloquio Vulgari) quod venamur, in qualibet redolet civitate, nec cubat in ulla; potest tamen magis in una redolere quàm in alia, sicut, simplicissima substantiarum, quæ Deus est, in homine magis, quam in bruto; in animali, quam in planta; in hac quam in minera; in hac quam in coelo; in igne quam in terra.„ Dieses Gleichniß des Dante verräth die hohe Meynung, die er von der gebildeten Toskanischen Mundart hatte. Uebrigens widerspricht diese Stelle des Dante von dem Vulgari Illustri, (das er auch Cardinale, curiale, und aulicum nennt,) dem ersten Anblick nach, einer andern, wo er Schriftsteller anführt, die sich dieser Sprache bereits vor ihm bedient hatten. Die Auflösung dieses scheinbaren Widerspruches fand ich im Tiraboschi, der sich eben diesen Einwurf gemacht hatte. Es gab nämlich schon vor dem Dante Schriftsteller, die die gereinigte Volkssprache in ihren Schriften gebraucht hatten; allein einem jeden klebte doch noch mehr oder weniger von seiner Provinzial-Mundart an: und so war das Vulgare Illustre noch nicht ganz gefunden. Dante bleibt also, ob er gleich Vorgänger hatte, in gewissem Verstande der Schöpfer der Toskanischen Sprache. Etwas ähnliches geschah bey uns Deutschen. Es gab in Deutschland, noch ehe die Deutsche Sprache in Obersachsen gebildet wurde, eine Schriftsprache, deren sich alle Schriftsteller von Geschmack bedienten, nur daß sie immer mehr oder weniger von ihrer einheimischen Mundart einmischten. Man sehe hievon Adelungs Magaz. I Jahrg. 3 St. S. 145. Die Gedanken dieses grossen und geschmackvollen Sprachforschers von der Entstehungsart der gebildeten Deutschen Sprache werden durch diese Stelle des Dante vollkommen bestätiget. — Uebrigens heißt Bettinelli den Dante und Petrarch ganz unrichtig die Wiederhersteller der Italienischen Sprache.

(r) Es ist eine ziemlich mühsame Untersuchung, wenn man mit einiger Genauigkeit bestimmen will, wie weit die Italienische und andere Sprachen in dem 16ten und 17ten Jahrhundert in Europa ausgebreitet waren. Die Biographien von Fürstlichen Personen, von Staats- und Kriegsmännern, und von berühmten Gelehrten, sind eine Quelle, die man bey dieser Untersuchung nützlich gebrauchen kann. Wer, wie ich, sich die Mühe geben will, sie in dieser Absicht zu durchblättern, wird meine Behauptung von der Italienischen Sprache bestätiget finden. Eine vollkommene Induction ist aber hier eben so unnöthig als unmöglich, indem der Schluß aus der Analogie auch hier Statt findet. Von vielen Deutschen Fürsten in den zwey vorhergehenden Jahrhunderten ist es bekannt, daß sie italienisch konnten. Den Churfürsten war durch die goldne Bulle sogar eine Verbindlichkeit auferlegt, ihren ältesten Söhne das Italienische lernen zu lassen: doch mag Friederich, der erste Churfürst von Brandenburg, den Petrarch schwerlich um der goldnen Bulle willen gelesen haben (Möhsens Gesch. II. S. 322.) Bey den Deutschen Gelehrten des 16ten Jahrh. findet sich die Kenntniß der

Italie=

Italienischen Sprache nicht so häufig, wovon die Ursache ohne Zweifel in dem gewöhnlichen Gebrauche des Lateinischen, und in dem allgemein ausgebreiteten Geschmacke liegt, den man an der alten Litteratur hatte. Ich habe nirgends gefunden, daß Luther und Melanchthon italienisch konnten. Doch wer wollte bey dem Erasmus daran zweifeln? — Hätten die Geschichtschreiber überall, wo sie Personen von verschiedenen Nationen redend einführen, angemerkt, was für einer Sprache sie sich in ihrem Umgang und in ihren Unterhandlungen bedienten, so würde uns diese Untersuchung sehr erleichtert seyn. Allein das thun sie selten, weil sie die Sprache bey solchen Gelegenheiten, wie billig, als eine Nebensache ansehen. Indessen ist sie bisweilen nicht schwer zu errathen. Carl der Vte sprach ohne Zweifel an den Höfen zu Paris und zu London Französisch, denn er war in dem Theil der Niederlande erzogen worden, wo das Französische die Landessprache, wenigstens die Sprache des Hofes und der höhern Classen war. Auch ist es gewiß, daß das Französische in England seit den Normännern unter den höhern Classen im Schwange ging. Philipp, der IIte sprach vermuthlich spanisch mit seiner Gemahlin Maria, die es von ihrer Mutter, einer spanischen Prinzeßin konnte gelernt haben: denn es ist nicht wahrscheinlich, daß dieser stolze Prinz sich erniedriget hätte, Französisch oder englisch zu sprechen. Ausser dem mühsamen Weg der Biographien giebt es gewisse untrügliche Kennzeichen, woraus man schliessen kann, daß eine Sprache in einem Lande, wenigstens unter gewissen Classen geredet oder verstanden wird. Wird eine Sprache von dem Fürsten geliebt, so zweifle man nicht, der Hof und die übrige Classen werden sich bald nach diesem Beyspiel richten: es müßte dann der Fürst hierin einen so sonderbaren Geschmack haben, wie Peter der Grosse, der das Holländische allen übrigen Sprachen soll vorgezogen haben. Auch Schauspiele in einer fremden Sprache sind ein Zeichen, daß dieselbe von den obern und mittlern Classen wenigstens verstanden wird. Ferner häufige Uebersetzungen aus der fremden Sprache: diese setzen die Kenntniß derselben bey vielen Individuen voraus. Hernach wenn eine Nation einmal so sehr die fremde Litteratur liebt, daß man ihr häufige Uebersetzungen von den Werken ihrer Nachbarn vorlegen muß, so werden viele nach den Originalen selbst lüstern werden, und die fremde Sprache studiren. Endlich ist es ein Zeichen, daß eine Sprache wenigstens unter der Classe der Aesthetiker gelernt, gelesen und auch von dem einen oder dem andern gesprochen wird, wenn in den Geisteswerken einer Nation sichtbare Spuren von dem Geschmacke der fremden Nation vorkommen. — Und nun zur Anwendung. — Juan Boscan, der Vater der guten Spanischen Poesie, die es von ihrer Mutter in der ersten Hälfte des 16ten Jahrhunderts blühte, bildete sich nach den Italienern. In eben diesem Zeitraume übersetzten die Spanier häufig aus dem Italienischen. (S. Velasquez Gesch. d. Sp. Dichtk. übers. von Dieze.) Die genaue Verbindung zwischen Spanien und Italien unter der Regierung Carls des Vten, der damalige Flor der Italienischen Litteratur, die grosse Aehnlichkeit zwischen dem Spanischen und Italienischen, lassen keinen Zweifel, daß die Spanier häufig die polirte Sprache der Italiener lernten. — Eben so bildeten sich in dem 16ten Jahrhundert, und noch zu Anfang des 17ten die Franzosen nach den Italienern. Man sieht in diesem Zeitraum eine Menge Französischer Uebersetzungen aus dem Italienischen. (S. Goujet Bibl. Fr. T. VIII.) Des Portes geb. 1546, hatte die Italiener so sehr nachgeahmt, daß man eine Satyre wider ihn schrieb: *conformité des muses italiennes & françoises.* Alle schönen Geister in Frankreich, die das glänzende Zeitalter Ludwigs, des XIVten vorbereiteten, konnten italienisch. Chapelain verstand es so gut, daß Marino ihm seinen Adonis vorlesen, und von ihm in seiner eigenen Sprache kritische Anmerkungen erhalten konnte. Menage, geb. 1613, machte so gute italienische Verse, daß er einen Platz in der Crusca erhielt. Auf dem italienischen Theater zu Paris wurden anfänglich bloß Italienische Stücke aufgeführt. Achillini bekam von Ludwig, dem XIIIten

K   oder

oder vielmehr von Richelieu für ein sehr mittelmäßiges Sonnet eine goldne Kette von 1000 Scudi. Man glaube nicht, daß die Ausbreitung des Italienischen unter den Franzosen ihren Königinnen aus dem Haus Medicis zuzuschreiben sey: denn hätte auch Frankreich in ununterbrochener Folge ein Du= tzend Königinnen aus Pohlen gehabt, so würde doch die Nation nicht pohlnisch gelernt haben. — Auch wir Deutsche haben bey Entstehung unserer schönen Litteratur vorzüglich die Italiener zu Mu= stern genommen. Die Fruchtbringende Gesellschaft, die die Erhaltung und Vervollkommnung der Deutschen Sprache zum Zweck hatte, ward im J. 1617 nach dem Vorbild der Italienischen Aca= demie formirt. Opitz, der um diese Zeit blühte, hatte sich nicht nur nach den Alten, sondern auch nach den Italienern gebildet. Seine Daphne ist aus dem Italienischen übersetzt, und seine Judith, wie er selbst gesteht, größtentheils aus einem wälschen Stück entlehnt. (Gottsch. Gesch. des D. Theat. S. 193.) Hofmannswaldau übersetzte den Pastor Fido, der aber schon im J. 1619 übersetzt worden war: seine und Lohensteins Gedichte sind ganz in dem Italienischen Geschmack, und zwar in dem verdorbenen des Marino, der damals in Italien herrschte. Unter den Engländern würden wir in diesem Zeitraum ein gleiches finden, wenn wir unsere Untersuchung auf sie ausdehnen wollten. Ich bemerke nur folgendes: Schon Chaucer, der in dem 14ten Jahrh. lebte, schöpfte seine Erzählung von Troilus und Creseide und mehrere andere seiner Sujets, aus dem Boccaz, den er in Italien persönlich hatte kennen gelernt. Shakespear nahm den Stoff zu mehrern seiner Schauspiele aus Italienischen Schriftstellern. (S. Eschenburgs Uebers.) Diese mußten also zu seiner Zeit in England übersetzt seyn, denn Shakespear selbst konnte nicht italienisch. Unter den fünf bis sechs Sprachen, die Elisabeth gelernt hatte, war auch die Italienische. Ihr Biograph meldet von ihr, daß sie den Machiavell, der damals in ganz Europa geschätzt wurde, fleißig las: aber was sie von dem Grafen von Devonshire, als sie seinen Tod vernahm, sagte: il devonshire nell' amore humano haveva talenti angelici, ist ein Beweis, daß sie in ihrer Jugend, da sie von dem Hof entfernt leben mußte, eben so fleißig den Petrarch gelesen hatte. Wer wollte zweifeln, daß Maria, die so viel Neigung zu Rizzo und seiner Musik hatte, das Italienische verstand? Milton, der im Italienischen sehr stark war, setzt in seinem kleinen Werke von der Erziehung voraus, daß man alle jungen Leute das Italienische lehre. — Indessen werden wir bald sehen, daß in diesem Zeitraum neben dem Italienischen (und Französischen,) auch das Spanische in England unter ge= wissen Classen im Schwange gehen mußte. — Noch müssen wir bemerken, daß das Italienische vor= züglich unter den commercirenden Classen ausgebreitet seyn mußte. Die Italiener waren nämlich nicht nur in dem 15ten und zum Theil noch im 16ten Jahrh. fast vom ganzen Handel Meister, (Deutscher Merkur April 1783. S. 31.), sondern sie hatten auch die Handlungswissenschaft er= funden, wovon die in andern Sprachen noch übliche Handlungskunstwörter ein Beweis sind. Durch den Handel der Italiener in der Levante ist daselbst die sogenannte Fränkische Sprache entstanden, die ein mit allerley fremden Wörtern vermischter Italienischer Jargon ist.

(s) Der Spanische Schriftsteller übertreibt hier die ehemalige Ausbreitung seiner Sprache: denn heutzutage sprechen vielleicht hundertmal mehr Personen französisch, als ehemals spanisch. Er mußte übrigens auf einen etwas unrichtigen Schluß kommen, weil er die Herrschaft einer Nation als die einzige Ursache von der Ausbreitung ihrer Sprache ansieht. Indessen hat es seine völlige Richtigkeit, daß das Spanische damals in Deutschland, Frankreich, England und Italien merklich ausgebreitet war. Man könnte auch hier die Untersuchung anstellen, wie bey der Französischen Sprache. Ich bemerke nur folgendes: Nachdem die Spanier sich nach den Italienern gebildet hatten, so bildeten
sich

fich diefe hinwiederum nach jenen. „Jedermann weiß (fagt Bettinelli) daß nach der Mitte des 16ten Jahrhunderts Italien in allem fpanifch wurde, und daß unfere Studien fich mit den fremden vermifchten. Man vereinigte mit jener allgemeinen Gährung der Regierung, der Sprache, der Kleidung und des Umgangs den fpanifchen Gefchmack, der fich mit der Macht der Spanifchen Nation unferer Städte und Provinzen bemächtigte. Dann bekam Lopez de Vega den groffen Ruhm in Spanien, und wurde in Italien, einem Land, das fich immer nach der herrfchenden Nation richtet, nachgeahmt." Tirabofchi giebt daher den Spaniern die Verderbung des guten Gefchmacks in Italien gegen das Ende des 16ten Jahrh. Schuld; welches aber, wie man leicht denken kann, die Spanier nicht wollen auf fich kommen laffen. (S. hift. liter. de Efpanna por los P. P. Fr. Raphaël &c. T. VII.) — Die Franzöfifchen Schaufpiele waren anfangs bloße Nachahmungen aus dem Spanifchen. Corneille hat feinen Lügner und feinen Cid, und Molliere den Stoff zu einer Menge feiner Komödien aus Spanifchen Schriftftellern genommen. Le Sage fchöpfte aus eben diefer Quelle die Sujets zu feinen Romanen. Voitüre fchrieb italienifch und fpanifch. — An dem Kayferlichen Hofe zu Wien muß unter der Regierung Carls, des Vten, und Ferdinands, des Iften, der in Spanien gebohren und erzogen war, die Spanifche Sprache, fo wie die Spanifche Tracht und das Spanifche Ceremoniel, geherrfcht haben. Auch erhellt aus den Biographien, daß das Spanifche unter den Fürften und dem Adel Deutfchlands damals nichts feltenes war: z. B. Friederich, der IIte, Churfürft von der Pfalz, hatte in feiner Kindheit fpanifch gelernt (Leodius p. 161.) Aber auch von den Deutfchen Gelehrten, befonders von den damaligen Aefthetikern Deutfchlands ward es gegen das Ende des 16ten und zu Anfang des 17ten Jahrh. häufig gelernt. Die Mitglieder der fruchtbringenden Gefellfchaft lernten es neben dem Italienifchen. (S. Frauenzimmer-Gefprächfpiel.) Zeiler, ein Deutfcher Schriftfteller, der zu Anfang des vorigen Jahrhunderts lebte, citirt fehr oft in feinen Epifteln die Spanifchen Scribenten mit ihren eigenen Worten. Bey andern gleichzeitigen Schriftftellern würde man ein gleiches finden. — Daß in England unter den Regierungen der Maria, der Elifabeth, und Jacobs, des Iften, das Spanifche unter den höhern Claffen im Schwange ging, daran wird man wegen des politifchen Verhältniffes der zwey Königreiche, und der Verbindung der zwey königlichen Häufer nicht zweifeln. Von Elifabeth meldet ihr Biograph, daß fie fehr gut fpanifch konnte, aber es nicht reden wollte, „weil man, fagte fie, diefer ohnedieß ftolzen Nation keine Urfache geben müffe zu denken, daß man in ihre Sprache verliebt fey." Shakefpears Veronefer find aus einem Spanifchen Roman genommen, der fchon zu feiner Zeit ins Englifche überfetzt war. In feinen Schaufpielen findet man deutliche Spuren von dem Spanifchen Gefchmack.

(r) Longueil und Bembus reden von nichts als von Göttern und Göttinnen. Maria heißt Dea Lauretana. Leo, der Xte, ermahnte im J. 1517 die Fürften per Deos atque homines zum Krieg wider die Türken. Buonamica erklärte, er wolle lieber wie Cicero fprechen, als Papft oder Kayfer feyn; und Bembus verficherte, daß er die Kunft, rein Latein zu fchreiben, nicht mit der Marggraffchaft Mantua vertaufchen wollte. Keppler fagte etwas ähnliches; aber der groffe Mann hatte die Schlüffel zum Planetenfyftem gefunden! — Erasmus fuchte, diefer fanatifchen, und der lateinifchen Litteratur felbft nachtheiligen Bewunderung des Cicero durch feinen Ciceronianus zu fteuern: allein er gewann nichts als Schimpfwörter. Man nannte ihn einen Salmoneus, der fich thöricht wider den Cicero erhübe. Jul. Scaliger hieß ihn einen Trunkenbold, einen Henker, ein Ungeheuer, einen neuen Porphyr: er fagte, er fey der eigentliche Urheber des Lutherthums; er habe angefangen, Chriftum und Gott den Vater anzugreiffen, nun gehe er auf den Cicero los, um

ihn

ihn seines Ansehens zu berauben, und sich an seine Stelle zu setzen. Der Streit schien so wichtig, daß Franz der Iste davon unterrichtet seyn wollte. Georg, der Iste interessirte sich auch bey dem Streit zwischen Newton und Leibnitzen; aber da war die Frage, wer die Gränzen der Wissenschaften erweitert hätte? — Die Secte fiel endlich von sich selbst, wie alles, was dem gesunden Menschenverstande zu sehr entgegen ist, und wie unsere orthographische, ästhetische, metaphysische und andere Secten gewiß mit der Zeit auch fallen werden, und zum Theil schon gefallen sind.

(u) Daß in dem 16ten Jahrhundert das Lateinische von mehr Fürsten, und zwar besser als heutzutage, gelernt wurde, ist ausser allem Zweifel. Man findet häufig in der Geschichte, daß Kayser, Könige und Fürsten bey öffentlichen Gelegenheiten lateinisch reden. Selbst die Weiber lernten es damals häufig, und verbanden oft das Griechische damit. Elisabeth verstand es gut, ob sie es wohl nur im Fall der Noth redete. Als die Französischen Gesandten ihrem Ministerio beweisen wollten, daß sie keine rechtmäßige Gewalt über Maria hätte, antwortete sie ihnen in sehr gutem Latein, worauf sie sich aber vermuthlich vorbereitet hatte. (S. vie d'Elisab. T. II. L. 2.) Es scheint hieraus, daß damals die Sprache der öffentlichen Unterhandlungen zwischen dem Englischen und Französischen Ministerio das Lateinische war. — In Frankreich war zwar die Landessprache im 16ten Jahrh. das Organ der Canzel, der Gerichtshöfe, der Negociationen und der Tractaten geworden: sie war die einzige, die am Hof und in der Stadt gesprochen wurde. Demohngeachtet war unter den vielen Lehrstühlen, die Franz, der Iste, gestiftet hatte, kein einziger für die Französische Sprache und Litteratur. Garnier wundert sich hierüber, und schreibt dieser Gleichgültigkeit gegen die Landessprache die Rusticität, die Pedanterie und den schlimmen Geschmack zu, der noch ein ganzes Jahrhundert hindurch alle in der gemeinen Sprache geschriebene Werke entstellte. (S. Hist. de Fr. T. XXV. p. 539.) Aber Deutschland hat noch im 18ten Jahrhundert berühmte Universitäten, wo gar kein Lehrer für die Deutsche Sprache und Litteratur ist. — Eine Hauptursache, warum das Lateinische so lange bey Staatsunterhandlungen und öffentlichen Geschäften gebraucht wurde, war wohl diese, daß von den ältesten Zeiten her in den Christlichen Staaten lauter Geistliche die vornehmsten Staatsämter bekleideten. Sie waren es auch lange Zeit allein, die die gehörige Tüchtigkeit dazu hatten: daher das Wort Clericus in dem mittlern Zeitalter oft bloß einen Gelehrten bedeutet. Aber sobald Aufklärung und Kenntnisse auch unter den Layen gemein wurden, und die Landessprachen sich bildeten, mußte das Lateinische von seiner Herrschaft verlieren. Erasmus glaubte, Luthern und die neue Kirche herabzusetzen, indem er sagte: longe plures favent Luthero, qui neque græce sciunt neque latine: allein er hätte daraus schliessen sollen, daß die Aufklärung und der Untersuchungsgeist anfingen, sich unter allen Ständen auszubreiten.

(w) „Unter den vorhergehenden Regierungen (sagt Garnier in seiner Geschichte Frankreichs T. XXV. S. 511.) begnügte man sich, 6 bis 7 Bischöffe, Abbés oder obrigkeitliche Personen an die vornehmsten Europäischen Höfe als Residenten zu schicken. Unter der Regierung von Franz, dem Isten, und nachdem Carl, der Vte, angefangen hatte, sich furchtbar zu machen, vermehrte man die Anzahl der sowohl ordentlichen als ausserordentlichen Gesandten. Man schickte zum erstenmal Gesandte nach Constantinopel, nach Ungern, nach Dänemark, nach Schweden, fast auf alle Reichstäge, ja selbst an die Höfe vom zweyten Rang, von denen man wichtige Nachrichten erhalten konnte: und ob man wohl fortfuhr, zu diesen Verrichtungen vorzüglich Geistliche und Magistratspersonen zu wählen, so belief sich dieser Artikel gewöhnlich auf 300000 Pf. wozu noch die 130000 Pf. zu rechnen

nen find, die man unter die geheimen Penſionnairs in Italien, Deutſchland, Spanien und England vertheilte, die mit den Geſandten zu correſpondiren hatten. Man beſoldete auch in der Schweiz Perſonen, die bey ihrer Nation oder bey ihren Bundesgenoſſen im Credit ſtanden. „

(x) Es zeigte ſich zu Nimwegen (ſagt St. Didier, der den Grafen d'Avaux zu dem Nimweger Friedensſchluß begleitet hatte,) wie ſehr die Franzöſiſche Sprache in den fremden Ländern ausgebreitet war; denn es gab kein Haus von irgend einem Geſandten, wo ſie nicht faſt eben ſo gemein war, als die Mutterſprache. Noch mehr; ſie war ſo unentbehrlich, daß die Engliſchen, Deutſchen, Däniſchen und andere Geſandten ihre Unterredungen Franzöſiſch hielten. Die zwey Däniſche Geſandten kamen ſogar mit einander überein, ihre gemeinſchaftliche Depeſchen in dieſer Sprache zu machen, weil der Graf von Oldenburg, der eine dieſer Geſandten, das Däniſche nicht verſtand, wie ſein College. Faſt während des ganzen Laufes der Unterhandlungen erſchienen keine andere als Franzöſiſch abgefaßte Schriften, weil die Fremden ſich lieber in der Franzöſiſchen, als in einer andern Sprache ausdrücken wollten, deren Gebrauch nicht ſo allgemein war. „ Bey eben dieſer Gelegenheit bemerkte man als etwas auſſerordentliches, daß der vornehmſte Spaniſche Geſandte, der Marquis de los Balbaſes, den Franzöſiſchen Geſandten, die ihn complimentirt hatten, Franzöſiſch antwortete. Die Gemahlin dieſes Geſandten war unter allen Damen ihres Standes, die zu Nimwegen zugegen waren, die einzige, die nicht Franzöſiſch ſprach: doch verſtand ſie es ein wenig. Ob alſo gleich bey den öffentlichen Unterhandlungen die lateiniſche Sprache noch nicht ganz abgeſchafft war, (wie denn der Biſchof von Gurk ſie wider die Franzöſiſchen Geſandten, d'Eſtrades und Colbert, in Schutz nahm;) ſo war doch das Franzöſiſche ſchon überall die Geſellſchaftsſprache der höhern Claſſen; und man könnte wohl vorausſehen, daß ſie bald auch bey den Unterhandlungen und den Friedensinſtrumenten ſelbſt würde gebraucht werden. Auch andere hiſtoriſche Nachrichten ſtimmen damit überein, daß das Ende des 17ten Jahrhunderts die eigentliche Epoche von der groſſen Ausbreitung der Franzöſiſchen Sprache iſt. Ein Pohlniſcher Geſandter, der im J. 1679 am Däniſchen Hof war, redete in einer Audienz den König lateiniſch an; dieſer aber antwortete ihm Franzöſiſch. Im J. 1680 hielt der auſſerordentliche Spaniſche Geſandte, Don Balthaſar de Fuen-major, vor den Generalſtaaten ſeine Rede Franzöſiſch, und Odik, der Präſident, antwortete ihm in eben derſelben Sprache. Der Biſchof von Beauvais, der ohngefehr im J. 1673 Franzöſiſcher Geſandter in Pohlen geweſen war, verſichert in einem Schreiben an Charpentier, daß alle auswärtige Miniſter dem König ihre Glückwünſche in Franzöſiſcher Sprache abſtatteten, und daß der Päpſtliche Nuntius, der Kayſerliche, Brandenburgiſche, Däniſche, Bayriſche, Neuburgiſche und Engliſche Geſandte bey den öffentlichen Audienzen ſich keiner andern Sprache bedienten (Charpentier de l'excell. de la langue fr. T. I. ch. 13.) Im J. 1698 redete der Graf von Portland, Geſandter Wilhelms des IIIten, Ludwig, den XIVten engliſch an; allein die übrige Unterredung war ganz Franzöſiſch.

Was bey dem Weſtphäliſchen Frieden, der in die Mitte der Communicationsperiode fällt, vorgieng, beſtätiget wiederum meine Grundſätze. Dieſen zufolge mußte die Franzöſiſche Sprache ſchon damals das Haupt emporheben, doch mit der Italieniſchen und Spaniſchen, inſonderheit aber mit der Lateiniſchen immer noch in Colliſion kommen. So gieng es wirklich. Bey dem Beſuche, der dem neu angekommenen Spaniſchen Geſandten gemacht wurde, redete der Graf von Naſſau franzöſiſch, Vollmar italieniſch, und Savedra ſpaniſch, ſo lange die Complimente währten; hernach

gieng

gieng die Unterredung Französisch durch einander. Graf *d'Avaux* war von den Kayserlichen lateinisch angeredet worden, er antwortete aber Französisch. Der Herzog von *Longueville* verstand zwar das Lateinische, redete es aber nicht: der Chursächsische Gesandte verstand das Französische, aber redete es nicht: der Brandenburgische verstand und redete es; er hätte also das Wort führen können. Allein der Chursächsische, welcher Brandenburg diesen Vorzug nicht gern einräumte, behauptete, es sey der Auctorität des Reiches zuwider, im Vortrage sich der Französischen Sprache zu bedienen: er trug daher dem Herzog von *Longueville* seine Sache lateinisch vor; dieser aber antwortete wieder französisch; auch replicirte D. Fromhold, der Churbrandenburgische Gesandte, dem Herzog Französisch. — Die Gesandten der Republik Venedig, die bekanntermaßen die Mediation übernommen hatten, redeten italienisch, und die Kayserlichen gebrauchten gleichfalls diese Sprache in ihren Unterredungen mit ihnen. Eben diese Mediateurs wollten, daß die Vollmachten in lateinischer Sprache abgefaßt würden: allein die Franzosen und Spanier wollten von ihren Sprachen nicht abgehen. Auch wollten die erstern ihre Erklärungen nicht anders als Französisch geben. Die Kayserlichen verlangten sie Deutsch, und eröfneten ihre Forderung den Mediateurs: allein alles, was diese versprachen, war, daß sie die Franzosen bewegen wollten, neben das Fränzösische eine von ihnen selbst verfertigte lateinische Uebersetzung beyzufügen. — Als es zur Ausfertigung des Friedensinstrumentes kam, schlugen die Kronen das Lateinische vor, weil sie den Gebrauch des Deutschen pro Specie submissionis hielten. (S. Meiers *Acta Pacis Westph.*)

(y) Unter den Italienischen Schriftstellern haben insonderheit die ältern eine besondere Zierlichkeit in dem von der natürlichen Ordnung abweichenden Bau der Construction gesucht, und *Dante* hat dieser Materie in seinem Buch *de Vulgari Eloquio* ein besonderes Capitel gewidmet. „Sunt, (sagt er), *gradus* constructionum quamplures; videlicet insipidus qui est rudium, ut, *Petrus amat multum dominam Bertham*, u. s. w. So wäre der französischen Wortfügung das Urtheil der Abgeschmacktheit bald gesprochen; denn da kann man nicht anders sagen, als, *Pierre aime beaucoup Madame Berthe*, es sey dann, daß man sich einer ganz andern Wendung bediene. Allein ein Franzose würde antworten, entweder die Construction sey nicht abgeschmackt, oder das Abgeschmackte liege in den Ausdrücken. Mir ist es zu meinem Zwecke genug, daß die Construction, *Petrus amat* &c. die natürlichste und leichteste ist. — Die Italiener selbst werfen dem *Boccaz*, so sehr sie auch seine Prose bewundern, die harten und ermüdenden Constructionen, und die beschwerlichen Versetzungen vor. (S. *Bett. de Riforg.* T. I. p. 183.) Aber bey ihren Dichtern ist die Inversionsfreyheit noch weit größer, und gränzt oft an die Licenz der lateinischen Sprache. Sie hat von dem Dante an bis auf den übrigens leichten und zierlichen *Metastasio* fortgedauert, und wird vermuthlich noch lange dauern, weil sie ihren Grund in dem stolzen musikalischen Ohr der Italiener hat. Die Franzosen hingegen haben keine sonderliche Versetzung in ihrer Poesie als etwa diese, daß sie den Genitiv von dem regierenden Wort trennen dürfen: (die meisten andern erlauben sie sich auch in der Prose.) Sonderbar ist es, daß sie den Genitiv in einer gewissen Entfernung von dem regierenden Wort, und zwar immer vorher setzen müssen. Er ist schon etwas zu nahe in dem Voltairischen *qui de l' homme est le maître.* *Racine* sagt zierlicher: *fait aussi des méchants arrêter les complots.* Aber ganz bizarr ist es, daß man sagen kann, *du Createur la sagesse profonde,* und nicht, *du Createur la sagesse.* — Sonst zeigt sich bey den französischen Schriftstellern das Bestreben, klar zu seyn bis in die kleinsten Inversionen. So oft sie den Accusativ um der Beziehung willen, vor dem Verbo setzen (eine Freyheit, die sie sich selten nehmen;) so weisen sie den Leser durch das Pronomen darauf zurück,

zurück, um ihm ja alle Mühe zu ersparen: z. B. *ce qui compose l'homme, l'homme peut-il le détruire?* Pope sagt: *what compose man, can man destroy?* Ueberhaupt scheint der Engländer seine Wörter zu ordnen, als wenn es ihm nicht an *casibus* fehlte. Häufig kommen in den Englischen Dichtern Constructionen vor, wie folgende aus dem Milton:

> That glory never shall his wrath or might
> Extort from me;

und diese aus Pope's Versuch:

> Attention, habit ant experience gains;
> Each strengthens raison, and self-love restrains.

Der Zusammenhang sagt zwar einem denkenden Leser gleich, was die Beziehung bey *that glory* und *self-love* ist; allein die Französische Construction erspart ihm die Mühe, dieselbe zu suchen, und kommt seiner Bequemlichkeit zu statten. — Auch die Spanischen Dichter haben sehr kühne Versetzungen. Ein Beyspiel hievon ist gleich Anfang der ersten Idylle von Garcilaso de la Vega: „El dulce lamentar de dos Pastores, Galicio junctamente y Memoroso, he de cantar, sus quexas imitando; *cuyas ovejas al cantar sabroso estaban muy atentas, los amores, de pacer olvidadas, escuchando.*‚‚ Die letztern Worte sind nach lateinischer Manier versetzt. Aber auch die Prose der Spanier hat ihre sogenannte *construcion figurada*, ihr Hyperbaton, und ihre Ellipsen, die die Französische Sprache viel zu schüchtern wäre nachzuahmen. (S. *Grammat. Castellana* P. II. C. 3.)

(z) Es ist bekannt, daß die Italienischen Dichter nicht nur eine Menge Wörter haben, welche in den gewöhnlichen Unterredungen nicht vorkommen, sondern sich auch die Freyheit nehmen, ihre Wörter durch Wegwerfung der Buchstaben zu verstümmeln, und ihnen eine ganz andere Gestalt zu geben, um sie metrischer zu machen. Dadurch vermehren sie zwar den Wohlklang ihrer Verse, und unterscheiden die Poesie von der Prose: allein einem Fremden, der das Italienische Ohr nicht hat, wird dadurch die Mühe, die er sich um die Erlernung einer solchen Sprache geben muß, nicht vergütet. Auch hat Addison schon bemerkt, daß viele Italienische Dichter das Alltägliche ihrer Gedanken durch einen solchen Wohlklang zu verbergen suchen. (Addis. Anmerk. über Ital. S. 83.) Die alten Französischen Dichter nahmen sich auch dergleichen Freyheiten: sie sagten *orine* statt *origine*, *il parole* statt *il parle*, um mit *école* zu reimen; *main* statt *matin*, *forment* statt *fortement* &c. Allein die Franzosen haben, wenigstens meinem Urtheil nach, sehr weislich auf alle diese Freyheiten Verzicht gethan. Mir kam es sehr sonderbar vor, daß ich sogar in Bettinellis prosaischen Schriften solche Wort-Verstümmelungen fand.

(aa) Einige Franzosen gehen noch viel weiter, und behaupten, ihre Sprache sey immer die beliebteste und ausgebreitetste in Europa gewesen. Sie führen zu diesem Ende das Zeugniß des Brunetto Latini, eines Italienischen Schriftstellers aus dem 13ten Jahrhundert an, der seinen Thesaurus französisch schrieb. Dieser gab folgende Beweggründe von seiner Wahl: „Et s'aucuns demande, pourquoi chis livres est escris en Romans, selon le Patois de France, puisque nous somes

mes Italiens, je diroé que c'eſt pour deux raiſons, l'une eſt por ce que nous ſomes en France, l'autre ſi eſt, par ce que François eſt plus delitaubles langages et plus communs que moult d'autres, (einige leſen, que tous autres. „ *Charpent. def. de la lang. fr.* p. 234.) Tiraboſchi ſcheint nicht viel von dieſem Zeugniß zu halten; er ſagt: non è maraviglia ch'egli ſcriveſti coſì, *perciocche egli ſcrivea in Francia.* Mir ſcheint daſſelbe aus Gründen, die ich hernach anführen will, nicht unwichtig zu ſeyn. Hier iſt noch eines aus einem frühern Zeitalter, das mir von dem Königlich-Däniſchen Etats-Rath, H. Reverdil, meinem ſehr wehrtgeſchätzten Freunde, mitgetheilet worden iſt, mit folgenden Worten: En 1768 on publia à Soroë en Danemarck un manuſcript fameux dans le Nord, et compoſé vers le milieu du XII ſiècle. Il eſt en langue Islandoiſe ou plûtot dans la langue gènérale du Nord pendant ce ſiècle, laquelle s'eſt conſervée en Islande; & ſe nomme *Kongs-ſkugg-ſio*, qu'on traduit par *ſpeculum regale.* L'ouvrage eſt dans le genre de tant d'autres *ſpecula*, compoſés dans le XII, XIII et XIV ſiècles (on en compte 70.) C'eſt une deſcription des moeurs du temps, telles qu'elles étoient, et telles qu'elles devoient être.

La forme de celui-ci eſt un dialogue, dans lequel un Miniſtre d'Etat, retiré du monde, eſt queſtionné par ſon fils ſur les règles de conduite à ſuivre dans les diverſes profeſſions, Marchand, Courtiſan, homme d'Egliſe, laboureur. Les deux dernières parties ſont perdues.

L'Exminiſtre conſeille à ſon fils de s'adonner au commerce avant de s'introduire à la cour, de s'inſtruire particulierement de la juriſprudence, d'apprendre toutes les langues, ſurtout le *latin* et le *françois*, comme d'un uſage plus étendu. Du moins c'eſt ainſi qu'on croit devoir entendre ce paſſage: *Ok ef þu villt vullkomin vera i fródleik, þa nem þu aller tungur, en allrahelz latinu ok vólsko, þiat þær tungur gánga vidaz, en tin þó eigi at helldr þinni tungo.* (La lettre þ eſt particulière à l'Islandois, & ſe prononce comme le *th* anglois.)

Une traduction Danoiſe & une allemande accompagnent cet ouvrage: le Danois traduit *vólsko* par *vælske*; & voici le paſſage de la traduction latine: „tu vero ſi velis in ſcientiis ad maturitatem quandam pervenire, omnes linguas, in primis latinam & Vallandicam, utpote latiſſime florentes calleas, vernaculæ tamen tuæ neutiquam oblitus. „ On croit que cette langue *vólsko, vælske* ou *vallandica* eſt le Gaulois ou François ou *Vallon.* „ ——

Ob *vólsko* gerade die Franzöſiſche Sprache ſey, daran möchte man freylich noch zweifeln. Urtheilt man bloß nach den Verbindungen der Isländer und Dänen mit den Fremden im 11, 12 und 13ten Jahrhundert, ſo iſt man unſchlüßig, ob man durch das *vólsko* gerade das Franzöſiſche, und nicht etwa das Italieniſche, oder das Provenzaliſche, oder gar das Flammändiſche verſtehen ſoll. Die Isländer thaten damals häufige Wallfahrten nach Rom durch Frankreich, Helvetien und Piemont, (Schlöz. nord. Geſch. C. VII. §. 28.) In dem Südlichen Frankreich lernten ſie die Provenzalpoeſie kennen, und bildeten die ihrige darnach (C. I. §. 7.) Mit den Niederländern müſſen ſie auch wegen des Handels Verkehr gehabt haben. — Indeſſen giebt es doch noch ſtärkere Gründe zu vermuthen, daß das *vólsko* die Sprache, oder vielmehr die Mundart war, die ſich

nachher

nachher zur heutigen Französischen Sprache ausgebildet hat. Mit den nördlichen Provinzen Frankreichs hatten die Isländer vermuthlich noch weit mehr Verkehr als mit den Südlichen. Ihr Weg nach Italien gieng durch das Nördliche Frankreich; und in der Normandie, (die die Angelsachsen das Walland nannten, *Chronic. Sax.* p. 156.) trafen sie einigermaßen ihre Landsleute an. Ihr Handel gieng unter anderm auch nach England (Schlöz. C. VII. §. 21.) und da war im 12ten Jahrhundert das Französische die herrschende Sprache, wenigstens mußte diese Mundart nicht viel von der Französischen abweichen. Aber eine hier beynahe entscheidende Stelle findet sich in Arnolds, Abbts von Lübeck, (eines Schriftstellers aus dem 13ten Jahrh.) *Chronica Slavorum* L. III. c. 5. „Scientia quoque liberali non parum profecerunt (Dani); quia nobiliores terræ filios suos non solum ad clerum promovendum, verum etiam secularibus rebus instituendos *Parisios* mittunt; ubi litteraturâ simul & *idiomate linguæ terræ illius* imbuti, non solum in artibus, sed etiam in Theologia multum invaluerunt. Siquidem propter *naturalem linguæ celeritatem* (wie treffend!) non solum in argumentis dialecticis subtiles inveniuntur, sed etiam in negotiis ecclesiasticis tractandis boni decretistæ sive legistæ comprobantur. „ (*Leibn. Scr. Brunsw.* T. II. p. 657.) In der That war Paris schon im 12ten Jahrh. eine besonders durch den Flor der Wissenschaften ungemein berühmte Stadt. Es gab daselbst ein Collegium für die Engländer, und eines für die Dänen *les Daces ;* (*Hist. litt. de la Fr.* T. IX. p. 79.) Die Französische Nation wurde schon damals als die polirteste angesehen. Auch gab es schon im 12ten Jahrh. Französische Poeten, so wie es Provenzalpoeten gab, und die eigentlich sogenannte Französische Sprache fing an, sich zu mildern. Wenn Friederich Rothbart in der Provenzalsprache Verse machte, so war Bruno, Erzbischof von Trier, *gallico cothurno exercitatus* (Ebend.) Auch konnte es nicht fehlen, daß die Mundart der höhern Classen zu Paris, wo der Hof und so viele Gelehrte waren, sich frühzeitig ausbildete, und den übrigen Provinzen zum Muster diente. Zwar gab es einen Parisischen, einen Normandischen, einen Burgundischen, einen Flammändischen und ohne Zweifel noch mehr Dialecte; allein es war doch nathürlich, daß alle Provinzen sich allmählig nach der Mundart richteten, die an dem Hofe des Königes, wovon ihre Fürsten Vasallen waren, im Schwang ging, und die ohne Zweifel schneller zu ihrer Cultur eilte, als die ihrigen.

Wenn man alle diese Gründe zusammen nimmt, so ist es sehr wahrscheinlich, daß die Stelle aus dem Isländischen Königsspiegel auf das Französische geht, so wie es damals in dem nördlichen Frankreich in Schriften und unter den höhern Classen herrschte. Indessen ist es doch möglich, daß, da die aus der Römischen Volkssprache entstandenen Mundarten damals noch nicht so verschieden waren, wie sie es in der Folge durch ihre weitere Ausbildung wurden, durch *vølsko* überhaupt irgend eine vorzügliche und ausgebreitete Mundart von der *Romana-rustica* verstanden werde. Wie verwandt diese Mundarten damals noch seyn mußten, beweiset eine Stelle in Leibnitzens *Introd. in Tom.* II. *Script. Brunsw.* wo es p. 7. von Otto, dem IVten, der sich zu Rom krönen ließ, heißt: „apparet Ottonem Augustum *Gallico* sermone usum, & *ab Italis fuisse intellectum.* „ So kann ein Deutscher noch itzo zur Noth einen Holländer verstehen. — Sollte es übrigens zur Gewißheit gebracht werden können, daß die in dem nördlichen Frankreich, insonderheit zu Paris unter den höhern Classen formirte Mundart, die die Mutter der heutigen Französischen Sprache ist, in dem mittlern Zeitalter die ausgebreitetste in Europa war; so werden meine Grundsätze dadurch bestätiget. Denn da die Provenzalsprache an Bildung der Französischen nicht viel überlegen war, auch der Grad der Cultur in dem mittäglichen Frankreich wohl nicht viel grösser seyn konnte als unter den höhern

L

Classen

Claffen zu Paris; fo mußte das Principium der Herrschaft für die Französische Sprache entscheiden; und diefe Ursache mußte immer stärker wirken, je mehr von den mittäglichen Provinzen mit der Crone vereiniget wurden. Bekanntlich geschah dieß schon im 13ten und 14ten Jahrh. mit Navarra, dem Dauphiné, dem Roussillon, der Grafschaft Toulouse u. f. w. so wie. schon früher mehrere nördliche Provinzen der Crone heimgefallen waren. Alle diese Veränderungen mußten einen sehr günstigen Einfluß auf die Französische Sprache haben: in ihnen muß, meines Erachtens, die Hauptursache von dem Verfall der Provenzalsprache und Poesie gesucht werden.

Auf diese Art kann allerdings das Französische in dem mittlern Zeitalter die ausgebreitetste Sprache in Europa, so weit es bey dem damaligen Grad der Communication seyn konnte, gewesen seyn: allein daraus folgt nicht, daß sie es immer, und noch im 15ten und 16ten Jahrhundert war, wo neue mächtige Ursachen die Herrschaft der Italienischen und Spanischen Sprachen entschieden. Man sieht aber schon hieraus, warum das Französische zu allen Zeiten eine ausgebreitete Sprache seyn mußte; wie wir im folgenden noch zeigen werden.

(bb) Es ist so viel als bewiesen, und die Italiener gestehen es zum Theil selbst, daß das Italienische seinen Ursprung der Provenzalsprache zu danken hat, die von den Troubadours, den ersten Dichtern in der gemeinen Sprache, in dem 11ten und 12ten Jahrh. vorzügliche Reitze erhielt. Dante und Petrarch benutzten diese und die Französischen Dichter, und der erstere redet von Thibaut, Könige von Navarra, als von einem vortreflichen Poeten. — Auch in den Künsten des Luxus scheinen die Provenzalen den Italienern zuvorgekommen zu seyn. Als Carl von Anjou seinen Einzug in Neapel hielt, bewunderten die dortigen Einwohner den kostbaren Wagen der Königin Beatrix, und den Putz des Frauenzimmers, das sie bey sich hatte, als etwas, dergleichen sie noch nichts gesehen hatten (S. Muratori Gesch. von Ital. T. VIII.)

(cc) Hieronymus sagt Ep. 95. p. 771. daß die Gallier nach Rom reiseten, *ut ubertatem gallici nitoremque sermonis gravitas romana condiret.* Wie beständig und einförmig muß nicht die Wirkung des Klima auf die Sprachen seyn, da noch heutzutage, nachdem Italien und Frankreich mit nördlichen, an Charakter so ziemlich ähnlichen, Nationen bevölkert worden sind, in der Italienischen Sprache die *gravitas* romana, in der Französischen die *ubertas* und der *nitor* Gallicus kennbar sind?

(dd) Man wird mir hier die *Lettres de cachet* und die Bastille. entgegen halten: allein solche Schlupfwinkel des Despotismus giebt es in allen Ländern, die Republiken selbst nicht ausgenommen. Es kommt hiebey hauptsächlich auf den Geist der Nation an. Ist dieser nicht sklavisch, muß der Regent befürchten, wenn er das Eigenthum, die Sicherheit, die Ehre oder das Leben eines Bürgers antastet, den Haß und die Verabscheuung eines ganzen aufgeklärten Volkes auf sich zu laden, und nicht nur durch die ernste Stimme der Philosophie beschämt, sondern sogar durch die Geissel der Satyre gezüchtiget zu werden; so wird er gewiß sich niemals zu einem planmäßigen Despotismus verleiten lassen. Die Sitten und die Aufklärung der Französischen Nation, das kützlichte Point d'honneur, woran einem Könige in Frankreich so viel gelegen ist, werden ihm niemals erlauben, ein Despot zu werden. Man spottet über die Protestationen und Vorstellungen der Französischen Parlamenter, weil sie sich jedesmal mit dem Einregistriren endigen: allein rechnet man
das

das für nichts, daß ein ganzes ansehnliches Corpus einem König sagen darf: Sire, Sie handeln nicht recht, Sie richten Ihr Land und Ihre Unterthanen zu Grunde, u. s. w.? Nur ein Ungeheuer kann sich um solche Vorstellungen nichts bekümmern, und ein solches kann es unter einer polirten und aufgeklärten Nation nicht geben: denn man merke es wohl, nicht die Natur, sondern die Römer haben die Nerone und die Caligula gebildet. Es giebt Länder, deren Verfassung mit der Englischen einige Aehnlichkeit hat, wo man aber dennoch sagen könnte: Siehe, hier ist mehr dann Bastille! Was hilft die beste Constitution, wenn das Volk einen sklavischen Geist hat, und wenn die kleine Anzahl von herzhaften Männern, die ihre Rechte kennen, nicht unterstützt, oder wohl gar der willkührlichen Gewalt Preis gegeben werden? — Die Bastille ist, ich gestehe es, ein Schand= flecken in der Französischen Regierungsform; aber nicht die Dicke der Mauern, nicht die Festigkeit der eisernen Gitter, nicht die wenige Freyheit, die man den Gesangenen gestattet, macht das Ab= scheuliche davon aus. Die genaue Beschreibung dieser Dinge hätte H. Linguet in seinen *Mémoires sur la Bastille* ersparen können. Wer verdient, in das Gefängniß geworfen zu werden, der verdient nicht, in Lusthainen zu wandeln, und auf Rosen zu liegen: aber freylich muß es vorher bewiesen seyn, daß man verdiene hinein zu kommen. Wenn es übrigens sehr ungerecht ist, jemanden ohne gerichtliche Formen in das Gefängniß zu werfen, so ist es äusserst traurig für die Menschheit, daß ein Schriftsteller des 18ten Jahrhunderts sich nicht geschämt hat, den Tiberius zu loben. — Man wirft Ludwig dem XIVten nicht ohne Grund *hauteur* und eine despotische Art zu verfahren vor. Allein wie wenig Fürsten würden in unserm Jahrhundert dasjenige gelassen anhören, was eines Tags der Herzog von Grammont diesem König über einen zweifelhaften Zug im Trictrac sagte, als er von ihm darüber befragt wurde: „Sire, (sagte er, ehe er die Sache untersucht hatte,) Sie haben Unrecht.„ — Eh, sagte der König, warum geben Sie mir Unrecht, ehe Sie wissen, worauf es ankömmt?„ „Sehen Ewer Majestät nicht, antwortete Grammont, daß wenn die Sache nur ein wenig zweifelhaft wäre, alle diese Herren, (er wies auf die umstehenden Höflinge,) Ihnen läng= stens würden Recht gegeben haben? — Dem Tiberius hätte bey einer solchen Gelegenheit, wenn ers verlangt hätte, der ganze Römische Senat Recht gegeben: aber in Frankreich schwiegen die Höf= linge vor Ludwig dem XIVten, und ein freymüthiger Hofmann sagte ihm die Wahrheit trocken und gewiß nicht auf die angenehmste Art.

(ee) Ein neuerer Engländer, der über die Fehler der Französischen Nation mit vieler Frey= müthigkeit urtheilt, und dessen Zeugniß daher nicht als partheyisch kann angesehen werden, drückt sich über ihren Charakter folgendermaassen aus: „Die Französische Nation hat mir ausserordentlich brav, wesentlich gut, und ohne Ausnahme die liebenswürdigste Nation von Europa geschienen. In der That die Liebenswürdigkeit bestimmet den Charakter der Franzosen. Der Soldatenstand, die Gelehr= ten, der geistliche Stand, jede Classe von Menschen hier, hat ein so sanftes und einnehmendes Be= tragen an sich, daß man unter Menschen von dem nämlichen Range, in allen andern Ländern, wo ich gewesen bin, gar nicht kennt. Dieses Vorrecht scheint mir in keiner Classe, nach aller Geständ= nisse, hervorstechender zu seyn, als unter den Grossen. Die Grossen in Frankreich haben Fehler, die, wenn ich mich so ausdrücken kann, ihrem Stand eigen sind: diese Fehler aber werden durch eine Artigkeit und Höflichkeit gemildert, von der man beynahe unter allen Grossen in den übrigen Ländern nichts weiß.„ (S. neue Briefe eines Engländers auf seiner Reise nach Ital. Genf, Lausz. u. s. w.) — Sollte übrigens dieses mir ein verkappter Engländer seyn, so nehme man für dieses Zeugniß das von dem berühmten Hume. „Je mehr ich, sagte er, ihren (der Franzosen) über=

L 2

triebenen

triebenen Höflichkeiten auswich, desto mehr wurde ich damit überhäuft — Es ist bey alledem ein wahrhaftes Vergnügen, in Paris zu leben, wegen des häufigen Umgangs mit vernünftigen, gelehrten und feinen Leuten, worin diese Stadt den Vorzug vor allen Orten auf dem Erdboden behauptet. Ich war einmal Willens, mich hier nieder zu lassen.„ (The life of *David Hume*, von ihm selbst, im Brittisch. Museum für die Deutschen S. 95.)

(ff) Dergleichen Ausschweifungen sind Dichtern einer Nation ganz natürlich, deren Cultur noch nicht so weit fortgerückt ist, daß der Verstand über die Imagination herrscht. Sie finden sich auch bey den ersten Französischen Poeten. Man sehe hier eine Probe von Malherbe über Petri Bußthränen:

> C'est alors que ses cris en tonnerres eclatent,
>
> Ses soupirs se font vents qui les chênes combattant;
>
> Et ses pleurs, qui tantôt descendoient mollement,
>
> Ressemblent au torrent, qui des hautes montagnes
>
> Ravageant & noyant les voisines campagnes,
>
> Veut que tout l'Univers ne soit qu'un élement.

Die Beschreibung des Regenbachs hat gar keine Beziehung auf die Sache, die hier geschildert wird: man sieht, der Dichter ist nicht mehr Meister über seine Phantasie. Doch der Hauptfehler in dieser Stelle ist die übertriebene Hyperbel: Malherbe glaubte stark und erhaben zu seyn, aber er war bloß schwülstig und lächerlich. Man findet kein einziges Beyspiel mehr von einer solchen Geschmacklosigkeit unter den guten Dichtern des folgenden Jahrhunderts.

(gg) Der Grund, warum ich dieses Ramlerische Product so bewundere, ist eigentlich der Geistesumfang des Dichters, der daraus hervorleuchtet, und die Kunst, womit er die Menge so mannigfaltiger Ideen, die seiner Einbildungskraft sich darboten, zusammen zu drängen, und in ein vollkommenes Ganzes zu vereinigen gewußt hat. Genaue Bekanntschaft mit den Kriegsbegebenheiten; richtige Schilderung der Nationen, Fürsten und Helden, die dabey Rollen spielten; Kenntniß der alten, mittlern und neuen Geschichte und Erdbeschreibung; Mythologie und Naturlehre u. s. w. alles findet sich darin, und ist mit einem ungemein scharfsinnigen Witze, in einer simpeln und präcisen Sprache, durch die vortreflichste Versification zu einem schönen Ganzen geordnet. Nur Eine Probe. Wie gut ist der damalige Erbprinz, itziger Herzog von Braunschweig, geschildert in folgenden zwo Zeilen,

> Dem Sohn der Thetis gleich,
> Nicht wundenfrey, doch unverkürzt an Jahren.

Welch ein Contrast, und welch ein Lob! Wie viel giebt uns hier der Dichter zu denken! — Aber wahr ist es, der Leser muß mit Ideen versehen seyn, denn nicht aus jedem Stein lassen sich Funken heraus schlagen. Ramler könnte denen, die ihn der Dunkelheit beschuldigen, antworten: lernet Geschichte;

Geschichte; lernet die alte und mittlere Geographie, und die Fabellehre; lernet die Uebereinstimmung meiner Bilder und Symbole mit den Dingen und Personen, die ich schildere, einsehen; lernet — doch nein; um einen Dichter wie Ramler ganz zu verstehen, und sein Verdienst zu schätzen, ist es mit dem lernen nicht ausgerichtet; man muß in der Wiege ein Lächeln von dem Gotte des Geschmacks und der Harmonie erhalten haben!

(hh) „An dem Hofe zu Meiland, (sagt Addison in seinen Anmerkungen über Italien,) wie auch an verschiedenen andern in Italien, giebt es verschiedene Personen, welche in ihrem Aufzug und in ihrer Lebensart etwas von den Franzosen an sich haben. Demohngeachtet findet man an den Italienern eine gewisse Ungeschicklichkeit, welche gar leichtlich zu erkennen giebt, daß das Wesen, das sie äusserlich annehmen, ihnen nicht natürlich ist. Es ist in der That etwas sonderbares, daß man eine so grosse Verschiedenheit der Sitten antreffen muß, wo doch in der Luft und in der Landesart nur ein kleiner Unterschied ist. Die Franzosen sind allemal offenherzig, ungezwungen und gesprächig: die Italiener hingegen sind eigensinnig, den Ceremonien ergeben, und halten sehr an sich. In Frankreich bemüht man sich durchgehends um eine gewisse Munterkeit und Lebhaftigkeit in dem Betragen, und hält es für eine Vollkommenheit, wenn man frey und lebhaft ist: die Italiener hingegen bemühen sich, wider das natürliche Feuer ihres Temperaments allemal ein gesetztes und ernsthaftes Wesen anzunehmen. Daher sieht man öfters junge Leute mit Brillen auf der Nase auf der Strasse gehen, damit man glauben soll, sie hätten sich durch allzuvieles Studiren das Gesicht verderbt, und besässen weit mehr Ernsthaftigkeit und Einsichten als ihre Nachbarn. Dieser Unterschied in den Sitten kommt hauptsächlich von der verschiedenen Erziehung her. In Frankreich ist es gewöhnlich, daß man die Kinder in Gesellschaft bringt, und von ihrer Kindheit an, eine gewisse Dreistigkeit und ein Zutrauen zu sich selbst an ihnen hochschätzet; nicht zu gedenken, daß sich die Franzosen überhaupt mehr als eine Nation in der Welt, auf die Leibesübungen legen: weswegen man in Frankreich selten einen jungen Menschen von Stande sieht, der nicht eine ziemliche Vollkommenheit im Fechten, Reiten und Tanzen besitzt. Diese Bewegungen geben ihnen nicht nur ein freyes und ungezwungenes Wesen, sondern sie haben auch eine mechanische Wirkung auf das Gemüth, indem sie die Lebensgeister beständig munter und in Bewegung erhalten. Was aber am meisten zu diesem flüchtigen aufgeweckten Wesen der Franzosen beyträgt, ist der freye Umgang, der ihnen mit ihrem Frauenzimmer verstattet wird, welches ihnen nicht nur eine gewisse Lebhaftigkeit des Geistes zuwege bringt, sondern auch verursacht, daß sie sich um eine solche Aufführung bestreben, welche dem schönen Geschlecht am allerangenehmsten ist. Die Italiener hingegen denen es an Gelegenheit fehlt, ihre Aufwartung auf eine solche Art zu machen, bemühen sich bloß, sich bey denjenigen, mit welchen sie umgehen, durch ihr ernsthaftes Wesen und durch ihre Weisheit beliebt zu machen. Daher kommt es, daß in Spanien, wo die Freyheiten dieser Art noch seltner verstattet werden, ein noch ernsthafteres und gesetzteres Wesen in den Sitten der Einwohner herrscht.,, — Man wird leicht wahrnehmen, daß die Ursachen, die Addison hier von dem Charakter der Franzosen und Italiener angiebt, sich am Ende in die zwo Hauptursachen des Klima und der Regierungsform anflößen. Die Neigung zu den Leibesübungen, der Hang zum Umgange mit dem Frauenzimmer setzen gewisse Bedürfnisse voraus, die in der physischen Constitution des Körpers liegen; und diese rührt von dem Klima her. Die Gefälligkeit gegen das Frauenzimmer, und die Bereitwilligkeit, sich von ihm bilden zu lassen, setzt eine gewisse Biegsamkeit, ich hätte fast gesagt, eine gewisse Weichheit im Charakter voraus, die vorzüglich in dem Klima, und dann auch in der monarchischen Regierungsform gegründet ist. Addison sagt, das Klima in

L 3

Frank=

Frankreich sey nicht viel von dem in Italien verschieden. Allein im Ganzen genommen ist der Unterschied doch merklich: und fühlen wir nicht oft, daß, wenn zu einer gewissen Temperatur der Luft ein geringer Grad von Hitze hinzu kommt, die Leichtigkeit unserer körperlichen Disposition in Erschlaffung übergeht? Hernach muß auch auf die übrige Beschaffenheit der Luft und des Bodens Rücksicht genommen werden: wie verschieden ist hierin das an schweslichten Ausdünstungen so fruchtbare Italien von Frankreich! — Was aber das Zurückhaltende im Umgang anbelangt, so ist solches ohne Zweifel eine Folge von der Regierungsform; denn wo Pfaffen und Inquisition herrschen, da muß man sich gewöhnen, in seinen Reden vorsichtig zu seyn. Ist dieses nicht offenbar die Ursache, daß die Italiener, die sich in der Mathematik und in der Naturlehre so sehr hervorgethan, in der Religionswissenschaft, in der Sittenlehre, ja selbst in der speculativen Philosophie noch so weit zurücke sind?

(ii) Ich habe bereits (Litt. aa) wahrscheinlich gemacht, daß das Französische in dem mittlern Zeitalter von dem 11ten und 12ten Jahrh. an, in Europa, wenigstens unter den höhern Classen, ausgebreiteter war, als irgend eine andere lebende Sprache; (wohlverstanden, daß das Lateinische die ausgebreitetste unter allen war.) Im Anfang der Communicationsperiode bekam zwar, wie ich ferner gezeigt habe, das Italienische und Spanische den Vorzug; jedoch mußte, meinen Grundsätzen zufolge, das Französische zu gleicher Zeit einen merklichen Grad von Ausbreitung haben. Ob es gleich damals noch nicht so weit ausgebildet war, wie jene zwo Sprachen, so gab es doch schon damals Dichter und Geschichtschreiber, die man mit Vergnügen lesen konnte. Wenn Frankreich in der wissenschaftlichen Cultur nach zurück war, so war es ohne Zweifel in der gesellschaftlichen allen Nationen überlegen. Spanien war die herrschende Macht: aber Frankreich war die nächste nach ihm, und machte ihm schon unter Franz dem Isten seine Ueberlegenheit streitig. Und dann war Frankreich schon damals das grosse, bevölkerte, in der Mitte der communicirenden Länder gelegene Reich; lauter wichtige Umstände für die Ausbreitung seiner Sprache. Die Communication mit Italien konnte nicht viel grösser seyn als die mit Frankreich. Die Universität zu Paris war so berühmt als irgend eine Italienische. Von je her waren Deutsche und andere Fürsten in Französische Kriegsdienste gegangen; in der Schlacht bey Crecy waren ihrer mehrere: aber im 16ten Jahrh. reiseten viele nach Frankreich bloß um sich zu bilden, und Französisch zu lernen (S. Leodius S. 34. welcher Schriftsteller von der Politesse Franz, des Isten, an dessen Hof er gewesen war, bezaubert zu seyn scheint.) — Frankreich vereinigte also schon im 16ten Jahrh. verschiedene Vortheile zu Gunsten seiner Sprache. Daher wir schon in dieser Periode von vielen Fürsten und Grossen, ja selbst von manchem Gelehrten lesen: er konnte lateinisch, italienisch, spanisch und französisch.

(kk) Wir haben bereits bemerkt, daß das Französische schon bey dem Westphälischen Frieden anfing, die Sprache der Negociationen zu werden; aber damals war man noch weit entfernt, zwischen dem Kayser und dem König von Frankreich, oder zwischen Deutschen Mächten, die Friedensinstrumente französisch zu concipiren, oder sie gar französisch auszufertigen und zu übergeben. Der Rißwicker Friede im J. 1697 wurde, so viel ich weiß, zuerst französisch concipirt, aber lateinisch ausgefertiget; doch nahm der Kayser die Ratification Frankreichs in Französischer Sprache an. Der Rastadter Friede 1714 wurde von dem Prinzen Eugen und dem H. v. Villars französisch geschlossen: doch wurde zu Gunsten der lateinischen Sprache ein besonderer Artikel beygefügt. Der Badensche Frieden 1714, wie auch die Quadrupelallianz zu Londen 1718 waren wiederum lateinisch teinifch abgefaßt. Die Friedenspräliminarien zu Wien 1735 waren französisch, und die *Convention* 1736 gleichfalls französisch. Auch hier wurde ausdrücklich erinnert, daß dieser Vorgang der lateinischen Sprache nicht präjudicirlich seyn sollte. Das Achner Friedensinstrument 1748 war Französisch, jedoch wieder mit beygefügter Präcaution. Bey dem **Hubertsburger** Frieden wurde gleichfalls die Französische Sprache gebraucht, welches desto merkwürdiger ist, da die Mächte lauter Deutsche Fürsten waren: doch wollte der Kayser diesen Friedensschluß dem Reich nicht ohne beygefügte Deutsche Uebersetzung mittheilen. (S. *Linguæ Gall. jus publicum Germ. Diss. à G. D. Hoffmann.*) Der Teschner Frieden ward gleichfalls Französisch abgefaßt. — Man wird in dieser kurzen Geschichte den allmähligen Sieg der Französischen Sprache über die Lateinische bemerken. Bey dem **Hubertsburger** und Teschner Friedensschluß lag zugleich die Deutsche Sprache unter, und nun steht zu erwarten, ob in Zukunft die Deutsche Fürsten bey dergleichen Gelegenheiten dem Französischen den Vorzug lassen werden. Unter **Joseph** ist es nicht wahrscheinlich. Möchten sie aber lieber gar keine Friedensinstrumente mehr unter einander nöthig haben!

(11) Die Ursache, warum das Französische auch nach der Verordnung **Eduards des IIIten** in England noch stark im Schwang gehen mußte, war, ausser der genauen Verbindung der zwey Königreiche, der noch immer subsistirende Gebrauch des Französischen bey den Rechtlichen **Verhandlungen**, und vielen öffentlichen Urkunden, der erst spät abgeschafft worden ist. Die Juristen mußten daher kraft ihrer Profeßion das Französische lernen. Aus diesem Grunde ist es sehr wahrscheinlich, daß das Französische zu allen Zeiten in England gemeiner war, als das Italienische und Spanische.

Dissertation

sur

l'Universalité de la Langue Françoise,

qui a partagé, avec celle de M. le Comte de Rivarol, le prix adjugé par l'Académie Royale des Sciences et Belles-Lettres de Prusse;

par M. Jean-Christophe Schwab, Professeur de Philosophie à l'Académie Caroline de Stuttgard.

Traduite de l'Allemand par M. J. B. D. C. de la C. de S. M. le R. de P.

Gallis ingenium, Gallis dedit ore rotundo Musa loqui.

Dissertation
sur
l'Universalité de la Langue Françoise.

Questions proposées
l'Académie :

Qu'est-ce qui a rendu la Langue Françoise
universelle ? Pourquoi mérite-t-elle cette
prérogative ? Est-il à présumer qu'elle la
conserve ?

Première Section.

Développement des principales causes qui
contribuent à rendre une langue universelle.

Aussitôt que des Nations voisines ont entr'elles
des liaisons particulières, sous beaucoup de rapports
elles doivent, au défaut d'un organe qui soit leur
interprète commun, ressentir le besoin d'apprendre
la langue les unes des autres. Il s'établit alors
nécessairement une espèce de concurrence entre
leurs langues, et comme il seroit aussi impossible
qu'inutile que chacune d'elles en particulier apprît
la langue de toutes les autres, elles se réunissent
insensiblement pour apprendre la langue d'une seule.
Il ne seroit pas raisonnable d'attribuer au hazard
un pareil choix ; on demande donc ici ce qui peut
le déterminer :

Pour répondre à cette question, j'en simplifierai
l'objet, le plus que je pourrai ; je séparerai des
causes qui ne le sont pas ordinairement ; je les
pèserai chacune en particulier ; j'en indiquerai
et j'en apprécierai la valeur, de manière à rendre
leurs effets plus frappants, sauf à revenir ensuite sur
mes pas et leur donner des bornes convenables, lorsque
j'en tirerai les résultats. Ainsi, les Physiciens, pour
expliquer un phénomène, commencent en quelque
sorte à le décomposer, séparent l'essentiel de
l'accidental, calculent à part l'influence de chaque
cause principale, pour se mettre en état, par

le rapprochement qu'ils font ensuite, d'apprécier avec plus de justesse l'effet produit par leur réunion.

Une Langue doit sa propagation à la nature, aux qualités de la Nation qui la parle, et aux rapports politiques de cette Nation avec les autres.

Il est clair qu'en supposant, sous ces différents points de vue, une égalité parfaite entre des nations qui se communiquent, la Langue la plus facile sera préférée. Mais ce n'est pas d'après le plus petit nombre de mots qu'elle renferme, qu'il faut juger de la facilité d'une Langue, en la comparant à une autre? Que sont mille mots de plus ou de moins pour notre mémoire? Au contraire, une Langue facile parcequ'elle a un plus petit nombre de mots, est nécessairement pauvre et imparfaite, et elle ne peut pas conséquemment entrer en concurrence avec une Langue plus riche. On ne doit pas sans doute négliger dans ce calcul une prononciation facile. Due à une arrangement heureux des voyelles et des consonnes, une Langue gagne toujours à être douce et agréable, et la dureté ou de la rudesse ne peuvent que lui faire perdre beaucoup. Cependant, comme l'organe de la prononciation est à peu près le même chez des Peuples à peu près également policés, et surtout chez des Peuples voisins, comme chaque langue a d'ailleurs ses difficultés de prononciation, cet avantage ne sauroit être d'un grand poids dans la balance, dès que la difficulté n'est point impossible à surmonter.

Mais il y a entre les Langues une différence qui change entièrement leur caractère, et les rend beaucoup plus faciles ou beaucoup plus difficiles à apprendre : c'est la différence de la Syntaxe et de la construction des périodes. Quelques Grammairiens modernes, qui se piquaient en même temps d'être Philosophes, ont regardé la disposition naturelle et méthodique des mots dans l'expression de nos pensées, comme un préjugé et une chimère des anciens; ils ont prétendu qu'on ne pouvoit donner aucune règle certaine à cet égard, que chaque arrangement de mots étoit dans la nature, toutes les fois qu'il offroit un tableau fidèle des sentiments et des pensées de celui qui parle ou de celui qui écrit. Sans vouloir disputer sur les mots, je demanderai à ces Grammairiens si l'ordre naturel pour les esprits accoutumés à penser n'est pas de se représenter d'abord le principe avant ses conséquences, la cause avant l'effet, le sujet avant la modification, ou du moins l'un et l'autre unis étroitement, l'action avant l'objet et le but, je demanderai, dis-je, si cet ordre n'est pas beaucoup plus naturel qu'un ordre inverse ou une confusion de mots? Pour quoi, dans toutes les Langues connues, qui ont des cas, le Nominatif n'a-t-il point de terminaison particulière? et pourquoi enfin, dans les Langues où la liberté de la Syntaxe paroît être sans bornes, y a-t-il cependant des mots qui ont des places déterminées, d'où les Poëtes seuls ont droit de les retirer, lorsqu'ils y sont contraints par le mètre? Virgile offre très peu de déplacemens comme *rumpantur et ilia Codro*; et lorsqu'Horace commença la 4.e Ode de son III.e Livre, par

Descende caelo et dic age tibia
Regina longum Calliope melos,

les Romains eux-mêmes durent hésiter un instant à la première lecture de ces vers. Qui voudra nous persuader que l'éloignement, souvent considérable, des mots qui se rapportent, dans les Ecrivains Grecs et Romains, est aussi naturel que leur rapprochement dans nos Langues vivantes, et qu'au commencement de l'Iliade, Ἀχ Anus seroit aussi naturellement placé après θεα, qu'immédiatement après se trouve? Ce qui est en quelque sorte pensé ensemble, ce qui est réuni dans notre ame ne doit point être séparé dans le discours. Quelques passages, (a) (x) de Denis d'Halicarnasse et de Cicéron (b) nous prouvent que, non seulement les anciens Scholiastes, mais encore les Ecrivains Grecs et Romains, supposoient un ordre naturel dans la Syntaxe. Il me sera presque inutile de rappeller qu'une Syntaxe naturelle, et pour mieux dire, métaphysique n'ôteroit rien de ses beautés à l'ordre pathétique, pittoresque et euphonique, surtout dans une Langue où on pourroit l'admettre, sans faire tort au sens.

Une langue pourroit s'éloigner de l'ordre naturel dans sa Syntaxe, et avoir d'ailleurs une marche très régulière. Car, supposer une langue où le Génitif est toujours avant le mot qui le gouverne, où le Datif est constamment avant le verbe, comme il est quelquefois de règle en Allemand, où la Préposition suit le Substantif, comme dans le Géorgien; cette Langue, si irrégulière en apparence, en supposant que les mots relatifs ne fussent pas trop éloignés, seroit plus facile à apprendre, vu l'uniformité de sa Syntaxe, qu'une autre où les mots seroient placés tantôt avant, tantôt après, non arbitrairement ou par rapport au nombre, mais pour obéir au génie invariable de la Langue. J'aurai occasion de profiter, dans la suite, de cette observation.

La régularité dans la Syntaxe doit rendre une Langue agréable aux Nations qui la communiquent

Elle a l'avantage de la clarté, et on a moins de
peine à la comprendre et à la parler. Qu'importe
~~aux Nations qui ne cherchent qu'un organe~~ de communication
faire dans une autre Langue, des périodes plus
flatteuses pour l'oreille et arrangées avec plus
d'art?

Cette régularité caractérise l'esprit d'une Nation
et prouve en même temps avec quel zèle elle a
cultivé sa Langue. Cependant une Langue peut
acquérir un très haut dégré de culture et de
perfection sans cette espèce de régularité, et alors
elle seroit préférée, dans le commerce, à une Langue
plus régulière, mais encore brute ou du moins plus
éloignée de la perfection. La variabilité d'une langue qui n'est point encore formée, et le défaut
de cette régularité, surtout de ceux qui sont nécessaires pour la
liaison réciproque des classes supérieures et moyennes de
deux Nations, la rendent très peu propre à servir
~~d'instrument~~ d'interprète commun. A la vérité, chaque
langue vivante est sujette au changement, mais cet
inconvénient est beaucoup moindre dans une langue
déjà formée, que dans celle qui commence à l'être:
cette dernière peut tellement varier en dix ans, qu'un
étranger qui l'auroit apprise dans sa jeunesse, risque-
roit de ne plus entendre et de ne plus être entendu.
Mais comme dans une langue encore au berceau, il
n'y a rien de bien déterminé sur les expressions exactes
ou inexactes, nobles et triviales, bonnes et mauvaises,
un étranger ne se donnera certainement pas la
peine de l'apprendre, tandis qu'il pourra en choisir
une meilleure et plus formée.

L'Histoire nous fournit des preuves non équivoques
des avantages d'une Langue polie et perfectionnée sur
une langue qui ne l'est pas. Les Romains essayèrent de
bonne heure de répandre leur langue dans les Provinces de leur domination, soit pour les lier davantage
au corps de l'État, soit parce qu'ils pensoient ou il
contraire à la dignité et à la considération d'un
Peuple Roi de souffrir une autre langue que la
sienne dans les Pays qui lui obéissent. Ils donnoient
donc leurs loix en Latin aux Nations vaincues. Ils
ne répondoient aux Rois qu'en Latin, et ils les obli-
geoient à parler par interprètes, non seulement dans
le Sénat de Rome, mais encore en Grèce et en Asie (×).

(×) Valer. Max. L. II. C. 2.

L'honorable universalité de la langue Française, si bien réconnue et si hautement avouée dans notre Europe, offre un grand problème, parce qu'elle tient à des causes si délicates et si puissantes à la fois, que pour les démêler il s'agit de montrer jusqu'à quel point la Constitution politique de la France, sa position, la nature de son climat, le génie de sa langue et de ses Écrivains, le caractère de son habitans, et l'opinion qu'elle a su donner d'elle au reste du monde, ont pu combiner leurs influences et s'unir pour faire à cette langue une fortune si prodigieuse.

Cité du mélange du latin et des jargons que parloit le peuple que du naissait la langue Françoise; et c'est le génie clair et méthodique du patois Picard et sa prononciation en peu sourde qui y dominaient aujourd'hui.

Ce n'est que dans le Seizième Siècle qu'on accorda solemnellement à cette langue les honneurs dus à une langue légitime malgré qu'elle eût été adoptée par la cour et par la Nation dès le Treizième.

Le nombre des Capitales, la

fréquence et la célérité des expéditions, les communications publiques et particulières ont fait de l'Europe une immense République et l'ont forcée à se décider sur le choix d'une langue.

Ce choix ne pouvait tomber sur l'Allemand 1° parcequ'elle langue n'a en effet des monumens que trop tard; 2° parceque l'Empire d'Allemagne n'a pas joui le rôle auquel son étendue et sa population l'appellent naturellement; 3° parceque la langue Allemande est trop riche et trop dure à la fois

n'a aucun rapport avec les
langues modernes, à sa
prononciation gutturale qui
choque trop l'oreille des peuples
du midi, tandis que les
Imprimeurs Allemands
fidèles à l'écriture Gothique
rebutent les yeux accoutumés
aux caractères Romains

La Monarchie Espagnole riche
et puissante pouvait fixer le
choix de l'Europe, mais sa
grandeur ne fut guère durable
sa littérature n'était pas capable
d'alimenter cette avide curiosité
des esprits qui se réveillait de
toute part, le Castillan

n'avait point cette galanterie de
moeurs dont l'Europe fut si
longtemps charmée, et le génie
national était d'ailleurs plus
sombre. En un mot l'Espagne
grave qui communiquait
qu'à regret par des paroles,
et redoutait les étrangers,
s'était enveloppée du manteau
de sa superbe politique qui
a fermé tous les moyens. Sa
position est telle que les
voyageurs qui la visitent sont
toujours moins les approuver
enfin la langue a une prononciation qui révolte à l'instant
la simplicité de la prose
et par dans le langage des

mots et sous la noblesse dont ... ... ; qui fait ... ...
pour la conversation ; pour ... ...
pour le commerce de la vie, que
l'amour, elle paraît réservée pour
le commerce de l'homme à Dieu
les proverbes qui y abondent ...
qu'il n'est pour les livres du petit
peuple.

Mais comment l'Italie ne donne
-t-elle pas la langue à l'Europe ...
c'est que de tous les temps, les Papes
ne parloient et n'écrivoient
qu'en latin. c'est que pendant vingt
siècles cette langue régna dans
les Républiques, dans les Cours,
dans les états et dans les mon...
...ments de l'Italie, et que le
Toscan fut toujours appellé

langue vulgaire. ... ...
cette langue vulgaire ...
de l'Empire, mais ...
domination fut arrêtée ...
là que l'Europe n'étoit ...
prête et n'avoit pas encore
senti le besoin d'une langue
universelle. D'ailleurs ...
l'Italie tour à tour, envahie
par les Allemands, par les
Espagnols et par les ...
... prit part de l'...
...tion, fut privée de ... ...
... armes, se vit enlever
son commerce, et n'ayant
plus que les chefs d'œuvre
de la littérature et le bon goût

ce qui peut venir de ce que chaque
mot étant harmonieux en particulier, l'harmonie du tout
ne vaut rien. La pensée la
plus vigoureuse se détrempe
dans la prose Italienne; elle
est souvent ridicule et presque
insupportable dans une bouche
virile, par... ... ... à l'hon-
ce caractère d'austérité qui doit
en être inséparable. Comme
la langue Allemande, elle ...
des formes cérémonieuses et
servile, ennemies de la conversation, et qui ne donnent pas
assez bonne opinion de l'esprit
humain. On y est toujours

dans le fâcheuse alternative
d'ennuyer ou d'insulter un
homme. Enfin il est difficile
d'être naïf dans cette langue
et la plus simple assertion
y a besoin d'être renforcée de
serment. Tels sont les inconvénients de la prose Italienne
d'ailleurs si riche et si flexible.
Or c'est la prose qui donne
l'Empire à une langue; par
ce qu'elle est toute usuelle. La
poésie n'est qu'un objet de luxe

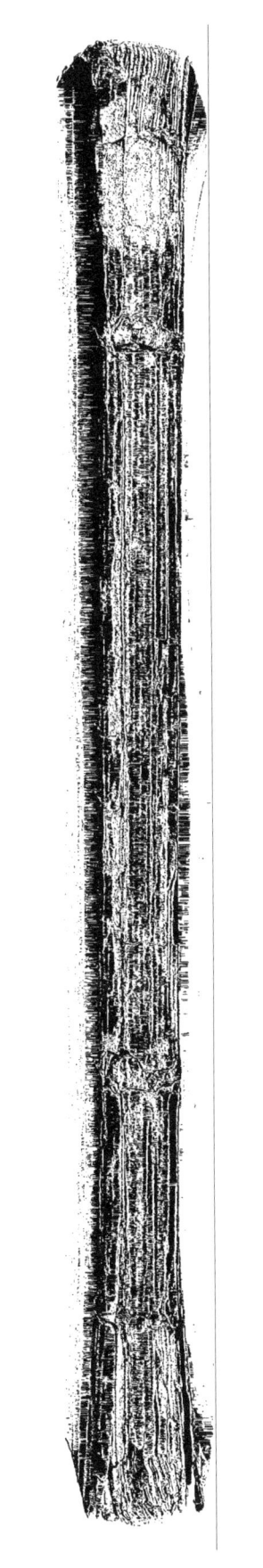